En 2018, Harlequin fête ses 40 ans !

Chère lectrice,

Comme vous le savez peut-être, 2018 est une année très importante pour les éditions Harlequin qui célèbrent leur quarantième anniversaire. Quarante années placées sous le signe de l'amour, de l'évasion et du rêve… Mais surtout quarante années extraordinaires passées à vos côtés ! Azur, Blanche, Passions, Black Rose, Les Historiques, Victoria mais aussi HQN, &H et bien d'autres encore : autant de collections que vous avez vues naître, grandir et évoluer, avec un seul objectif pour toutes – vous offrir chaque mois le meilleur de la romance. Alors merci à vous, chère lectrice, pour votre fidélité. Merci de vivre cette formidable aventure avec nous. Les plus belles histoires d'amour sont éternelles, et la nôtre ne fait que commencer…

40 ANS

L'enfant d'une nuit

*

La révolte d'une héritière

RACHAEL THOMAS

L'enfant d'une nuit

Traduction française de
ÉLISA MARTREUIL

Azur

HARLEQUIN

Collection : Azur

Titre original :
A CHILD CLAIMED BY GOLD

HARPERCOLLINS FRANCE
83-85, boulevard Vincent-Auriol, 75646 PARIS CEDEX 13
Service Lectrices — Tél. : 01 45 82 47 47

www.harlequin.fr

ISBN 978-2-2803-7949-6 — ISSN 0993-4448

1.

Le visage fouetté par le vent glacial de son pays natal, Nikolaï Cunningham attendait sur le quai de la gare l'arrivée d'Emma Sanders. C'était à cause de la photographe qu'il était de retour en Russie alors qu'il avait fui la région il y a longtemps.

Le ciel, d'un gris de plomb annonciateur de nouvelles chutes de neige, semblait refléter la colère qui le consumait. Une parfaite inconnue l'avait obligé à revenir vers une famille qu'il avait depuis longtemps rayée de sa vie.

Lorsqu'il avait appris que sa grand-mère paternelle Marya comptait accorder une interview à la journaliste du magazine *Le Monde en photos*, son sang n'avait fait qu'un tour.

Il avait alors décidé de revenir dans la ville de Vladimir, qu'il avait quittée quand il n'avait que dix ans pour s'installer à New York avec sa mère Anna.

Si de l'eau avait coulé sous les ponts depuis, l'ombre des événements qui avaient précédé leur départ planait toujours au-dessus d'eux. Et il n'était pas question pour lui de laisser cette Emma Sanders déterrer des secrets de famille pour les étaler sur la place publique.

S'il était là aujourd'hui, c'était pour protéger sa mère contre les éventuelles révélations que Marya pourrait faire au sujet de sa bru, qu'elle n'avait jamais aimée. Il se préparait donc à quelques jours pénibles.

Dans un grondement métallique, le train en provenance de Moscou entra en gare. De son poste d'observation un peu à l'écart, il scruta les passagers qui descendaient des wagons en tentant de reconnaître Mlle Sanders d'après la photo qu'il avait vue d'elle sur Internet. Soudain, il la repéra. Emmitouflée comme elle l'était, avec seulement ses yeux et son front visibles entre une chapka en fausse fourrure et une grosse écharpe, elle aurait pu passer pour une Russe. Mais les regards inquiets qu'elle jetait autour d'elle et sa main gantée crispée sur la poignée de sa petite valise la signalaient comme étrangère à Vladimir.

S'armant de courage, il resserra le col de son manteau et se dirigea vers la visiteuse, résolu à se débarrasser le plus vite possible de cette épreuve.

— Mademoiselle Sanders ? dit-il en s'arrêtant devant elle.

— Monsieur Petrouchov ?

À l'étonnement de Nikolaï, la voix de cette inconnue lui rappela l'air frais et cristallin d'une matinée d'hiver en Russie, le vert de ses yeux, les profondeurs des forêts russes en été. Dérouté par cette apparition, il ne prit conscience qu'au bout de quelques secondes de la façon dont elle s'était adressée à lui.

Son irritation monta d'un cran. Certes, cette Mlle Sanders avait de beaux yeux, mais elle ne s'était pas bien renseignée. Cela faisait dix-sept ans qu'il avait abandonné le patronyme honni de Petrouchov pour adopter celui de son beau-père : Cunningham.

— Nikolaï Cunningham, rectifia-t-il. Vous avez fait bon voyage ?

— Oh ! pardon ! Et oui, tout s'est très bien passé, merci, monsieur Cunningham.

Bien qu'elle affiche un air perplexe, il s'abstint de lui expliquer pourquoi lui, un Russe pure souche, portait un nom de famille anglo-saxon. Cela ne la regardait en aucune façon.

Elle était grande et dotée d'yeux envoûtants, mais sa beauté ne suffirait pas à dissiper son agacement.

— Vous êtes la photographe du *Monde en photos*, je suppose ?

La femme qui, à l'instigation de sa grand-mère, venait fouiner dans leur histoire familiale, sans nul doute pour servir sa carrière.

— Appelez-moi Emma, je vous en prie, fit-elle en lui tendant une main gantée.

Sans répondre à son geste, il plongea son regard dans le vert chatoyant de ses yeux. De quelle couleur étaient ses cheveux, cachés sous son bonnet en fourrure ? Une chose était sûre : la photo sur Internet ne lui avait pas rendu justice. En réalité, Emma Sanders était superbe.

À l'irritation de Nikolaï contre cette journaliste se mêla de la colère contre lui-même. Il n'allait tout de même pas succomber aux charmes d'une femme qui détenait le pouvoir de bouleverser sa vie et de nuire à sa mère ! Si Emma Sanders ignorait probablement à quel point elle pourrait leur faire du tort, c'était à lui de s'assurer qu'elle ne le découvre jamais. Il avait donc prévu quelques sorties, et comptait sur la beauté de l'hiver russe pour détourner Emma de son projet de rencontre avec Marya.

Il s'arracha à la contemplation de la jeune femme. La couleur de ses yeux réveillait bien trop de souvenirs de ses étés à Vladimir.

— Mettons-nous à l'abri du vent, dit-il. Je me suis permis de réserver une chambre dans le même hôtel que vous, de façon à vous être aussi utile que possible.

Ses motivations réelles étaient bien sûr nettement moins chevaleresques : il cherchait à contrecarrer la tentative de sa grand-mère de déshonorer sa famille. Grâce à l'atmosphère intime et presque romantique de l'hôtel, il espérait gagner la confiance de la photographe.

— Merci. C'est très gentil de votre part.

Ravi de son stratagème, il lui rendit son sourire. Encore quelques jours de cette situation absurde, puis il rentrerait à New York et oublierait cet épisode.

— L'hôtel dispose d'un salon très confortable. Vous pourrez m'exposer là-bas les renseignements dont vous avez besoin pour votre article.

— Excellente idée.

Au-dessus de l'écharpe qui lui masquait le bas du visage, des étincelles jaillirent dans les yeux d'Emma, et Nikolaï se figura qu'elle lui souriait. Une image qui suscita en lui des émotions très différentes de la colère qui couvait depuis qu'il avait appris l'initiative de Marya auprès du *Monde en photos*.

— Vous permettez ? dit-il en se saisissant des bagages d'Emma.

Une simple petite valise et une sacoche de photographe. Ouf ! Elle ne projetait donc pas de prolonger son séjour au-delà des trois jours prévus par le magazine pour rencontrer sa famille.

Enfin… Sa famille… Quelle plaisanterie !

— Merci.

Comme elle écartait son écharpe, Nikolaï découvrit son sourire… et ses lèvres. L'envie foudroyante de les embrasser le traversa. Il la réprima aussitôt. Ce n'était pas le moment de se laisser dominer par ses pulsions, surtout avec cette femme.

— Par ici, mademoiselle Sanders, dit-il en se refusant à l'appeler par son prénom comme elle l'y avait invité.

Là-dessus, il partit d'un pas rapide vers l'hôtel sans plus se soucier d'elle.

— Contrairement à vous, je ne suis pas habituée à des températures aussi basses, fit-elle quand ils pénétrèrent dans le salon où flambait un feu réconfortant.

— Je vis à New York, mademoiselle Sanders.

— Oh ! pardon. J'avais supposé que vous habitiez ici avec votre grand-mère.

Il l'observa tandis qu'elle enlevait son écharpe, puis sa chapka qui avait emprisonné de longs cheveux noirs. L'espace d'un instant, de nouveau submergé par le désir, il oublia le danger que représentait cette reporter. Mais il se reprit bien vite. Il ne devait pas toucher à cette femme. Tant pis pour sa réputation — justifiée — de don Juan.

— Un conseil, mademoiselle Sanders : ne supposez jamais rien. Ne prenez rien pour acquis.

Malgré lui, il avait parlé sur un ton beaucoup plus cassant qu'il ne l'aurait souhaité. Elle leva vers lui des yeux intrigués.

— Je sais, monsieur Petrouchov. La vie s'est chargée de me l'apprendre.

— Cunningham, la corrigea-t-il sèchement une nouvelle fois.

Mais, devant le ton résigné d'Emma et l'éclair de peur qui avait traversé son beau visage, Nikolaï, pris de scrupules, se reprocha son agressivité. Et cela d'autant plus qu'il valait mieux pour lui jouer la carte du charme, s'il voulait dissuader Emma Sanders de s'intéresser de trop près à l'histoire des Petrouchov.

Qu'avait-elle voulu dire exactement par sa remarque ? Que la vie ne s'était pas toujours montrée tendre avec elle ? Intrigué, il se garda cependant de lui poser la question, de peur de l'entraîner dans une conversation trop intime, susceptible de l'amener lui-même à des révélations personnelles.

— Dans ce cas, nous nous comprenons, se contenta-t-il de commenter.

Comme il l'aidait à enlever son manteau, ses doigts frôlèrent accidentellement les siens, et ce contact lui fit l'effet d'une délicieuse caresse. De surprise, Emma retira vivement sa main, et ses lèvres pulpeuses joliment maquillées s'entrouvrirent. Nikolaï ne pensa plus alors qu'à l'embrasser, à lui offrir un vrai baiser. De ceux qui mènent inéluctablement à d'autres étreintes.

Que lui arrivait-il, bon sang ?

Elle s'écarta. Son visage au teint pâle s'était soudain empourpré, le vert de ses yeux avait foncé, évoquant maintenant la couleur de la mer. Aucun doute : elle aussi avait senti passer entre eux ce fluide magnétique. Avec n'importe quelle autre femme, Nikolaï aurait cédé à la tentation sans l'ombre d'une hésitation. Mais cette Emma Sanders était une épée de Damoclès au-dessus de la tête de sa mère et de la sienne. Alors, il devait garder ses distances avec elle !

— Oui. Oui. Absolument. Nous… nous comprenons.

Elle était troublée. C'était certain. Pourquoi ne pas utiliser cette indéniable attirance pour la détourner de son projet initial ?

Quelle imbécile ! s'invectiva Emma. Quasiment incapable d'aligner deux mots ! Dès qu'elle avait vu Nikolaï Cunningham, elle s'était sentie inexplicablement attirée par lui et avait perdu ses moyens, malgré la froideur initiale qu'il avait affichée. Mais quelque chose venait de changer entre eux. Un courant était passé.

Elle pensa à Richard, l'homme dont elle avait espéré qu'il deviendrait davantage qu'un ami, et le compara à ce parangon de masculinité. Richard était d'une beauté incontestable mais rassurante. Nikolaï, lui, n'était pas seulement doté d'un physique avantageux, il respirait la sensualité et la puissance. Il paraissait occuper la totalité de la pièce, pourtant spacieuse. Son seul regard éveillait chez elle des sensations entièrement nouvelles. Mais elle devait garder la tête froide et ne pas oublier que la réussite de sa mission dépendait de lui.

Les quelques jours à venir détermineraient sa carrière de photographe et, plus important encore, l'obtention d'un poste au *Monde en photos*. Elle avait besoin de ce travail qui lui assurerait le salaire régulier indispensable pour que Jess, sa sœur cadette, réalise le rêve de sa vie : devenir danseuse. Après une existence chaotique où elles avaient été ballottées de famille d'accueil en famille d'accueil, elles méritaient toutes les deux de trouver le bonheur. Et si Jess était heureuse, alors Emma le serait aussi.

— Je vous accompagnerai chez Marya Petrouchov, ma grand-mère. Mais d'abord, je vous emmènerai prendre des photos dans la région.

À la façon dont Nikolaï avait prononcé le nom de sa grand-mère, Emma devina aussitôt l'existence de tensions entre eux. Avaient-ils souvent l'occasion de se voir, malgré leur éloignement géographique ?

— J'ai aussi besoin de clichés de votre grand-mère et vous, monsieur Petrouchov, précisa-t-elle en le regardant droit dans les yeux. Ainsi que d'autres membres de la famille, si possible.

Selon les instructions de son employeur, elle devait pénétrer au cœur de cette famille russe pour étudier comment ces gens avaient réussi à bâtir une fortune en quelques dizaines d'années seulement. Si elle échouait, elle pouvait dire adieu à son poste et à tout espoir de payer à Jess sa formation dans l'une des meilleures écoles de danse de Russie. Elle avait pourtant vu comme un signe favorable du destin le fait que cette école se situe à seulement une nuit de train de Vladimir.

Mais à présent, en écoutant Nikolaï dicter ses règles et prendre les manettes, elle était saisie de doutes.

Sans compter qu'il l'intimidait. Oh ! bien sûr, elle ne le lui montrerait pas ! Trop dangereux avec un homme manifestement habitué à commander. Elle devrait au contraire s'imposer, si elle voulait mener à bien sa tâche.

— Il ne reste personne d'autre de la famille, mademoiselle Sanders, dit-il en l'escortant vers de confortables fauteuils disposés devant la cheminée.

Que n'aurait-elle donné pour lire dans ses pensées ! Malheureusement son regard noir qui la troublait de façon si inexplicable demeurait indéchiffrable.

— Une photo de votre grand-mère et vous…

Sa phrase mourut d'elle-même quand il se pencha vers elle dans une proximité qui la déstabilisa.

— Non, asséna-t-il avec une colère contenue qui se réverbéra dans la pièce telle la détonation d'un pétard.

Puis, comme s'il avait soudain pris conscience de la dureté de sa fin de non-recevoir, il se cala dans son fauteuil pour s'expliquer :

— Cela fait des années que je n'ai pas vu ma grand-mère, mademoiselle Sanders. Alors, oubliez votre idée de tirer le portrait d'une famille soudée et aimante.

La situation prenait mauvaise tournure. Le regard déterminé et soupçonneux de Nikolaï ne laissait aucun doute : il ne plaisantait pas.

— Écoutez, monsieur Petrouchov… Pardon, Cunningham, reprit-elle en remarquant la crispation de la mâchoire de Nikolaï.

Une nouvelle erreur qui n'allait pas l'aider à entrer dans ses petits papiers. Elle devait à tout prix faire plus attention, si elle voulait boucler rapidement son article pour aller rendre visite à sa sœur à Perm.

— Je ne comprends pas ce qui vous gêne dans ma démarche, poursuivit-elle vaillamment en affrontant Nikolaï du regard. Je suis venue ici pour faire mon travail. Votre grand-mère a donné son accord au *Monde en photos* pour être interviewée et photographiée, et je suis payée pour ça.

Pourquoi donc avait-elle accepté de s'occuper de l'interview, au lieu de s'en tenir à son rôle de photographe ? La réponse était simple : pour aider sa sœur.

Nikolaï la dévisageait à présent, s'attardant un peu trop longtemps sur ses lèvres. L'air semblait crépiter entre eux, et Emma n'avait conscience de rien d'autre que de leur proximité troublante.

Que lui arrivait-il ? Ce n'était vraiment pas le moment de se laisser séduire par un homme, et encore moins par celui-là.

Pendant toute son adolescence, elle avait obstinément respecté la promesse qu'elle s'était faite de résister à toute tentation d'aventure amoureuse. Puis elle avait rencontré Richard, un collègue photographe et le premier homme à lui prêter un tant soit peu d'attention. Pendant deux ans, elle avait espéré que leur relation dépasserait le stade de l'amitié. En vain. Dépitée, elle était restée sur le bord du chemin à le regarder sortir avec d'autres femmes.

— Et il est de mon devoir de m'assurer que votre irruption dans notre vie ne perturbera pas ma famille, mademoiselle Sanders.

— Je vous assure que je ne cherche à perturber personne.

Le regard noir et implacable de Nikolaï rappela à Emma la leçon qu'elle avait apprise auprès de sa mère, avant d'être placée avec sa sœur en famille d'accueil : « on ne combat pas le feu par le feu ». Mieux valait donc ne pas attaquer Nikolaï de front, si elle voulait écrire son article.

— Je vous présente mes excuses, dit-elle, tête baissée. Pouvons-nous repartir de zéro ?

Comment pouvait-elle passer d'une seconde à l'autre d'une indignation farouche — et très excitante — à cette docilité ? s'étonna Nikolaï, mis sur ses gardes par la brusquerie de ce revirement.

— Vous voulez que nous sortions dans le froid pour nous serrer de nouveau la main ? ne put-il s'empêcher de demander.

Il fut récompensé de sa plaisanterie par les joues rosies d'Emma et le pétillement de ses yeux. Son regard lui évoquait maintenant les rayons de soleil printaniers qui pénètrent dans l'épaisseur de la forêt pour ricocher sur le vert tendre des feuilles.

— Je n'y tiens pas, non, répondit-elle en riant. Mais nous pourrions reprendre notre conversation au début. Commandons une boisson chaude et essayons de voir comment nous pourrions nous être mutuellement utiles.

Elle manigançait quelque chose, pressentit Nikolaï. Elle essayait de le manipuler pour parvenir à ses fins. Comme son ex-fiancée, avec qui il avait rompu lorsqu'il avait compris qu'elle ne s'intéressait à lui que pour son argent.

— Je ne vois pas en quoi vous pourriez m'être utile, mademoiselle Sanders. Cela dit, d'accord. Buvons quelque chose de chaud pendant que je vous donnerai le programme des prochains jours.

Sans lui laisser le temps de protester, il appela un serveur et commanda du thé. Une boisson qu'il ne consommait plus depuis son départ à New York, mais que ses souvenirs d'enfance lui faisaient désirer aujourd'hui. Voyant une lueur de surprise dans les yeux d'Emma, il se rendit compte qu'il venait même d'utiliser spontanément sa langue maternelle, celle qu'il avait parlée avant que le secret de sa mère ne vienne faire voler son monde en éclats !

Un secret qui l'obsédait. Le même qu'il soupçonnait sa grand-mère de vouloir divulguer au magazine. Aussi retorse et sadique que son fils Fedor — son père à lui —, Marya s'était arrangée pour l'obliger à revenir en Russie, afin qu'il assiste à la scène.

— Je vous en prie, appelez-moi Emma, répéta-t-elle en se calant dans son fauteuil. Et moi, me permettez-vous de vous appeler Nikolaï ?

— Oui, répondit-il sèchement.

Il était furieux contre lui-même de sa fascination pour

les longues jambes d’Emma, mises en valeur par son jean moulant.

— J’ai la nette impression que cet entretien avec votre grand-mère vous dérange, Nikolaï. Pourtant, c’est elle qui a pris contact avec *Le Monde en photos*. Craindriez-vous ce qu’elle pourrait révéler ?

— Quelle perspicacité !

Dire qu’il avait cru pouvoir la manipuler en usant de son charme ! De toute évidence, il l’avait largement sous-estimée. Elle avait joué les candides et les timides. Exactement comme son ex-fiancée, Emma était capable de se faire passer pour une femme qu’elle n’était pas, afin d’atteindre son objectif.

— Peut-être pourrions-nous parvenir à un compromis qui me permettrait de recueillir de la matière pour mon article sans trahir un secret familial.

À ces mots, elle le considéra avec un haussement de sourcils satisfait. Elle croyait avoir gagné ? Grand bien lui fasse ! Mais elle ne perdait rien pour attendre…

— À une condition, dit-il en portant sa tasse de thé à ses lèvres.

Il crut déceler dans ses yeux une lueur d’appréhension. De la peur, même.

— Laquelle ?

— Je voudrais que vous m’expliquiez pourquoi mon travail représente autant pour vous. Je voudrais comprendre pourquoi vous avez fait le voyage de Londres à Vladimir pour écouter les radotages d’une vieille femme.

Il ignorait si sa grand-mère radotait. Il ne l’avait pas vue depuis presque vingt-trois ans, depuis les obsèques de son père. Il n’était qu’un gamin de dix ans à l’époque, et il n’avait rien compris à ce qui se passait. Sa grand-mère les avait jetés à la rue, sa mère et lui, sans qu’il sache pourquoi. Il n’avait appris la triste vérité que six années plus tard et s’était alors juré d’épargner toute nouvelle souffrance à sa mère. Un serment qu'il ne comptait certainement pas renier aujourd'hui.

— La réponse est simple : ce reportage me permettait de venir en Russie.

Elle lui expliqua alors le rêve de sa sœur et l'occasion qui s'était offerte à elle de lui rendre visite à Perm. Comme ses beaux yeux verts étincelaient d'excitation, un sentiment familier d'injustice serra le cœur de Nikolaï. Emma avait vécu une enfance heureuse et avait tissé des liens solides avec sa cadette. Ce qui lui avait été dénié à cause du comportement inqualifiable d'un homme qu'il refusait de reconnaître comme son père.

— Votre sœur vit ici ? En Russie ?

Une information inattendue qui lui avait totalement échappé lorsqu'il avait enquêté sur Emma Sanders, afin de trouver une faille sur laquelle jouer pour tourner la situation à son avantage. Il avait seulement appris qu'elle était endettée et quasiment inconnue dans le milieu de la photographie.

— Oui. Elle n'a que seize ans. Grâce à cette mission, nous allons nous voir plus tôt que prévu, dit-elle, le visage rayonnant de fierté et d'amour.

Quelle différence avec la femme qu'il avait rencontrée un peu plus tôt ! songea Nikolaï, rassuré sur les raisons de la venue d'Emma.

En revanche, ses inquiétudes sur les motivations de sa grand-mère demeuraient. Que cherchait-elle exactement en provoquant cette rencontre ? Et, plus alarmant encore, jusqu'où Emma était-elle prête à aller pour impressionner *Le Monde en photos* et lancer sa carrière ?

— Effectivement, nous pouvons nous aider mutuellement, Emma. Je peux vous emmener dans des lieux liés à l'histoire de ma famille où vous pourrez prendre toutes les photos que vous désirez.

Pourquoi avait-il conclu sa phrase par ce verbe ? Parce

qu'il correspondait à ce qu'elle éveillait en lui ? Avait-elle conscience de l'attirance sexuelle réciproque qui naissait entre eux ?

— Et je pourrai rencontrer votre grand-mère ? Lui poser quelques questions ? demanda-t-elle d'une voix brusquement un peu rauque, en se mordillant les lèvres.

Nikolaï ne s'appesantit pas sur ce changement de tonalité. Son unique préoccupation était de rester maître de la situation et de déjouer toute nouvelle entreprise malveillante de sa grand-mère.

— Commençons par les visites dont j'ai parlé tout à l'heure. J'ai déjà tout organisé pour demain.

Elle semblait ravie, comme s'il venait de lui donner carte blanche.

— Dans ces conditions, je me réjouis de passer quelques jours en votre compagnie.

Le plus agaçant dans l'histoire était que lui aussi se réjouissait à cette perspective. Dire qu'il était attiré par la femme qu'il avait résolu de détester !

2.

Le lendemain matin, Emma ne tenait plus en place. Grâce à Nikolaï Cunningham, elle allait boucler son article rapidement et donc rendre visite à sa sœur plus tôt que prévu !

Mais avant cela, elle allait le revoir… L'après-midi passée avec lui la veille l'avait convaincue qu'il était d'un commerce plus agréable que son accueil revêche ne l'avait laissé penser de prime abord. Elle regrettait d'ailleurs de ne pas l'avoir immortalisé quand, debout devant elle, il l'avait fusillée du regard, image formidable de puissance et d'autorité !

Loin de se dissiper, son excitation augmenta encore quand il l'escorta jusqu'à sa voiture — ce qu'elle ne s'expliquait pas. Après des années perdues à soupirer pour le beau Richard, elle n'allait tout de même pas succomber aux charmes d'un autre homme et, surtout, d'un homme aussi inaccessible que Nikolaï Cunningham.

— Où allons-nous ?

La grosse voiture noire glissait en silence à travers le paysage entièrement blanc, et Emma se serait volontiers arrêtée pour prendre des photos. À titre personnel et non professionnel.

— Dans les faubourgs de Vladimir, à l'endroit qui me servait de « chez moi » jusqu'à mes dix ans, répondit-il, la mine butée.

Pourquoi l'emmenait-il là-bas, s'il y allait à contrecœur ? se demanda Emma en l'observant. Certainement pas pour lui complaire, ce n'était pas son genre.

— Et qui y habite actuellement ? Votre grand-mère ?

Elle s'était risquée à poser la question pour satisfaire aux directives du magazine qui lui avait prescrit de présenter l'histoire des Petrouchov comme un conte de fées. Or, elle doutait que le roman familial soit si beau, même si Nikolaï avait connu une réussite florissante avec l'établissement financier qu'il avait monté, en complément de l'activité de son beau-père dans l'immobilier de luxe !

Comme Nikolaï se murait dans le silence, Emma porta son attention à la route devant elle. Quelques instants plus tard, la voiture s'engageait dans un chemin enneigé, vierge de toutes traces de passage récent. La maison était-elle inoccupée ?

Nikolaï lâcha un juron en russe. Suivant son regard, Emma découvrit la façade dégradée et les tours surmontées de dômes lépreux d'une demeure qui avait dû être somptueuse, à une autre époque. Tels des yeux, les trous noirs qu'avaient laissés les fenêtres semblaient les observer.

Emma sentit son cœur se serrer tandis qu'elle essayait de reconstituer la situation à partir du peu qu'elle savait de Nikolaï. En vain. Une chose était sûre malgré tout : il avait été surpris de trouver cette ruine. Par décence, elle renonça à le photographier.

Nikolaï sortit de la voiture. Il avait apparemment oublié la présence d'Emma. Elle resta un moment sur son siège à regarder cette grande silhouette austère vêtue de noir, qui se détachait sur le blanc du paysage, devant ce bâtiment délabré. Mais bientôt son instinct de photographe l'emporta sur ses scrupules. Elle descendit discrètement de voiture et commença à mitrailler Nikolaï sans qu'il paraisse entendre le cliquetis de l'obturateur. Elle garderait ces clichés pour elle seule, décida-t-elle, car l'histoire de souffrance et de deuil qu'ils racontaient n'intéresserait pas le magazine.

— C'est ici que ma famille habitait avant la mort de Fedor, mon père, dit-il soudain.

Il continuait à lui tourner le dos. De peur de trahir ses émotions et d'apparaître vulnérable ?

— C'est la première fois que j'y reviens, depuis que ma mère et moi sommes partis pour une nouvelle vie à New York, quand j'avais dix ans.

— Ça a dû être dur pour vous, hasarda-t-elle.

Le regard glacial qu'il lui lança en pivotant enfin vers elle la dissuada d'en dire plus. Elle avait seulement voulu lui témoigner sa sympathie, car elle comprenait, pour l'avoir éprouvée, la tristesse insondable qui vous envahit lorsque la vie vous arrache à votre environnement, lorsque vous ne savez plus qui vous êtes vraiment.

— Dur ? répéta-t-il d'un ton hargneux.

Nikolaï maîtrisait difficilement sa colère. Une colère dirigée contre cette femme qui ressuscitait les événements de son enfance qu'il croyait enterrés à jamais, mais aussi contre sa grand-mère, responsable de sa présence ici.

— Vous n'imaginez même pas à quel point.

Contre toute attente, elle ne se rebiffa pas. Elle haussa seulement les épaules et alla sortir sa sacoche de la voiture. Il la regarda installer son pied et commencer à photographier la maison. À chaque « clic » de l'appareil, une nouvelle image du passé surgissait dans l'esprit de Nikolaï.

— Avez-vous gardé de bons souvenirs d'ici ?

La beauté éclatante d'Emma dans ce décor de neige ne suffit pas à étouffer la terreur qui s'insinua en lui, lorsqu'il se vit à huit ans, réfugié sous la table de style que Fedor avait pu se payer depuis qu'il était devenu riche. Le petit Nikolaï, certain que son père, même en colère, ne se risquerait pas à abîmer un bien dont il était si fier, s'y était cru en sécurité. Hélas ! Malgré les supplications de sa mère, son père l'avait tiré de sa cachette et soulevé de terre. Nikolaï s'était débattu comme un fou, poussant des hurlements, se tortillant, donnant des coups de pied pour tenter de s'échapper. Mais s'il y était parvenu, son père se serait vengé sur Anna. Aussi, dans l'espoir d'épargner une raclée de plus à sa mère, il avait déchargé verbalement sur son père toute la haine que ce dernier lui inspirait. Ce qui s'était passé ensuite, il ne se le rappelait pas. Et il ne voulait pas se le rappeler. À quoi bon analyser ses souvenirs ? Cela ne servirait à personne et encore moins à lui-même.

— D'ici, aucun.

Il s'avança vers Emma, dont le parfum floral lui évoquait des images plus joyeuses.

— C'est en été que j'étais le plus heureux. Lorsque nous allions dans ma famille maternelle.

Pourquoi donnait-il du grain à moudre à cette journaliste ? se reprocha-t-il avant qu'une idée ne germe dans son esprit. La propriété de ses grands-parents maternels ! Voilà le lieu idéal où emmener Emma ! Dans une troïka qu'il louerait. Quelle femme résisterait au romantisme d'un traîneau glissant à travers un paysage enneigé ? Quelle meilleure diversion pour éloigner Emma du drame familial qu'il devait à tout prix cacher ?

— C'est loin ?

Elle se jetait d'elle-même dans la gueule du loup !

— Non, répondit-il dans un souffle.

Il se sentait comme paralysé devant cette femme rayonnante, à la fois belle et fragile.

— Pouvons-nous y aller ? demanda-t-elle timidement.

Son sourire ingénu et le rosissement de ses joues produisaient sur Nikolaï des effets indescriptibles.

Et inexplicables. Car il avait toujours été attiré par les femmes effrontées, voire libertines. Le contraire d'Emma, vraisemblablement très fleur bleue. Elle n'était définitivement pas faite pour lui.

— Demain, promit-il en s'arrachant à l'attraction qu'exerçait sur lui la journaliste.

Le lendemain matin, Emma attendait Nikolaï à la réception de l'hôtel, toute impatience. La veille dans l'après-midi, il l'avait emmenée prendre des photos dans des endroits superbes et, au cours de cette promenade, ils s'étaient rapprochés. Au point qu'elle en était même venue à le trouver sympathique. Un peu trop même. Contre toute raison, il l'attirait comme aucun homme auparavant, pas même Richard.

— Prête ? demanda-t-il en la rejoignant.

Elle lui répondit par un sourire brillant d'excitation, comme une petite fille le matin de Noël. Il était rasé de frais et s'était emmitouflé lui aussi, mais les épaisseurs de vêtements n'empêchèrent pas le courant électrique de passer instantanément entre eux. Le sourire de Nikolaï lui éclairait aujourd'hui tout le visage, et il la dévorait littéralement des yeux. Elle sentit son cœur s'affoler.

— Oui, je suis prête. Allons-nous à la maison dont vous m'avez parlé hier ?

— Oui. Celle où je passais l'été avec ma mère et ses parents.

Elle fut tentée de demander si son père les y avait accompagnés mais, pressentant que la brusque saute d'humeur de Nikolaï devant la maison de son enfance avait été liée à ce Fedor, elle s'en abstint. Elle préférait ne pas gâcher les bonnes dispositions dans lesquelles il semblait se trouver aujourd'hui.

— Il y en a pour longtemps ?

— Non, un peu de route et, ensuite, je vous ai préparé une surprise.

Là-dessus, il lui saisit la main pour l'entraîner dehors, ce qui la mit aussitôt en émoi.

Après quelques kilomètres en voiture, Emma manqua défaillir en découvrant la surprise annoncée : un traîneau tiré par trois magnifiques chevaux. Son euphorie redoubla quand, pour se prémunir du froid, ils se blottirent tous deux sous une épaisse couverture.

Distraite par le contact de la cuisse de Nikolaï contre la sienne, brûlant malgré les couches de vêtements, elle écouta à peine ses explications au sujet des courses de troïka, une tradition vieille de plus de cent ans.

Un peu plus tard, comme le cocher arrêtait son attelage, Nikolaï riva sur elle un regard ardent.

— Merci, murmura-t-elle, son haleine se mêlant dans l'air frais à celle de Nikolaï en une troublante intimité.

— Tout le plaisir est pour moi, Emma.

Il l'avait appelée par son prénom ! s'émut-elle en frissonnant.

— Vous avez froid ?

— Non, pas du tout, lui assura-t-elle timidement en feignant une curiosité soudaine pour le tissage de la couverture.

Il lui releva le menton de sa main gantée, la forçant à le regarder. Ce qu'elle lut alors dans la profondeur de ses yeux d'encre la terrorisa et la ravit à la fois.

— Vous êtes très belle, Emma.

Elle avala sa salive, incapable de détacher sa jambe de la sienne sous la couverture.

— Ne dites pas de bêtises, dit-elle d'une voix rauque qu'elle ne reconnut pas.

Des tréfonds de son être où elle les avait depuis toujours enfouies, jaillirent de ridicules pensées romantiques. Son cœur cognait si fort dans sa poitrine que Nikolaï devait certainement l'entendre. Elle manquait totalement d'expérience avec les hommes, mais elle s'était laissé dire que certains — Richard n'en faisait pas partie — avaient le pouvoir de faire perdre la tête aux femmes. La trouvait-il vraiment belle ? Avait-il envie de l'embrasser ? Et alors, quel goût aurait son baiser ?

— C'est pourtant la stricte vérité.

Elle le scruta, cherchant sur son visage une trace d'ironie, mais n'y vit rien que de la sincérité. Nul doute qu'ils étaient envoûtés par la magie du lieu. S'ils étaient assis devant la cheminée du salon à l'hôtel, aurait-il prononcé ces mots ?

— Je ne suis pas venue ici pour entamer une relation.

Elle était tiraillée entre l'appel de son corps, qui l'incitait à se lancer dans l'inconnu, et la voix de la raison qui lui commandait de garder les pieds sur terre.

— Une relation ? demanda-t-il d'une voix grave et caressante. Est-ce bien nécessaire ?

Le regard perdu sur la vaste étendue blanche, elle se posa la même question. Si elle acceptait le baiser qu'il voulait sans aucun doute lui donner, cela changerait-il quelque chose entre eux ? Non, parce qu'une fois son reportage terminé, elle tournerait la page.

— Non, peut-être pas.

Elle s'efforça de jouer à la femme blasée. En réalité, jamais aucun homme ne l'avait regardée avec des yeux aussi ardents. Jamais elle n'avait autant aspiré à ce qu'un homme s'empare de sa bouche.

Quand il se rapprocha d'elle et posa doucement ses lèvres sur les siennes, saisie de fièvre, elle répondit en gémissant…

Avant de s'écarter d'un coup, rouge de honte. Mais que lui arrivait-il ?

Alors qu'elle essayait de reprendre ses esprits, les chevaux se mirent à s'agiter, et le cocher adressa quelques mots à Nikolaï.

— La neige ne va pas tarder, et le cocher nous conseille de rentrer dès que nous aurons fini ici.

L'intention première de Nikolaï avait seulement consisté à distraire la journaliste avec une promenade féerique dans la neige. Et puis, il avait goûté à ses lèvres… Des lèvres exquises…

— Oui, bien sûr, dit-elle nerveusement en ouvrant l'étui de son appareil photo. Je prends juste quelques clichés et, ensuite, nous nous dépêcherons d'aller nous mettre au chaud.

« Aller nous mettre au chaud… » Il repoussa la scène qui se présentait à lui pour se concentrer sur son objectif immédiat : détourner cette Emma Sanders de la véritable histoire de sa famille, en lui montrant la façade derrière laquelle ils avaient caché leur secret.

— C'est là que ma mère et moi passions l'été jusqu'à notre départ de Russie, dit-il en l'aidant à descendre de la troïka.

Il n'avait pas pensé à ces mois d'été depuis une éternité, refoulant délibérément leur souvenir avec le passé qu'il voulait oublier. Mais il s'aperçut finalement qu'ils étaient moins pénibles à ressusciter qu'il ne l'avait craint.

— Si j'ai bien compris, c'est la maison de famille du côté de votre mère ? demanda-t-elle en photographiant le seul endroit où, enfant, il avait connu des jours heureux.

— Oui. Mais je ne l'avais jamais vue sous la neige. Nous venions toujours en été. Je gambadais dans le jardin avec les chiens. J'appréciais cette liberté.

Il avait goûté au plaisir de s'ébattre au grand air bien sûr, mais aussi de ne plus subir la terreur que lui inspirait son père. Là, il n'avait plus à se cacher pour échapper à ses crises. Il n'avait pas à s'inquiéter pour sa mère, quand il entendait son père hurler. Bref, il pouvait vivre, et voir sa mère vivre, sans souffrir.

Il s'était aperçu, beaucoup plus tard, que ses grands-parents maternels avaient vraisemblablement su quel calvaire enduraient leur fille et leur petit-fils et qu'ils avaient voulu leur offrir un répit en les accueillant l'été. Mais pourquoi sa mère ne s'était-elle pas installée définitivement avec eux ? Cela, il ne le comprenait toujours pas.

— Et nous pouvons aller parler à votre grand-mère maintenant ? demanda Emma, pleine d'espoir.

— Mes grands-parents maternels sont morts depuis longtemps. Quant à Marya Petrouchov, celle qui a écrit au *Monde en photos*, c'est ma grand-mère paternelle, et elle habite à Vladimir.

— Nous pouvons donc la rencontrer ? insista-t-elle en rangeant son appareil, visiblement satisfaite de ses clichés.

Heureusement qu'elle ne voyait pas son visage ! songea Nikolaï, car il était déformé par la rage et le mépris pour cette Marya qui avait toujours trouvé des excuses à son fils. Cela, Nikolaï ne pourrait jamais le lui pardonner.

— Demain. Pour le moment, il vaut mieux rentrer à l'hôtel.

Malheureusement, il ne pourrait pas repousser éternellement cette entrevue avec Marya Petrouchov. Peut-être vivrait-il plus facilement ces retrouvailles, avec Emma près de lui ? À moins que ce retour à Vladimir ne s'avère la pire décision de sa vie.

3.

Le soir, par la fenêtre du bar de l'hôtel, Nikolaï regardait la neige tomber de plus en plus dru… et s'en réjouissait ! À ce rythme, les conditions météorologiques les empêcheraient de se rendre chez Marya avant le départ d'Emma.

— C'est une véritable tempête de neige, murmura la jeune femme d'une voix douce mais un peu anxieuse en s'asseyant en face de Nikolaï.

— Ce temps n'a rien d'exceptionnel dans la région, rassurez-vous.

Nikolaï ne pouvait détacher son regard de cette femme, splendide dans sa robe noire moulante. Elle enleva sa veste, révélant ses épaules et ses bras graciles, puis elle croisa les jambes d'une façon qui mettait en valeur leur galbe élégant. À cette vue, il sentit le désir l'envahir. Cherchait-elle à l'aguicher pour qu'il baisse la garde ?

— Merci de m'avoir montré la maison de votre enfance.

Elle s'était maquillée, et ses yeux paraissaient encore plus verts. Quelle teinte prendraient-ils, enfiévrés de passion ?

— Ça a dû vous déchirer le cœur de la trouver en ruines, ajouta-t-elle avec compassion.

La sincérité dans sa voix piqua la curiosité de Nikolaï. Il se rappela alors son commentaire peu après son arrivée : « La vie s'est chargée de me l'apprendre, monsieur Petrouchov ». Quelle enfance avait-elle connue ? Avait-elle souffert, elle aussi ?

— Et qu'en est-il de votre propre maison familiale, Emma ?

Ah ! cette crispation de la mâchoire. Il connaissait bien ce signe. Manifestement, il n'était pas le seul à être prisonnier de secrets.

— Je n'ai pas eu la chance d'en avoir une. Ma sœur et moi avons été très tôt placées dans des familles d'accueil.

Elle détourna la tête, l'air soudain oppressé. Et Nikolaï serait allé la réconforter, s'il n'avait douté de sa capacité à s'en tenir là.

— Je suis désolé. Je ne voulais pas ressusciter de mauvais souvenirs.

Alors qu'il se penchait vers elle, son parfum l'enveloppa, exacerbant un désir défendu.

— Je regrette pour ma part de vous avoir imposé cette épreuve, hier, poursuivit-elle en baissant la tête d'un air contrit, les mains croisées sur ses genoux.

Nikolaï n'y tint plus. Il tendit le bras vers elle et lui leva le menton. Quand leurs regards se croisèrent, la force magnétique qui les attirait l'un vers l'autre depuis qu'Emma était descendue du train devint irrésistible.

Il posa son pouce sur la lèvre inférieure d'Emma et sut alors qu'il avait atteint le point de non-retour. Son seul espoir à présent : qu'elle proteste pour arrêter cette folie. Mais elle ne bougea pas et, lorsqu'il caressa de nouveau son visage à la peau si douce, elle ferma ses yeux magnifiques bordés de longs cils noirs.

Avait-elle la moindre idée de l'effet qu'elle produisait sur lui ?

— Nous devrions dîner, suggéra-t-elle d'une voix rauque en ouvrant ses paupières sur des yeux pleins d'ardeur.

Nikolaï pensait à tout autre chose qu'à manger, dans l'immédiat ! Hélas, cette femme si séduisante, si adorable, lui était interdite.

Mais comment était-il censé garder son sang-froid

quand il voyait les yeux d'Emma brûler du même appétit charnel ? Il n'existait qu'une seule façon d'éteindre l'incendie qui les dévorait.

— Ce n'est pas un repas qui me tente, Emma.

Était-il devenu fou ? Déjà, il plaquait ses lèvres sur celles d'Emma, ne laissant à cette dernière aucun doute sur l'objet de sa tentation.

Peut-être l'était-il, mais il n'était plus en état de s'en soucier. Si sa raison lui soufflait qu'il commettait une grave erreur, son corps, lui, approuvait sans réserve son initiative.

Impossible pour Emma de ne pas saisir le message dans le regard de Nikolaï : il la désirait. Comment le savait-elle, elle dont l'expérience avec les hommes se bornait à quelques baisers ? Elle se fiait simplement à un instinct primitif qu'elle avait d'ailleurs ignoré posséder.

Oui, elle lisait de la convoitise dans les yeux d'encre de cet homme viril et dominateur. Il la désirait, elle qui s'était pourtant toujours crue incapable de susciter le moindre intérêt chez les hommes ! Tout aussi incroyable, elle aussi voulait goûter les lèvres de Nikolaï, sentir l'étreinte de ses bras, être acceptée pour ce qu'elle était. Rien d'autre n'importait.

Elle comprit soudain qu'elle n'avait jamais éprouvé pour Richard que de l'amitié. Ce qui l'attirait vers Nikolaï était autrement plus intense… et dangereux.

« Profite de l'instant présent », lui avait répété la mère de sa dernière famille d'accueil. Un excellent conseil, en vérité ! Elle ne devait plus se gâcher la vie en ressassant les propos odieux et humiliants que lui avait lancés son père lors de leur seule et unique rencontre.

Embrasse-le, songea-t-elle. *Blottis-toi entre ses bras. Profite de l'instant présent.*

— Ce n'est pas un repas qui me tente non plus, murmura-t-elle d'une voix à peine audible.

Aussitôt, il plaqua ses lèvres contre les siennes. Elle s'enflamma. Aucun doute : plus qu'un baiser, c'était le prélude à ce qu'elle n'avait jamais fait auparavant. Stimulée par cette idée et par l'envie de devenir enfin une vraie femme, elle sourit à Nikolaï.

— Montons, susurra-t-elle sous le regard scrutateur de Nikolaï.

Pourvu qu'il ne devine pas qu'elle faisait ses premières armes ! Car un homme comme lui, certainement un grand séducteur, ne voudrait pas d'une vierge effarouchée.

Certes, elle ne pouvait rien changer à son inexpérience, mais elle pouvait au moins tenter de vaincre sa timidité. Il lui fallait à tout prix lâcher prise pour profiter de ce moment.

— Il ne peut s'agir que de l'aventure d'une nuit, la prévint Nikolaï. Je ne veux pas m'engager dans une vraie relation. Je ne cherche pas l'amour et le bonheur.

— L'amour et le bonheur ? répéta-t-elle un peu trop sèchement. Ça n'existe pas, Nikolaï. Je ne suis pas idiote. Dans trois jours, nos chemins se sépareront, et ce sera comme si cette nuit n'avait jamais eu lieu.

D'où était sorti ce discours ? La fièvre lui avait-elle brouillé l'esprit ? Elle venait d'accepter de passer une nuit avec un quasi-inconnu et d'en rester là, alors qu'elle s'était toujours promis d'attendre le prince charmant. Cela dit, tout au fond d'elle, elle n'avait jamais cru aux contes de fées. En raison de son enfance malheureuse, elle avait vite compris que l'amour est une illusion ou, du moins, qu'il ne survit pas, une fois les premières ardeurs émoussées.

Sans rien dire, Nikolaï prit Emma par la main pour l'entraîner à travers le salon. Enhardie par la perspective de devenir femme, elle ne résista pas. Bientôt serait effacé le complexe que le rejet de son père avait enraciné en elle.

Nikolaï percevait-il l'impatience qui la consumait ? s'inquiéta-t-elle tandis qu'ils parcouraient les couloirs du chalet. Peu importait, au fond. Il n'y aurait pas d'autre témoin de ses émotions.

Quand ils s'arrêtèrent enfin devant la chambre de Nikolaï, elle sentit ses jambes vaciller et dut s'appuyer contre le mur.

— Êtes-vous certaine de ne pas avoir changé d'avis ? demanda-t-il dans un murmure enroué de désir.

— Oui, répondit-elle avec fermeté.

Pour le prouver, elle posa ses mains à plat sur la poitrine de Nikolaï qui la serra aussitôt dans ses bras, son membre dur plaqué contre elle. Gênée, mais grisée par ce contact, elle lui enlaça le cou, ses doigts enfouis dans l'épaisseur de sa chevelure de jais.

Il s'empara alors de sa bouche, attisant le brasier qu'il avait allumé et qui, elle le savait, la consumerait tout entière. Bientôt, il lia sa langue à la sienne en un baiser exigeant. Gagnée par une multitude de sensations inédites, Emma était résolue à profiter de cette seule et unique nuit. Pour une fois, elle penserait d'abord à elle. Pour une fois, elle croirait en elle et à sa capacité à combler un homme.

— Porte-moi jusqu'à ton lit, chuchota-t-elle comme elle s'écartait pour reprendre son souffle.

Elle était surprise par cette femme inconnue d'elle qui osait exprimer sa volonté.

— C'est bien mon intention, Emma Sanders. Ne t'inquiète pas.

Mais au lieu de s'exécuter, il reprit son baiser, une main dans le dos d'Emma, l'autre se mettant à jouer avec son téton dressé. Des ondes de plaisir la parcoururent, menaçant de l'emporter.

Il dut remarquer son trouble, car il s'arrêta le temps d'ouvrir la porte.

Était-ce bien elle qui allait pénétrer dans la chambre

de cet homme et se donner à lui ? Malgré ses doutes, elle s'avança vers Nikolaï, un sourire enjôleur aux lèvres. Ce soir, elle n'était plus l'Emma Sanders raisonnable et responsable. Elle était simplement une femme de chair et de sang.

Avec une douceur qui la surprit après le baiser fougueux qui lui avait meurtri les lèvres, il la prit par la main pour l'emmener dans l'épaisse pénombre de sa chambre.

Nikolaï hésita un instant : allait-il rester dans le noir ou allumer la lumière pour savourer la beauté d'Emma ?

Il était un peu déconcerté par cette femme tantôt provocante et aguicheuse, tantôt candide et timide. Une chose était sûre, cependant : elle respirait la passion. Plus important encore : comme lui, elle considérait l'amour et le bonheur comme le privilège de quelques chanceux dont ils ne faisaient pas partie.

— Tu es superbe, Emma.

Ses yeux si expressifs s'agrandirent, décuplant le désir de Nikolaï. Jamais une femme ne l'avait autant attiré. Aussi comptait-il ne pas perdre une seconde du temps qu'il passerait avec elle. Une parenthèse d'autant plus savoureuse qu'ils avaient tous deux convenu qu'elle ne durerait qu'une seule nuit.

— Nikolaï…

— Ce n'est pas le moment de parler, mais de prendre du plaisir, l'interrompit-il avec douceur avant de l'embrasser.

Il devait contenir sa fougue, ne rien précipiter, savourer chaque seconde. Ce qui n'avait rien d'aisé, alors qu'Emma entrouvrait les lèvres et enroulait timidement sa langue autour de la sienne.

D'un geste adroit et expérimenté, il fit descendre la fermeture Éclair dans le dos de sa robe. Elle intensifia son baiser, les yeux fiévreux presque fermés, et il dut l'écarter de lui pour reprendre son sang-froid.

Quelques instants plus tard, il faisait lentement glisser les bretelles du vêtement sur les épaules d'Emma, puis sur ses bras. La robe tomba autour de ses pieds la laissant en sous-vêtements noirs. Elle demeura parfaitement immobile. Seule sa voluptueuse poitrine se soulevait et s'abaissait au rythme de sa respiration.

Les yeux écarquillés, elle incarnait de nouveau l'innocence. Puis soudain elle sourit, et la tentatrice effrontée apparut.

Elle enleva son soutien-gorge, et la vue de ses seins ronds et pleins mit un peu plus à l'épreuve la capacité de Nikolaï à se contrôler. Lentement, sans le quitter des yeux, elle se débarrassa de sa culotte en dentelle.

Le mettait-elle au défi de lui résister ou bien de la faire sienne ? hésita Nikolaï, tandis qu'elle se tenait en tenue d'Ève devant lui, un sourire provocateur aux lèvres.

— Tu es encore plus belle ainsi... Je veux goûter chaque parcelle de ton corps, murmura-t-il, subjugué.

— Je ne demande que ça, dit-elle dans un souffle en lui effleurant la joue de ses doigts.

Il lui saisit le poignet pour arrêter cette caresse grisante qui risquait de faire voler en éclats sa résolution de ne rien hâter. Elle le regarda un instant, surprise apparemment, mais se reprit aussitôt et se colla lascivement contre lui. Il lui lâcha la main pour promener nonchalamment les doigts sur son avant-bras avant de remonter vers son sein, où il traça des cercles autour de son mamelon. Elle n'était pas la seule à pouvoir jouer de sa séduction.

— Je vais donc m'exécuter, dit-il en lui léchant les tétons.

Puis il s'agenouilla devant elle et, lui maintenant fermement les hanches, il déposa une traînée de baisers de son ventre vers le cœur de sa féminité. Dans un hoquet de plaisir, elle s'agrippa à ses cheveux.

— Je ne… savais pas que… ça pouvait être… aussi bien… aussi…

Il leva les yeux vers elle, fou de désir.

— On dirait que tu n'as jamais fait l'amour.

— Et ça poserait un problème ?

Il fronça les sourcils, un peu perturbé. Était-ce pour cela qu'elle passait d'une seconde à l'autre de la séductrice à l'ingénue ? Manquait-elle d'expérience ? Se pouvait-il qu'elle soit vierge, même ? Après la façon dont elle venait de se comporter avec lui, il peinait à le croire. Pourtant…

— Pourquoi cette question ?

— Eh bien, parce que je n'ai jamais… Je suis…

Elle s'empourpra, incapable d'achever sa phrase.

— Tu es vierge ?

La stupéfaction de Nikolaï céda très vite la place à une tout autre émotion. Ainsi, elle lui offrait sa virginité ?

— Oui, avoua-t-elle dans un souffle sensuel et empreint d'appréhension. Et je veux que tu sois celui qui m'initie à l'amour.

Il se redressa et lui prit les mains, tandis qu'elle se tenait nue debout devant lui. Il ne s'estimait pas digne d'être celui qui lui révélerait les plaisirs du sexe. En même temps, il aspirait de toute son âme et de tous ses sens à être cet homme-là.

— Ça ne change rien, Emma, d'accord ? Je ne peux rien t'offrir d'autre qu'une aventure d'une nuit. Je n'ai aucune intention de me ranger dans l'immédiat.

— Je ne cherche rien d'autre que de vivre le moment présent, assura-t-elle en effleurant de ses doigts ses joues mal rasées.

Dans un regain de fièvre, il l'attira contre lui, enivré par la douceur de sa peau nue. Il l'embrassa délicatement, déterminé à rendre cette nuit inoubliable. Pour elle comme pour lui.

Il la souleva prestement de terre et alla l'allonger sur le

grand lit dans lequel il couchait seul depuis deux nuits. Puis il commença à se dévêtir sous le regard attentif d'Emma.

— Je suppose que tu n'utilises aucune contraception ? demanda-t-il gentiment en prenant un préservatif dans la table de nuit.

— Non, murmura-t-elle, son sourire mutin soudain envolé.

— Bien. Ce problème étant réglé, revenons aux choses sérieuses.

S'allongeant au-dessus d'elle, il l'embrassa. Tout en s'abandonnant à son baiser, elle lui caressa savamment le dos et lui enserra la taille de ses jambes. Une prise qu'elle accompagna de mouvements experts du bassin. Jamais Nikolaï n'aurait deviné que c'était sa première fois !

Incapable de se contrôler plus longtemps, il la pénétra, aussi lentement que le lui permettait son désir dévorant. Les ongles enfoncés dans son dos, Emma murmura son nom, l'incitant à plonger plus profondément en elle, jusqu'au moment où tous deux parvinrent à l'extase.

4.

Les premières lueurs de l'aube filtraient à peine à travers les stores lorsqu'Emma se réveilla, après sa merveilleuse nuit d'amour avec Nikolaï. Un mouvement près de la fenêtre attira son attention. Il se tenait là, de dos, en partie dans l'ombre. Vêtu de son seul jean, les rais de lumière sculptant les muscles de son torse, il était splendide. L'image ressemblait à une photo en noir et blanc et, avec son œil de photographe, elle l'imprima dans son cerveau.

Le front près de la vitre, perdu dans ses pensées, il regardait dehors. Il avait les mâchoires serrées, les sourcils froncés. À quoi pensait-il ? Regrettait-il d'avoir fait l'amour à une femme sans expérience ? L'avait-elle déçu malgré ses efforts ?

Pour sa part, elle avait découvert entre les bras de Nikolaï une plénitude inattendue, comme s'ils étaient faits l'un pour l'autre. Son côté fleur bleue aspirait à bien davantage, mais la femme réaliste que la vie lui avait appris à devenir gardait la tête sur les épaules.

Tout s'arrêterait quand elle quitterait Vladimir. Pour Nikolaï, il ne s'agissait que d'une aventure, une façon d'occuper le temps pendant une nuit d'intempéries. Peut-être même n'était-ce pour lui qu'une manœuvre pour la détourner de son objectif initial. Si cette pensée la perturbait, elle refusait de s'y attarder. Après tout, difficile de nier la réalité de l'attirance physique qui s'était exercée entre eux dès leur premier contact.

— Il neige encore ? demanda-t-elle pour briser un silence qui commençait à lui peser.

Si, comme elle l'espérait, les conditions météorologiques les empêchaient de suivre le programme prévu par Nikolaï, peut-être reviendrait-il se coucher…

Il ne semblait pas l'avoir entendue. Mais alors qu'elle s'apprêtait à réitérer sa question, il lâcha un « oui » laconique.

Elle sentit sa gorge se nouer, désemparée par cette brusque sécheresse. Mais à quoi s'était-elle attendue ? Une déclaration d'amour éternel, parce qu'elle lui avait offert sa virginité ? Même elle n'était pas assez naïve pour croire à ce genre de choses.

— Nous n'allons pas pouvoir rencontrer ta grand-mère, alors ? demanda-t-elle avec autant de détachement que possible.

Un pouce dans un passant de sa ceinture, il se retourna très lentement pour la dévisager longuement, avec une méfiance ostensible. Aurait-elle commis un impair ?

— Ça t'embêterait ? finit-il par lancer.

À son grand étonnement, elle s'en moquait bien, en réalité. Tout ce qu'elle souhaitait à cette heure, c'était de rester ici pour se perdre à nouveau entre les bras de Nikolaï. Elle voulait connaître encore cette étreinte qui avait donné vie à une femme passionnée dont elle avait ignoré l'existence jusque-là. Elle désirait vivre pleinement avant que le jour ne la ramène à la froide réalité.

— Non, répondit-elle dans un souffle. Ne pensons qu'à nous, pour le moment.

Comme par miracle, l'atmosphère se détendit.

— Comment pourrais-je penser à autre chose qu'à toi, quand je te vois ? répliqua-t-il en enlevant son jean.

À peine se fut-il glissé dans le lit à côté d'elle qu'Emma s'enflamma. Quand elle était montée dans l'avion pour

Moscou, elle était loin de se douter qu'elle allait connaître une expérience qui changerait sa vie à tout jamais !

— Je veux t'appartenir jusqu'au lever du jour, susurra-t-elle en se collant contre le corps vigoureux de Nikolaï.

— Marché conclu, dit-il en la dévorant de baisers brûlants.

Et il tint largement sa promesse…

Nikolaï se réveilla à côté d'Emma, plusieurs heures plus tard. De peur de rompre la magie de ce qu'il venait de vivre, il ne bougea pas. Jamais auparavant, il n'avait laissé le moindre sentiment entrer dans sa chambre à coucher. Il avait toujours limité ses relations avec les femmes à des rapports sexuels et avait pensé qu'il en irait de même avec Emma. Mais à l'instant où il était devenu son premier amant, quelque chose avait changé en lui.

Songeur, il effleura des lèvres les cheveux soyeux d'Emma, qui leva aussitôt la tête vers lui avec un sourire timide.

— Pourquoi ne me raconterais-tu pas l'histoire de ta famille ici, plutôt que de me conduire chez ta grand-mère ?

— Je risque de te garder ici à tout jamais dans ce cas, murmura Nikolaï.

Il se sentait étrangement joyeux. L'avait-il jamais été à ce point ?

— Des promesses, toujours des promesses, pouffa-t-elle.

Et son rire sensuel le plongea dans un monde encore plus irréel.

— Tu connais les grandes lignes de mon histoire, dit-il en fermant les yeux pour savourer les baisers qu'elle éparpillait sur sa poitrine. J'ai grandi en Russie et, à la mort de mon père, ma mère et moi sommes partis pour New York.

— Ça n'a pas dû être évident.

Les doigts légers d'Emma qui voletaient sur sa peau adoucissaient la douleur des souvenirs.

— Un collègue de mon père nous a beaucoup aidés. Ma mère l'a épousé, quelques années plus tard.

— Et comment as-tu pris ce remariage ? Je veux dire, le fait qu'elle ait remplacé ton père ?

La question doucha son plaisir.

— Mon père ne m'a pas manqué.

Malgré lui, sa voix s'était tout à coup muée en un grondement rauque. Comme si elle percevait sa souffrance, Emma s'écarta de lui pour l'étudier. Que penserait-elle de lui, si elle apprenait la façon dont il avait été conçu ? Changerait-elle d'attitude en découvrant qu'il était le produit d'un viol ?

— Que s'est-il passé ? demanda-t-elle sans aucune trace de jugement ou de réprobation.

Cette empathie lui venait-elle d'une enfance malheureuse ? s'interrogea Nikolaï.

— Le mariage de mes parents n'était pas heureux et pourtant ma grand-mère, Marya Petrouchov, s'opposait à une séparation. Elle n'avait que faire du calvaire que vivait sa bru.

Il tournait autour du pot, essayant de lui expliquer la situation sans lui divulguer le cœur de son funeste secret. Qui sait si, en ce moment même, elle ne notait pas mentalement les informations qu'il lui donnait pour alimenter son satané article ?

Il s'écarta d'elle. Il devait rompre tout contact physique pour pouvoir réfléchir sereinement.

— Est-ce pour cela que tu as fait en sorte que je ne rencontre pas ta grand-mère ? J'ai besoin de connaître toute l'histoire, Nikolaï. Je suis chargée d'un travail.

Comment cette femme, qui se trouvait nue dans son lit, pouvait-elle tenir des propos qui le transperçaient comme des poignards ? Était-il tombé dans le piège le plus vieux du monde ? Avait-elle joué les ingénues pour lui soutirer des confidences sur l'oreiller ? Pis encore, avait-elle sacrifié sa virginité à son article ?

Elle le regretterait si c'était le cas, car il ne lui révélerait rien qui lui permettrait de dresser le portrait d'une famille que la cupidité et la soif de pouvoir avaient déchirée. Ce qui était pourtant la réalité. Sa mère avait en effet représenté une proie facile pour un homme parti de rien mais ambitieux et déterminé à faire fortune.

Avec une rage croissante, Nikolaï pensa au projet de sa grand-mère de vendre leur roman familial. Était-ce pour assurer financièrement ses vieux jours ? Projetait-elle de le faire chanter ? Quoi qu'il en soit, il ne se laisserait pas faire !

— Tu l'auras ton histoire, grommela-t-il en se levant.

Il devait échapper à la tentation du corps nu d'Emma et accepter la réalité. Cette journaliste s'était montrée aussi retorse, fourbe et intrigante que Marya Petrouchov. Elle avait couché avec lui uniquement pour obtenir ce qu'elle voulait ! Elle avait percé les remparts qu'il avait érigés autour de son cœur depuis son enfance et l'avait mis face à des émotions nouvelles et à la réalité de ses origines.

— Mais pas maintenant, ajouta-t-il. Il est temps pour toi d'assumer les conséquences de ta façon sournoise de m'interviewer.

— Nikolaï ! cria-t-elle dans un hoquet, le bras tendu vers lui.

Lorsque le drap glissa sur elle, découvrant ses seins généreux, Nikolaï sentit un désir aussi fulgurant qu'incongru le traverser. Aussi tourna-t-il vivement le dos à Emma pour achever de s'habiller. Quel imbécile ! Comment avait-il pu croire un instant pouvoir chasser l'ombre de son passé pour mener une vie normale ?

— Va-t'en ! ordonna-t-il.

La colère avait balayé le désir en lui. Jamais il ne

laisserait Emma étaler la vérité au grand jour et raviver les blessures de sa mère.

Emma resta un moment sans voix, horrifiée par ce revirement incompréhensible. Où était passé l'amant tendre et attentionné qu'elle avait connu quelques heures plus tôt ? La fureur semblait jaillir de lui comme un torrent de la montagne.

— Non. Il faut que nous parlions, Nikolaï.

— Tu ne tireras rien d'autre de moi.

Tel une balle assassine, chaque mot avait fusé à travers la pièce. Emma en demeura pantoise.

Qu'avait-elle fait pour susciter sa haine ? Posé des questions ? Mais c'était dans le cadre de son travail, et elle ne s'en était pas cachée. Quoi qu'il en soit, une chose était sûre : leur moment d'intimité était terminé.

Il lança vers elle sa carte de visite qui atterrit sur le lit.

— Si tu veux encore fureter dans mon passé, appelle-moi à ce numéro.

Une chape de glace enveloppa le cœur d'Emma, tuant ce qu'elle s'était imprudemment laissé aller à éprouver pour cet homme. Comment avait-elle pu croire qu'il était différent, que le traumatisme qu'il avait lui aussi subi dans son enfance avait tissé entre eux un lien puissant ?

Elle prit la carte du bout des doigts. Nikolaï Cunningham y était écrit en caractères noirs et sévères, à l'image du visage de l'homme qui se tenait devant elle.

— Une dernière question, dit-elle impulsivement. Pourquoi ne te fais-tu plus appeler Petrouchov ?

— Utiliser le patronyme de mon père ? Merci bien ! répondit-il avec dégoût et colère. Et afin que tu n'écrives rien d'erroné quand tu te serviras de mon passé sordide pour favoriser ta carrière, sache que j'ai adopté le nom de mon beau-père quand j'avais seize ans.

— Je ne compte pas utiliser quoi que ce soit de ce que tu m'as confié, Nikolaï. Pour qui me prends-tu ? s'indigna-t-elle, effarée.

— De toute évidence, tu es du genre à ne reculer devant rien pour grimper les échelons. Quand je pense que tu as sacrifié ta virginité à ta carrière !

Elle tressaillit, sous le choc. Cette accusation, outre la douleur qu'elle lui causait, souillait le souvenir de leur nuit ensemble.

— Mais qu'est-ce que tu racontes ? Tout cela n'a aucun sens !

Elle aurait voulu aller vers lui, mais elle était nue.

— À présent que tu as récolté de quoi détruire la réputation de ma mère et la mienne, sors de ma vie, lança-t-il avec un regard glacial.

Puis il disparut en claquant la porte.

Emma n'en revenait pas. Et dire que quelques heures auparavant seulement, ils brûlaient de fièvre dans les bras l'un de l'autre ! Une larme coula le long de sa joue, tandis qu'elle se levait pour courir dans sa chambre soigner ses blessures à l'abri des regards.

Elle alla droit à sa salle de bains, où elle se doucha dans l'espoir de recouvrer un peu de sérénité. Au bout de ce qui lui sembla une éternité, elle ferma enfin le robinet et s'enveloppa dans une serviette, tout en essayant de chasser de son esprit les horreurs lancées par Nikolaï. La croyait-il réellement capable de se vendre pour obtenir des informations ?

Le vibreur de son téléphone la tira de ses ruminations. Serait-ce Nikolaï ?

J'ai besoin de toi, Em. Viens tout de suite. S'il te plaît.

Alarmée par la détresse de sa sœur palpable dans ces quelques mots, Emma soupira. Décidément, la journée allait de mal en pis.

*
* *

En arrivant à Perm après une nuit de train, Emma se rendit directement à l'école de danse. Elle était hantée par la conversation qu'elle avait eue avec une Jess en larmes pendant le voyage. Le chagrin de sa sœur avait au moins eu le mérite de la détourner de son propre drame. Durant quelques heures, elle n'avait pas pensé à sa nuit avec ce grand Russe ténébreux qui avait réussi à donner naissance à la femme qu'elle avait toujours rêvé d'être. Ni à la façon dont son rejet avait complètement changé la situation.

— Tu m'as tellement manqué, Em !

— C'est pour ça que tu m'as demandé de venir ? répondit-elle d'un ton qu'elle espéra léger.

Mais, pour la première fois de sa vie, elle en voulait à sa sœur. Si elle n'avait pas dû s'occuper de se procurer un billet de train toutes affaires cessantes, elle aurait essayé de voir Nikolaï. Au moins pour s'expliquer avec lui.

— Ça fait des mois que je ne t'ai pas vue. Alors, te savoir si près de moi… Je n'ai pas résisté.

— Une nuit de train, ce n'est pas si près que ça, s'esclaffa Emma en serrant Jess dans ses bras.

Elle était bien incapable de lui reprocher longtemps son caprice.

— J'espère que je n'ai pas gâché ton séjour, s'inquiéta soudain Jess.

— Il n'y avait rien à gâcher.

Nikolaï s'en était déjà chargé, avec ses accusations !

— Tant mieux ! s'écria sa sœur, recouvrant aussitôt son allant. Je n'ai que quelques heures de libres avant que les cours ne reprennent.

— Alors, profitons-en au maximum.

*
* *

Le soir, allongée dans une chambre d'hôtel de Perm après sa journée avec Jess, Emma ne put continuer à éluder la pensée de Nikolaï. Elle le revoyait debout devant la fenêtre, son corps viril éclairé par un jeu d'ombres et de lumière… Ah ! si seulement elle pouvait remonter le temps ! Au moins pour effacer le doute sur son visage et l'inquiétude dans ses yeux. À plusieurs reprises, pendant la soirée, elle avait été tentée de l'appeler pour l'assurer de sa discrétion et lui poser les questions qui la tourmentaient. Était-ce parce qu'il s'était senti mal aimé et rejeté pendant son enfance — comme elle-même — qu'il s'était ingénié à reporter le rendez-vous avec Marya Petrouchov ? Lui avait-il caché une facette de son histoire ? S'était-elle laissé aveugler par le côté poignant de son récit ?

Dans le train, elle avait rédigé le brouillon de son article sans que ne l'effleure l'idée d'y mentionner les épreuves endurées par un homme qui l'avait initiée aux merveilles de l'amour. Mais la croirait-il, même preuve à l'appui ? En se remémorant le visage de Nikolaï quand il l'avait accusée d'avoir acheté ses confidences avec sa virginité, elle sut que non.

Le lendemain, elle prendrait le train pour Moscou et, de là, l'avion pour Londres, sans avoir l'occasion de revoir Nikolaï. Peut-être le destin lui signifiait-il ainsi que la nuit qu'elle avait passée avec cet homme n'était qu'un simple moment hors du temps ?

5.

Debout devant la baie vitrée de son appartement new-yorkais, le regard perdu sur un Central Park baigné par la lumière d'un soleil printanier, Nikolaï pensait à Emma. Comme toujours. Depuis son retour de Vladimir deux mois plus tôt, le seul signe de leur rencontre était venu sous la forme d'un remerciement du *Monde en photos*, alors même qu'il n'avait toujours pas reçu copie de l'article d'Emma. Le cadet de ses soucis, à vrai dire.

Il s'était maintes fois remémoré leurs ébats à Vladimir et, sa première colère contre la duplicité d'Emma dissipée, un doute avait germé dans son esprit. Il se rappelait que, dans la fièvre du moment, il avait mis son préservatif un peu tard, la deuxième fois où il avait succombé aux charmes d'Emma, lors de leur longue nuit d'amour. En ce petit matin, il se raccrochait au dicton « pas de nouvelles, bonnes nouvelles » pour tenter de se rassurer.

Des semaines s'étaient écoulées depuis le moment où, après avoir décompressé dehors dans la neige et le froid, il avait regagné sa chambre… d'où Emma avait disparu ! Preuve s'il en fallait qu'elle l'avait manipulé. À la fois furieux contre lui-même de s'être mis dans une pareille situation et soulagé d'avoir ainsi échappé à la confrontation avec sa grand-mère, il était rentré directement à New York. Mais la pensée d'Emma l'avait hanté nuit et jour. Car quelque chose s'était produit cette nuit-là. Ou peut-être même dès leur première rencontre. Elle l'avait changé, en lui laissant entrevoir une vie qui lui avait paru jusque-là inaccessible. Alors qu'il avait passé sa vie à barrer la route à ses émotions, il avait été à deux doigts de révéler à Emma le secret de sa naissance ! Incroyable !

Il était allé à Vladimir affronter les fantômes de son passé uniquement pour épargner à sa mère la douleur de voir son histoire étalée dans les journaux si la reporter découvrait la terrible vérité. Mais sa rencontre avec Emma lui avait apporté quelque chose d'autre : au fil des heures, elle avait réussi à percer la nuit froide de son cœur et à libérer des sentiments qu'il s'était cru incapable d'éprouver. Même son ex-fiancée n'était pas parvenue à l'émouvoir de la sorte.

Qu'est-ce qui t'a pris, espèce d'imbécile ?

La seule femme qu'il n'avait pas tenue à distance s'était servie de lui. Avait-elle seulement été vierge ? Il en doutait aujourd'hui. Peut-être l'avait-elle prétendu pour le flatter. Quel homme ne serait pas fier d'être choisi comme premier amant ? Peut-être n'avait-elle cherché qu'à lui soutirer de quoi écrire son article.

Il se rappela comment, sous le coup d'une rage plus fiable que ses sentiments, il lui avait lancé sa carte de visite avant de partir en claquant la porte. Avait-il déjà inconsciemment envisagé la possibilité d'un « accident » ? Si Emma se révélait enceinte, il assumerait les conséquences de cette nuit insensée et serait pour son enfant le père que lui-même aurait voulu avoir.

Cette décision ne rendait pas le silence d'Emma plus facile à vivre, car il ne savait comment l'interpréter. Devait-il ou non en déduire qu'elle n'était pas enceinte ?

Il consulta sa montre. Il était 10 heures, donc environ 17 heures à Londres. Il pourrait lui téléphoner. Il ne serait pas très difficile d'obtenir son numéro par *Le Monde en photos*. Ou bien devrait-il carrément se rendre dans la capitale britannique pour la rencontrer ? Mais pour lui dire quoi ?

Plongé dans ses réflexions, il ignora l'arrivée d'un texto sur son portable. Mais le téléphone continuait à vibrer avec insistance. Il jura en russe — une habitude qu'il avait prise depuis sa visite à Vladimir — en se saisissant de son appareil… qu'il faillit lâcher, comme s'il lui brûlait les doigts.

Il faut qu'on se voie. Je suis à New York. E

Il inspira profondément. Emma à New York ? Elle n'aurait jamais entrepris ce voyage simplement pour lui annoncer que son article avait été accepté ou pour lui en remettre un exemplaire. Elle se serait contentée d'un courriel. Ce message ne pouvait signifier qu'une seule chose : comme il le redoutait, leur nuit d'amour avait eu des conséquences.

Il avait beau tourner la question dans tous les sens, il arrivait toujours à la même conclusion. Or, c'était la pire chose qui puisse lui arriver. Il allait devoir affronter les peurs héritées de son enfance, se prouver que son père ne lui avait pas transmis ses gènes et que, contrairement à ce dernier, il était capable d'élever son enfant dans l'amour et la bienveillance. Un défi qui le terrorisait.

Emma était arrivée à Central Park bien avant midi, l'heure spécifiée par Nikolaï en réponse à son texto. Grâce à la beauté du parc qu'elle avait pris en photos, elle avait réussi à oublier temporairement la raison de sa présence à New York.

Entièrement absorbée par cette activité, elle avait perdu son chemin. Et l'heure du rendez-vous approchait ! Après un instant d'affolement accentué par la fatigue du voyage et les nausées du début de grossesse, elle se ressaisit.

— Excusez-moi, est-ce que le restaurant The Boathouse se trouve bien dans cette direction ? demanda-t-elle à une jeune maman dotée d'une poussette.

Elle évita de regarder le bébé, préfiguration de ce qui l'attendait. Comment allait-elle se débrouiller toute seule ? Car Nikolaï avait été très clair : leur relation devait se limiter à une aventure d'une seule nuit. Il avait insisté si fermement sur ce point qu'elle se demanda soudain pourquoi elle avait voulu lui annoncer personnellement qu'il allait être père. Un coup de téléphone aurait été tellement plus simple. Mais elle aurait eu mauvaise conscience d'agir ainsi, elle qui avait été rejetée par son géniteur.

Pendant tout le vol, une question l'avait taraudée : son propre père aurait-il accepté de faire partie de sa vie, si on lui avait donné le choix ? Le souvenir du jour où elle l'avait rencontré pour la première — et dernière — fois lui revint à l'esprit. Après avoir enfin convaincu sa mère de lui révéler son identité, Emma s'était présentée à lui, et les mots qu'il lui avait assénés resteraient à jamais une blessure, en elle. « C'est trop tard. Je n'ai ni besoin ni envie de toi dans ma vie. »

— Continuez tout droit, vous ne pouvez pas le manquer, répondit aimablement la passante avant de s'éloigner.

Emma la suivit du regard. Voilà à quoi elle ressemblerait d'ici la fin de l'année. Sauf qu'elle ne vivrait certainement pas à New York et qu'elle ne respirerait pas le bonheur.

Chassant ses sombres pensées, elle consulta sa montre. Un quart d'heure de retard ! Nikolaï l'attendrait-il ? Elle accéléra le pas, impatiente de lui donner la chance d'entrer dans la vie de son bébé. Mais quand elle le reconnut au loin, elle ralentit. Même à cette distance, sa contrariété sautait aux yeux.

Elle respira profondément pour se calmer et désamorcer une nausée menaçante. Puis elle s'approcha résolument, la tête haute, le regard braqué vers lui. Hors de question de manifester la moindre hésitation ou, pire encore, la moindre peur. D'ailleurs, ce n'était pas tant l'avenir qu'elle appréhendait — malgré les inévitables difficultés, elle se réjouissait à l'idée de donner à son enfant tout ce dont elle avait été privée — que la perspective d'annoncer la nouvelle à Nikolaï.

Il ne fit même pas un pas vers elle, et elle lui en voulut de ne pas lui faciliter la tâche. Une mesure de rétorsion parce qu'elle avait pris contact avec lui, en dépit de leur pacte de ne pas prolonger leur histoire au-delà d'une nuit ?

Elle aurait dû l'appeler dès qu'elle avait connu le résultat du test de grossesse, se reprocha-t-elle, malade d'angoisse. Mais elle avait été sous le choc, et il lui avait fallu un peu de temps pour accepter l'évidence. Comment aurait-elle pu lui annoncer gaiement par téléphone que leur seule et unique nuit d'amour avait produit un enfant qui serait avec eux pour toujours ?

Comment s'y prenait-on pour dire à un homme qui avait clairement déclaré ne pas vouloir s'engager dans une relation durable qu'il allait être père ? De toute évidence, sa mère n'avait pas trouvé la méthode. Y parviendrait-elle ? Elle le saurait bientôt.

En arrivant à hauteur de Nikolaï, elle lut dans ses yeux noirs cette même accusation qu'il lui avait lancée dans la chambre d'hôtel, à Vladimir. Ses lèvres serrées lui donnaient un air encore plus dur qu'alors. Mais elle refusa de se laisser intimider, comme elle refusa d'admettre qu'à sa seule proximité, elle se sentait attirée par lui. Une attraction aussi absurde qu'inexorable.

— Tu es en retard, lâcha-t-il sans bouger.

Il devait mesurer un mètre quatre-vingt-cinq, au bas mot. Et devant cet Apollon hostile qui la dominait, Emma sentit son cœur s'affoler… de désir ! Un désir interdit, bien sûr, mais qui lui faisait perdre tous ses moyens.

Comment pouvait-elle s'enflammer de la sorte pour un

homme qui l'avait si cruellement rejetée, après qu'elle lui avait offert son bien le plus précieux ?

— Je me suis égarée dans le parc…

Il ne la laissa même pas terminer.

— Pourquoi es-tu venue à New York, Emma ?

Ses yeux étincelaient de colère, mais elle ne se laissa pas impressionner. Hors de question qu'il la traite comme une petite fille désobéissante ! De quel droit exigeait-il des justifications après la façon dont il l'avait abandonnée à l'hôtel ? C'était lui qui avait mal géré la situation.

— N'as-tu pas honte de m'avoir lancé ta carte de visite à la figure pour conclure notre nuit ensemble ?

Cette attaque fusa telle une flèche dans l'air printanier, pourtant Nikolaï ne broncha pas. Son beau visage ne trahissait rien d'autre qu'une irritation contenue. Ce qui attisa la colère d'Emma et lui donna la force dont elle manquait.

— Il faut que nous parlions, Nikolaï. C'est pour ça que je suis ici.

— Que nous parlions des conséquences de cette fameuse nuit ?

Ainsi, il avait deviné. Elle leva la tête vers lui, momentanément frappée de mutisme.

Comme il avançait vers elle dans toute son imposante stature, elle soutint son regard sans vaciller. Si elle détournait les yeux ne serait-ce qu'une seconde, elle perdrait tout son courage.

— Par « conséquences », tu entends ma grossesse, je suppose ? parvint-elle à articuler.

L'éclat dur de son regard causa chez elle un accès de panique.

— Oui. Je n'ai pas imaginé une seconde que tu parcourrais la moitié du globe uniquement pour me présenter ton article. Tu es venue m'annoncer que tu attends un enfant de moi, c'est ça ?

Il la fixait droit dans les yeux, la mine à la fois farouche et accusatrice. Rejetait-il la responsabilité sur elle ?

Emma s'arracha au regard impitoyable de Nikolaï. Ah ! si elle pouvait réécrire l'histoire ! Hélas, aucune prière n'effacerait les deux traits du test de grossesse qu'elle s'était finalement résolu à pratiquer. Elle portait l'enfant de Nikolaï et, à en juger par la façon dont il réagissait, l'idée lui répugnait. Peu importe ce qu'il dirait à présent, elle devait se rendre à l'évidence : elle était bel et bien seule.

Elle expira doucement. En fait, dut-elle s'avouer, elle avait tenu à lui apprendre son état de vive voix, parce qu'elle avait espéré tout au fond d'elle que, contrairement à son père à elle, Nikolaï accepterait la situation. Mais son expression froide et dure disait sans équivoque possible le contraire. Eh bien tant pis ! Elle n'avait pas besoin de lui. Ni de quiconque.

— Bravo pour tes pouvoirs de déduction, Nikolaï. Oui, je suis enceinte.

Nikolaï se raidit. Parviendrait-il à accepter sa paternité, alors que l'image cauchemardesque du lien paternel tel qu'il l'avait connu continuait à le hanter jour et nuit ?

Il regarda Emma, la seule femme à avoir jamais pris possession d'une partie de son cœur. Depuis qu'ils s'étaient quittés, il essayait de se persuader que c'était parce qu'il avait partagé avec elle une partie de ses secrets. Une folie d'ailleurs, vu l'usage qu'elle pouvait en faire ! Heureusement qu'il s'était arrêté à temps et ne lui avait pas parlé de la vie conjugale terrifiante de ses parents ni de l'horreur de sa conception ! Si elle connaissait toute la vérité, elle ne voudrait pas qu'il s'approche de leur enfant. Aussi veillerait-il par tous les moyens à ce qu'elle ne l'apprenne pas.

— Tu as filé comme une voleuse pour rentrer à Londres

soumettre à ton rédacteur en chef un article nourri des informations que tu m'avais extorquées, c'est ça ?

La colère qui l'avait saisi ce fameux matin à Vladimir, quand il s'était aperçu qu'Emma s'était envolée, bouillonnait toujours en lui. Car ce n'était pas pour rompre qu'il s'était sauvé de la chambre où ils s'étaient donnés l'un à l'autre, mais uniquement pour apaiser dans l'air glacial le feu qu'elle allumait en lui. Et il avait bien eu l'intention de retourner discuter posément avec elle.

— Non.

Elle baissa la tête, comme toujours quand quelque chose la dérangeait. Parce qu'elle aussi essayait de tenir à distance une souffrance passée ? Ou plutôt parce qu'elle avait honte de s'être offerte à lui pour récolter quelques bribes de son histoire familiale ?

Lorsqu'elle leva les yeux vers lui, ils brillaient de larmes.

— J'avais reçu un message de ma sœur. Je suis partie juste après ton départ.

— Un message de ta sœur ? Tu as donc estimé plus important de passer du temps avec elle ?

En la voyant blêmir, Nikolaï fut pris de remords… avant de se ressaisir. Après tout, elle lui avait effectivement préféré sa sœur.

— Elle ne se sentait pas bien, se justifia-t-elle, le regard implorant. Nous sommes seules au monde toutes les deux. Après l'avoir vue, je suis partie directement pour Moscou et de là pour Londres. Je n'ai pas eu le temps de prendre contact avec toi. Mais j'ignorais alors que notre nuit avait eu des conséquences.

— Et tu les as découvertes quand, ces « conséquences » ?

Depuis plusieurs semaines, probablement. Et c'est ce qui enrageait le plus Nikolaï, dans cette histoire. Davantage encore que d'avoir été manipulé.

— Ma grossesse n'a été confirmée que récemment…

Elle s'interrompit quand il se rapprocha. Il la dominait de toute sa hauteur.

— Et maintenant, il faut trouver une solution, acheva-t-il.

Comme il aurait aimé pourvoir savourer, le cœur léger, le soleil de printemps, à l'instar des promeneurs autour d'eux ! Impossible, hélas, écrasé de culpabilité comme il l'était. Tout était sa faute. Il aurait dû faire plus attention et surtout se maîtriser davantage. Mais, en dépit de la menace qu'Emma représentait pour sa mère et lui, il avait perdu son sang-froid habituel. Et c'était très certainement ce qu'elle avait voulu.

— Trouver une solution ? répéta-t-elle, visiblement prise de panique.

Surpris, il l'étudia. Elle avait encore pâli. Elle ne pouvait pas rester debout. Lui non plus, d'ailleurs. Mais à cette heure, il y avait beaucoup de clients dans le restaurant. Trop pour leur permettre de discuter d'une grossesse non désirée et de ses implications.

— Par ici, dit-il en lui prenant le bras pour l'entraîner vers les calèches, à la sortie du parc.

— Où m'emmènes-tu ? demanda-t-elle en essayant de se dégager.

— Dans un endroit où nous pourrons nous asseoir et parler au calme sans que tu puisses me fausser compagnie. Un endroit où tu seras obligée de m'écouter.

Comme elle continuait à se débattre, il s'arrêta et, se tournant vers elle, laissa glisser ses doigts le long de son bras pour l'attraper par la main. Un contact qui déclencha sur-le-champ cette onde magnétique maintenant familière et lui rappela son visage empreint de désir, quand elle lui avait pris la main, cette fameuse nuit à Vladimir. La nuit où ils avaient conçu une nouvelle vie. Son enfant. Son héritier.

— Ne compte pas t'échapper aussi facilement cette fois, Emma. Pas maintenant que tu portes mon bébé.

*
* *

Toute velléité de résistance s'envola chez Emma. Elle se sentait vidée, trop fatiguée pour continuer à lutter ou pour se soucier de l'avenir. Elle n'avait qu'une envie : s'asseoir, comme l'avait proposé Nikolaï. Ils traversèrent donc le parc main dans la main, l'image parfaite d'un couple heureux se promenant au soleil. Mais intérieurement, Emma était folle d'inquiétude. Quelle solution envisageait donc Nikolaï ?

— Nous allons faire le tour du parc, déclara-t-il en s'arrêtant à côté d'une calèche.

Elle en resta abasourdie. Était-ce là l'une de ses inventions romantiques pour endormir sa vigilance ? Il avait procédé de la même manière à Vladimir, où il s'était démené pour la distraire de son objectif et avait même réussi à l'empêcher de rencontrer Marya Petrouchov et d'en apprendre davantage sur sa famille. À bien y réfléchir, il était demeuré très évasif sur son passé jusqu'au moment où, après leur nuit d'amour, il s'était laissé aller à des confidences plus poussées sur l'enfance qui avait formé l'homme qu'il était devenu aujourd'hui. Pourquoi lui avait-il parlé, s'il ne lui faisait pas confiance ? Peut-être parce qu'il ne lui avait pas révélé toute la vérité, soupçonna-t-elle pour la première fois. Avait-il essayé de la manipuler pour qu'elle agisse et pense comme il le souhaitait ?

Avait-il réellement cru qu'elle trufferait son article de détails intimes, alors que son projet consistait seulement à raconter le conte de fées d'un homme pauvre devenu riche, en l'illustrant avec les superbes photographies qu'elle avait prises ? Avait-il réellement cru qu'elle l'avait manœuvré pour lui soutirer des révélations ?

— Tu essayes encore de m'attendrir pour mieux m'embobiner, c'est ça ? lança-t-elle, regrettant aussitôt cette attaque frontale.

— Il n'y a rien sur quoi s'attendrir. Avant d'étudier la suite des événements, je veux seulement savoir ce que tu as écrit dans l'article que tu as remis au *Monde en photos*.

Là-dessus, avec des démonstrations de galanterie dont elle ne fut pas dupe, il lui ouvrit la porte de la calèche et attendit qu'elle monte.

Quel autre choix s'offrait, à elle ? Elle s'exécuta, même si l'idée de jouer au touriste avec Nikolaï lui rappelait trop leur premier baiser dans la troïka. Elle était seule dans une ville qu'elle ne connaissait pas et enceinte de cet homme.

— Mon ordinateur est à mon hôtel, je peux te montrer ce que j'ai écrit, dit-elle.

Ainsi, il préférait discuter de son article plutôt que de leur bébé, songea-t-elle amèrement.

— T'es-tu servie de ce que je t'ai révélé après notre nuit à l'hôtel ?

— Non.

Elle regarda Nikolaï droit dans les yeux. Des yeux qui dressaient une barrière infranchissable entre elle et lui.

— Je n'ai jamais voulu être indiscrète ou te soutirer quelque secret que ce soit. Mon intention était juste de présenter ton pays sous un éclairage original. C'est ce que Richard avait suggéré au départ.

— Richard ? Qui est-ce ?

— Un photographe que j'ai rencontré pendant mes études. Il travaille pour *Le Monde en photos* et m'a aidée à décrocher le reportage à Vladimir.

Elle n'avait rien à cacher. S'il trouvait à redire sur la façon dont elle avait obtenu son contrat, tant pis pour lui.

— Et que dois-tu à ce Richard en échange ? demanda-t-il d'une voix dure.

De stupeur, elle tourna la tête vers lui. Il la toisait avec un regard aussi glacial que le vent à Vladimir.

— Rien. Ma mission consistait seulement à prendre de belles photos pour présenter ton pays et illustrer quelques anecdotes sur ta famille. Alors, je ne vois pas pourquoi j'aurais mêlé à mon article les confidences que tu m'as faites dans la chambre d'hôtel.

Déséquilibrée par le brusque démarrage de la calèche, elle s'accrocha au siège. Aussitôt Nikolaï, assis en face d'elle, tendit la main pour la rattraper. Malgré l'espace qui les séparait, elle sentit le délicieux courant passer entre eux. Le même que celui qui les liait depuis leur première rencontre.

Leurs regards se croisèrent. Dans l'encre des yeux de Nikolaï, la froideur avait cédé la place à quelque chose de plus dangereux : le désir. Allons ! Elle n'allait pas succomber une nouvelle fois à ses charmes envoûtants. Ils devaient discuter des conséquences de leur nuit ensemble, puis elle rentrerait à Londres avant de tomber encore plus éperdument amoureuse.

Agacée par le cours de ses pensées, elle se cala au fond de la banquette, tout en essayant désespérément de se soustraire à son regard pénétrant.

— D'accord. Je te crois. Jusqu'à preuve du contraire.

— Pourquoi te mentirais-je, Nikolaï ?

Elle s'employa alors à mitrailler les gratte-ciel, au-dessus du feuillage vert tendre des arbres du parc. Elle n'avait nulle envie de lui montrer à quel point elle était affectée par leurs retrouvailles. L'obturateur se déclencha, mais elle n'avait pas la moindre idée de ce qu'elle avait photographié. Impossible de se concentrer avec Nikolaï en face d'elle et la perspective de la discussion sur leur bébé. Elle rangea donc son appareil et leva la tête vers Nikolaï. Il ne l'avait pas quittée des yeux.

— Il faut que nous parlions du pétrin dans lequel nous sommes, dit-il en observant sa réaction.

— Le pétrin ? répéta-t-elle avec vivacité. C'est ce que représente ce bébé, pour toi ? Un problème à traiter, c'est ça ? Que proposes-tu exactement, Nikolaï ?

— Oui, c'est effectivement un problème, observa-il posément.

Si posément qu'elle en fut déstabilisée. Qu'avait-il derrière la tête ? Elle s'attendait au pire.

— Un problème dont je n'ai jamais voulu, mais qui implique à présent que nous nous mariions.

— Que nous nous mariions ? s'écria-t-elle, si fort qu'elle craignit d'avoir été entendue de tous les promeneurs du parc.

Exactement la réaction que Nikolaï avait attendue, à en juger par son air satisfait.

— C'est impossible, Nikolaï.

— Donne-moi un seul bon argument contre.

Se calant dans la banquette, il la dévisagea sans aménité.

— Pour commencer, nous vivons sur deux continents différents.

Elle s'était rabattue sur la première idée qui lui était venue à l'esprit, ce qui n'avait pas échappé à Nikolaï qui sourit, l'air narquois. Pourquoi fallait-il qu'il soit aussi beau et si incroyablement sexy ? Et pourquoi l'attirait-il toujours autant ?

— Et alors ? Je possède un pied-à-terre à Londres, si New York ne te convient pas.

Avait-il donc tout prévu ? s'agaça-t-elle, désorientée par sa réponse rapide. Et pourquoi tout paraissait-il si simple avec lui ?

— Et puis, j'ai ma sœur à prendre en compte. Et mon travail. *Le Monde en photos* vient de me proposer un poste.

— Ta sœur va rester à Perm encore quelques années et, ton métier, tu peux l'exercer n'importe où, non ?

L'assurance de Nikolaï confirma les soupçons d'Emma : il avait tout prévu. Et à son avantage à lui.

Car de son côté, elle ne pouvait pas renoncer à sa collaboration avec *Le Monde en photos*. D'autant plus qu'à présent, outre les études de Jess à payer, elle aurait un enfant à élever. Mais il y avait davantage en jeu. Quelque chose de plus intime. La proposition de Nikolaï l'avait atteinte au cœur de ses incertitudes les plus profondes, nées d'une enfance passée à se demander où se trouvait son père, cet homme qui ne voulait pas d'elle.

— Je ne peux pas quitter Londres, déclara-t-elle. J'ai besoin de ce travail au *Monde en photos* pour subvenir aux besoins de Jess.

Sa panique était audible, en dépit de ses efforts pour la camoufler.

— On peut facilement trouver une solution.

— Pour toi, peut-être, lança-t-elle sans comprendre où il voulait en venir.

— J'apporterai à Jess toute l'aide financière nécessaire pour lui permettre de « poursuivre son rêve », puisque c'est la formule que tu as employée, à Vladimir.

Son beau visage était toujours aussi implacable. Il ne tirait visiblement aucun plaisir de sa générosité. Mais était-ce vraiment de la générosité ? N'était-ce pas plutôt un appât ?

Non, c'était pire encore. Il achetait son consentement au mariage. Une pensée qui l'emplit d'effroi. Elle avait toujours rêvé du jour où un homme aimant et sentimental lui demanderait sa main. Nikolaï n'était décidément ni l'un ni l'autre, songea-t-elle alors qu'il la dévisageait. Même cette promenade en calèche manquait totalement de romantisme avec lui.

— Je ne peux pas accepter.

Elle ne parvenait toujours pas à croire ce qui lui arrivait. Il lui proposait le mariage en échange d'une sécurité financière pour Jess, le bébé et elle. Une sécurité financière qu'il lui serait, hélas, quasiment impossible d'assurer par ses propres moyens, son activité risquant d'être compromise par sa grossesse. Si elle repoussait l'offre de Nikolaï, comme l'y incitait son instinct, elle renoncerait à une aide matérielle indispensable à Jess et, surtout, priverait son bébé de ce qui lui avait toujours manqué à elle : un père.

Le regard insistant et impitoyable de Nikolaï accrut sa confusion, tandis que les mouvements de la calèche lui donnaient la nausée et que le martèlement régulier des sabots des chevaux sur le pavé résonnait douloureusement dans sa tête. Comment un instant de passion avait-il pu mener à cette situation ? Comment ces quelques heures de bonheur pouvaient-elles avoir de telles répercussions sur sa vie ?

— Non, répéta-t-elle avec fermeté. Je ne peux pas accepter.

Il riva son regard glacial au sien, exacerbant la tension entre eux. Mais Emma tint bon. Elle voulait le défier, le malmener comme il la malmenait.

Il finit par rompre le silence.

— Et moi, je n'accepterai pas d'être exclu de la vie de mon enfant. Seul le mariage pourra m'en préserver.

Comme il se penchait vers elle, cette fois, elle baissa les yeux. Il avait touché en elle une plaie à vif.

Elle était venue à New York dans l'espoir qu'il ne tournerait pas le dos à leur enfant. Mais elle ne s'était pas attendue à cette proposition de la part de celui qui avait déclaré vouloir se limiter à une aventure d'une nuit.

Si elle refusait son offre, ne se montrerait-elle pas pire encore que sa mère ?

Malgré tout, elle tenta encore d'argumenter.

— Mais le mariage…

— … est la seule solution maintenant que tu portes notre enfant, l'interrompit-il de nouveau. Nous allons nous marier, Emma. Il n'y a pas à discuter.

6.

Comment avait-elle atterri dans l'une des bijouteries les plus renommées de New York ?

Emma était à peine remise de la stupeur dans laquelle l'avait plongée la promenade en calèche.

Elle ne pouvait pas épouser Nikolaï. Ce n'était pas ce qu'il attendait de la vie. Et une bague de fiançailles n'y changerait rien.

De son côté, elle ne voulait pas répéter les erreurs de sa mère. Mais était-elle réellement capable de tout sacrifier pour le bien de son fils ou de sa fille ? Si elle partait maintenant, son enfant le lui reprocherait-il un jour, comme elle reprochait à sa propre mère de l'avoir privée de père ?

Alors qu'elle cogitait ainsi, le regard dirigé vers la porte de la boutique, elle sentit une onde de chaleur derrière elle… Nikolaï s'était approché. Difficile quand même de passer outre cette attirance mutuelle !

— Tu n'envisages pas de te sauver, j'espère ? murmura-t-il avant de l'attirer contre lui.

Elle secoua la tête, incapable d'articuler une parole, tant le contact brûlant des mains de Nikolaï et de son corps vigoureux la grisait. Il avait gardé le pouvoir de lui faire perdre la raison, comme au cours de cette nuit de passion où leur enfant avait été conçu.

Emma s'écarta de lui. Jamais elle n'oublierait l'accusation qu'il avait portée contre elle après lui avoir fait l'amour, ni la façon dont il venait de lui forcer la main en mettant l'avenir de Jess dans la balance.

Elle devait à tout prix contrôler son désir pour cet homme, chasser de son esprit l'ardeur de ses yeux noirs. D'autant plus que, avec une soudaine lucidité, elle venait de comprendre que Nikolaï l'avait séduite par pur calcul, dans le seul but de l'éloigner du secret qu'il voulait cacher. Il n'avait pas éprouvé le moindre sentiment pour elle.

— Non, répéta-t-elle à haute voix. Tu as été très clair sur ce qu'il convient de faire.

— Dans ce cas, je te propose de choisir la bague qui scellera notre accord.

Une fois de plus, il la manipulait et lui imposait sa ligne de conduite. Dire que les fiançailles romantiques dont elle avait toujours rêvé se réduisaient aujourd'hui à l'ordre de se décider pour une bague ! Mais quelle autre solution avait-elle qu'obéir ? Ainsi, elle permettait à Jess de poursuivre sa formation et donnait un père à son propre bébé. Or, elle avait toujours conçu de jouer son rôle de mère en collaboration avec le père de son enfant. À la différence près que dans ses rêves, cet homme était là par amour pour elle et pas uniquement par devoir.

— Tu as raison, dit-elle calmement, résignée à se plier à la volonté de Nikolaï.

Car d'autres craintes la taraudaient. Si, à l'instar de sa mère, elle ne s'en sortait pas seule avec le bébé, le lui retirerait-on pour le placer dans une famille d'accueil ? Seul le mariage la prémunirait de cette éventualité.

— Nous sommes donc d'accord ? demanda posément Nikolaï.

— Oui. C'est la meilleure solution.

De peur de revenir sur sa décision, elle se concentra sur les bagues devant elle… la vue brouillée par les larmes. Furieuse de sa faiblesse, elle s'essuya les yeux d'un revers de main. Elle ne pouvait pas se permettre de pleurer. Pas encore. Elle devait se montrer aussi forte et indifférente que Nikolaï.

— Personnellement, j'opterais pour une émeraude, dit-il en lui enlaçant la taille. La couleur de tes yeux.

Il avait remarqué qu'elle avait les yeux verts ? Se serait-il réellement intéressé à elle, indépendamment de tout calcul ?

Bien sûr que non ! Tout faisait partie de son plan, de la promenade en troïka à ce baiser merveilleusement doux et puissamment érotique.

— Que dis-tu de celle-ci ? demanda-t-elle, soudain rattrapée par une extrême fatigue.

Entre le stress, le décalage horaire et ses nausées, elle ne pensait qu'à une chose : rentrer se reposer dans sa chambre d'hôtel. Malgré tout, se saisissant du bijou par l'anneau délicatement incrusté d'éclats de diamants, elle l'examina de plus près.

— Tu n'en préférerais pas une plus grosse ? demanda-t-il en allant s'asseoir dans un fauteuil de style, à côté de la table.

Elle s'efforça de ne pas regarder ses longues jambes qu'il avait étendues devant lui, dans une attitude parfaitement décontractée qui contrastait avec sa propre tension.

— Non. Celle-là correspond plus à mon style, répondit-elle, consciente du regard qu'il promenait sur son corps.

Il la rejoignit alors, prit le bijou et, à la stupéfaction d'Emma, lui leva la main gauche. Avec une lenteur étudiée, il glissa la bague à son annulaire.

— Dans ce cas, me feras-tu l'honneur de devenir ma femme ?

Interloquée par le contraste entre la courtoisie de la demande et la sécheresse froide du marché qu'il lui avait mis entre les mains, elle commença à bafouiller, sous le regard de toutes les vendeuses. S'était-il livré à cette mise en scène à leur intention ou pour son propre plaisir ? Difficile de le savoir.

— Oui, Nikolaï, j'accepte de t'épouser, finit-elle par murmurer.

Respecterait-il les engagements qu'il avait pris en lui soumettant cet étrange accord ? se demanda-t-elle, tandis que Nikolaï examinait l'effet de la pierre verte sur son doigt.

S'il ne les tenait pas, elle n'aurait qu'à partir. Au fond, elle n'avait rien à perdre à se marier avec lui.

Alors qu'elle se rassurait ainsi, Nikolaï pencha la tête. Il allait l'embrasser ! Là, dans cette boutique !

Quand les lèvres de Nikolaï touchèrent les siennes, un frisson brûlant la parcourut, et ses genoux se dérobèrent sous elle. Se forçant à garder les yeux ouverts, elle vit le visage de Nikolaï éclairé d'un sourire satisfait.

— Une réponse fort judicieuse, murmura-t-il pour elle seule.

Nikolaï ouvrit la portière de la voiture qu'il avait commandée au moment où il réglait la bague de fiançailles, un objet qu'il n'avait jamais imaginé acheter une seconde fois. Cependant, il n'avait guère eu d'autre option, dans la mesure où il souhaitait exister pour son enfant et saisir cette chance de se prouver qu'il valait mieux que son père. Certes, le fait qu'il n'ait pas conçu son enfant de manière ignoble faisait déjà de lui un homme meilleur que son père. Mais cela ne suffisait pas.

Tout en ruminant ainsi, il observa Emma grimper à l'arrière de la voiture. Avec un pincement au cœur de culpabilité, il nota son extrême lassitude. Mais il n'avait rien à se reprocher, après tout. Emma avait effectué le voyage jusqu'à New York pour assurer son avenir et celui de son enfant et, maintenant qu'il avait ajouté Jess au marché, elle avait été largement payée de sa peine.

Elle deviendrait sa femme le plus rapidement possible et en tout cas avant que la nouvelle de sa grossesse n'éclate. Il voulait préserver l'illusion qu'il avait trouvé l'amour et le bonheur pour sa mère, dont c'était le vœu le plus cher. Aujourd'hui, grâce à une seule nuit pendant laquelle il avait brièvement perdu le contrôle de lui-même, il allait l'exaucer.

— À quel hôtel es-tu descendue ? demanda-t-il en prenant place sur la banquette à côté d'elle.

— Dans un hôtel de la 47e Rue ouest, répondit-elle sans le regarder.

Nikolaï fut de nouveau saisi de remords, tandis qu'il indiquait l'adresse au chauffeur.

— Tu as pris la bonne décision, la rassura-t-il en lui serrant la main.

Comme elle se tournait vers lui, le mouvement de sa chevelure noire et soyeuse lui rappela les moments où il y avait enfoui les doigts.

— Et si tu rencontres quelqu'un avec qui tu veux vraiment te marier ?

L'inquiétude tangible d'Emma accentua encore le sentiment de culpabilité de Nikolaï, même s'il savait que les craintes de la jeune femme ne se justifiaient pas. Le remariage d'amour de sa mère, quand il avait douze ans, n'avait pas effacé le modèle de vie matrimoniale que son père lui avait imposé. Convaincu d'avoir hérité des gènes paternels, il s'était abstenu de tout engagement sentimental. Au fil des années, il était devenu un homme d'affaires prospère, certes, mais froid et cynique. Il savait qu'il ne se marierait jamais, du moins par amour.

— Cela ne se produira pas. Et puis, je pourrais te retourner la question.

— Figure-toi que j'avais toujours rêvé d'un mariage de conte de fées. D'une robe blanche avec une traîne tenue par des enfants, de demoiselles d'honneur, de château, de lune de miel paradisiaque sous les tropiques.

Il fut d'abord surpris par la douce mélancolie dans sa voix, avant de comprendre à l'éclat dur de ses yeux verts qu'elle le menait en bateau. Il avait trop souvent lui-même camouflé ses émotions pour se laisser berner. À ce sport, il ne pouvait sortir que victorieux. Il décida malgré tout d'entrer dans son jeu. Pour le moment, du moins.

— Et maintenant ?

Elle dégagea sa main et le défia du regard.

— Maintenant, j'ai perdu ma naïveté.

— Tu ne cherches donc pas l'amour et un dénouement du style « ils furent heureux et eurent beaucoup d'enfants » ?

— Certainement pas ! lâcha-t-elle avec une telle spontanéité qu'il ne douta pas une seconde de sa sincérité.

— Parfait ! Là-dessus aussi, nous nous accordons, alors. Tu vois, nous avons déjà une bonne base pour notre mariage : un enfant qui a besoin de nous deux et une aversion de tout ce qui ressemble de près ou de loin à du sentimentalisme.

Quand elle tourna la tête vers lui, des questions plein les yeux, il mourut d'envie de goûter encore ses lèvres. Depuis deux mois, le souvenir du baiser qu'ils avaient échangé dans la neige restait gravé dans son esprit. Quant aux heures où il l'avait possédée, elles hantaient ses rêves nocturnes.

C'est à cause de ces souvenirs qu'il n'avait pas résisté à la tentation de l'embrasser, dans la bijouterie.

— Nous sommes arrivés, annonça-t-elle avec un soulagement évident.

— Je viens avec toi rendre tes clés.

— Mais il n'est pas question que je rende mes clés !

— Maintenant que nous sommes fiancés, tu ne vas pas loger ici toute seule. En outre, nous avons une réception à mettre sur pied.

Si elle le croyait assez bête pour lui donner la moindre chance de se sauver, elle l'avait mal jugé !

— Quelle réception ?

— Celle pour nos fiançailles, évidemment ! répondit-il, plus agacé qu'il ne l'aurait dû par la stupéfaction d'Emma. J'appellerai l'organisateur dès notre arrivée à mon appartement. Je vais lui proposer le week-end prochain.

Sans lui laisser le temps de protester, il l'entraîna vers l'hôtel.

— Mais avant, il faut que tu ailles chercher tes bagages et que tu libères ta chambre.

Emma avait imaginé bien des scénarios avant d'arriver à New York, mais aucun ne ressemblait à ce dénouement.

Alors qu'elle traversait le spacieux appartement donnant sur Central Park, elle réfléchit de nouveau à la perspective d'habiter chez Nikolaï.

— Je ne vois aucune raison d'avoir quitté mon hôtel.

— Oh ! Mais il y a toutes les raisons du monde, Emma. Indépendamment même de nos fiançailles, il est indispensable que tu te reposes.

Elle aurait voulu se rebeller contre son autorité mais, forte de l'expérience acquise lors de ses nombreux changements de famille d'accueil, elle se retint.

À la vue de la silhouette de Nikolaï se découpant devant la grande baie vitrée, Emma se rappela la photo qu'elle avait prise de lui, triste et solitaire, devant la maison de son enfance, à Vladimir. Aujourd'hui cependant, tout dans sa posture indiquait qu'il contrôlait parfaitement la situation et ses émotions.

Elle avança à pas feutrés sur le parquet ciré. Le souvenir de cette photo l'avait apaisée et lui donnait envie de retrouver la complicité qu'ils avaient partagée, au moment de leur rencontre. Parviendraient-ils à s'entendre, pour que leur mariage ne coure pas inéluctablement à l'échec ?

Malgré leurs griefs, l'attirance entre eux persistait, le désir était toujours là. Pour éviter un fiasco, néanmoins, ils devaient avant tout être capables de discuter en toute sérénité et en toute amitié.

— C'est un sacré panorama, commenta-t-elle, histoire de dire quelque chose.

Comme il gardait le silence, elle jeta un coup d'œil à son profil énergique et poursuivit :

— J'aimerais prendre des photos. Au coucher du soleil, par exemple.

— Pour les vendre ? lança-t-il méchamment en se tournant vers elle. C'est donc ça que tu es venue chercher ? D'autres détails sur ma famille et moi, pour te faire de l'argent ?

— Mais pas du tout, Nikolaï, protesta-t-elle, horrifiée qu'il nourrisse de tels soupçons à son égard. Je souhaite prendre des photos pour moi, par plaisir. C'est la première fois que je viens à New York et, en plus, dans un appartement luxueux avec vue sur Central Park.

— Je n'ai toujours pas vu la copie que tu as remise au *Monde en photos.*

— Qu'à cela ne tienne ! rétorqua-t-elle en se dirigeant vers la chambre où il avait fait entreposer son maigre bagage.

Au moins n'avait-il pas l'intention de passer la nuit avec elle, s'était-elle dite avec un certain soulagement… teinté de déception.

Quand elle revint au salon, Nikolaï regardait toujours par la fenêtre, ses épaules plus crispées que jamais. Pourquoi cette inquiétude ? En quoi quelques clichés et un petit article sur sa famille le dérangeaient-ils ?

Elle déposa son ordinateur sur la table et l'alluma, tout en s'interrogeant sur ce qui tracassait Nikolaï. Elle était bien placée pour savoir que toutes les familles abritent des secrets.

— Voilà, Nikolaï, annonça-t-elle en ouvrant le dossier requis. Ça a plu à Richard.

— Richard l'a vu ? demanda Nikolaï avec un regard hargneux.

Il s'approcha de la table, tandis qu'Emma allait s'asseoir sur un grand canapé beige, dans un angle de la pièce.

— Oui, bien sûr. Il m'a beaucoup aidée. Sans lui, je n'aurais pas décroché ce contrat.

Après un silence pesant qui ne dura pas moins de cinq minutes, il la regarda, sourcils froncés.

— C'est ce que tu as remis à ton magazine ?

— Oui. À quoi t'attendais-tu, Nikolaï ?

— Pas à cette romance sur la Russie. Tu as transformé ce que je t'ai raconté en quelque chose de complètement différent.

Il se dirigea vers elle. De sa position assise, Emma le trouva encore plus imposant.

— Tu ne m'as pas donné grand-chose à me mettre sous la dent, Nikolaï, et comme je n'ai pas rencontré ta grand-mère, il a bien fallu que j'improvise.

— Rien n'est vrai.

— Quelle est la vérité, Nikolaï ? Pourquoi redoutais-tu tant que je discute avec ta grand-mère ?

Il prit place à côté d'elle sur le canapé. L'atmosphère était à présent chargée de quelque chose qu'Emma ne cernait pas encore.

— L'histoire de ma famille est compliquée, soupira-t-il.

— Je sais ce que c'est qu'une histoire compliquée, Nikolaï. Jess et moi avons été aux premières loges pour nous en rendre compte.

Pourquoi cet aveu ? se reprocha-t-elle aussitôt. Elle voulait en apprendre davantage sur lui, pas étaler son pitoyable passé. Car accepterait-il toujours qu'elle devienne sa femme, s'il découvrait comment elle avait été élevée ?

— Eh bien ! Un point commun de plus entre nous alors, conclut Nikolaï avec une note de tristesse qui serra le cœur d'Emma.

Il affichait la même expression que lorsqu'elle avait pris la photo, devant les ruines de sa maison natale.

Malgré son envie de le réconforter, elle garda ses mains sagement croisées sur ses genoux.

— Souhaites-tu en parler ?

Elle avait posé la question sans conviction, certaine en effet qu'il tenait à garder son secret, comme elle-même l'avait fait, essentiellement pour protéger Jess qui était loin de connaître toute la vérité. Pourtant…

— Il faut quand même que je t'explique comment j'en suis venu à émigrer à New York et pourquoi je n'utilise plus mon nom de naissance.

Cette fois, elle ne put s'empêcher de poser sa main sur son bras, ignorant la sensation grisante causée par ce simple contact.

— Le mariage de mes parents n'a pas été heureux, commença-t-il avec un calme surprenant. Mon enfance non plus. La mort de mon père a été une libération autant pour ma mère que pour moi.

— Mon pauvre, murmura-t-elle.

Imaginer qu'il avait souffert étant enfant lui était très pénible. En outre, cela ravivait ses propres mauvais souvenirs.

— Un collègue, relation d'affaires de mon père, est venu en aide à ma mère, poursuivit-il imperturbablement. Et je pense que cette rencontre a été un des rares exemples où l'amour emporte tout sur son passage.

Il regarda la main d'Emma et fronça les sourcils, comme s'il venait de s'apercevoir qu'elle l'avait posée sur son bras. De toute évidence, ce contact n'avait pas le même effet sur lui que sur elle !

— Tu dis ça comme si tu doutais que cela soit possible, observa-t-elle en retirant sa main.

— Nous ne croyons ni l'un ni l'autre en l'amour, me semble-t-il.

Il riva son regard accusateur et soupçonneux au sien. Soudain, elle se remémora leur conversation à Vladimir, son ton blasé quand elle avait évoqué les mariages de contes de fées. Croyait-il qu'elle regrettait de ne pas y avoir droit, elle aussi ? En réalité, elle croyait à l'amour… mais pas pour elle-même.

— Oui, c'est exact. Simplement, tu m'as surprise en évoquant le bonheur de ta mère. J'ai cru que pour toi, l'amour était une possibilité, dit-elle d'un ton léger.

— Quoi qu'il en soit, ma mère s'est complètement épanouie au côté de Roger Cunningham, alors qu'elle avait jusque-là vécu dans la peur et sous la coupe de son mari. Même à douze ans, je me suis aperçu de sa métamorphose. À seize ans, j'ai effectué les démarches nécessaires pour changer officiellement mon nom de famille, même si je me faisais déjà appeler depuis longtemps Nikolaï Cunningham.

Emma comprenait mieux son irritation, quand elle l'avait appelé M. Petrouchov.

— Et maintenant, ton enfant portera aussi ce nom.

— Et toi aussi, quand nous serons mariés.

Regrettait-il sa proposition impulsive ? s'interrogea Emma comme il regardait l'émeraude à son doigt.

— Nous ne sommes pas obligés de nous marier, Nikolaï. De toute façon, je ne t'empêcherai jamais de t'occuper de ton fils. J'ai trop souffert de grandir sans père.

Elle se mordilla nerveusement les lèvres, dans l'attente de sa réaction. Il la scrutait comme s'il essayait de lire dans ses pensées, et elle se força à soutenir son regard.

— L'idée de devenir ma femme te répugne-t-elle à ce point ?

Dans sa voix soudain plus grave, elle décela pour la première fois une trace d'accent. Incapable de parler, elle secoua la tête. L'idée de se marier la terrorisait. Celle de se marier à Nikolaï, beaucoup moins. Peut-être parce qu'il était le seul homme qu'elle ait vraiment connu ?

Il approcha sa main de son visage et avec une infinie délicatesse, repoussa une mèche de cheveux derrière son oreille. Le frôlement de ses doigts sur sa joue raviva avec force le souvenir de leur nuit d'amour.

— Je ne ferai jamais rien qui puisse te faire souffrir, Emma. Tu le sais, n'est-ce pas ?

Il avait parlé avec une telle tendresse qu'elle sentit des larmes affluer à ses paupières.

— Oui, je le sais.

Il se pencha vers elle, glissa sa main sous ses cheveux et, avant qu'elle ne puisse dire ou faire quoi que ce soit, il posa ses lèvres sur les siennes en un baiser très doux. Emma sentit sa résistance fondre comme neige au soleil et elle répondit à son étreinte.

— Depuis notre rencontre à Vladimir, il y a toujours ce même désir, entre nous, dit-il en s'éloignant. Et cela au moins rendra notre mariage plus supportable.

Ces mots lui firent l'effet d'une gifle. Si Nikolaï la désirait, il n'éprouvait aucun sentiment pour elle. Et sans cette grossesse, il ne l'aurait pas choisie pour devenir sa femme. Quoi qu'il en soit, elle avait déjà décidé de s'y résigner dans l'intérêt de Jess et de son bébé.

— Oui, c'est vrai.

Il lui sourit, d'un sourire qui n'atteignit pas ses yeux.

— Bien. Nous nous marierons donc dans trois semaines. Mais avant cela, il reste la petite formalité des fiançailles.

7.

Après une semaine consacrée aux préparatifs des fiançailles, l'heure était venue pour Emma de rencontrer les amis de Nikolaï et surtout sa mère et son beau-père. Une épreuve pour elle.

Tandis qu'elle attendait, les nerfs à fleur de peau, elle se remémora les deux baisers échangés avec Nikolaï le jour où il lui avait offert sa bague. Sur le coup, elle les avait interprétés comme le signe positif qu'il ressentait quelque chose pour elle. À tort manifestement car, depuis, il s'était entièrement absorbé dans son travail, alors qu'elle avait passé le plus clair de son temps à se promener en ville, seule avec son appareil photo.

Ce matin, obéissant aux consignes de Nikolaï, elle était allée dans une boutique choisir une tenue adaptée à l'événement mondain qu'étaient devenues leurs fiançailles. Puis elle s'était rendue dans un salon de beauté en début d'après-midi.

À présent, dans l'appartement de Nikolaï doté d'une vue plongeante sur une ville qui ne dort jamais, elle se sentait un peu comme Cendrillon. Vêtue d'une robe de rêve — blanc cassé, incrustée de perles — elle attendait le prince charmant qui viendrait lui déclarer un amour éternel et l'emmener vers un avenir radieux. Sauf qu'il y avait peu de chances que Nikolaï soit prêt à jouer le rôle…

D'ailleurs, comment réagirait-il en la découvrant ?

L'Emma Sanders qu'il avait rencontrée à Vladimir avait cédé la place à une femme plus élégante et raffinée. Elle-même ne s'était pas reconnue, quand elle s'était aperçue dans le miroir avant de quitter sa chambre. Mais peut-être l'avait-il modelée à l'image de la femme dont il rêvait ?

Des pas dans le couloir… Il arrivait. Elle ne se retournerait pas ! décida-t-elle dans un accès de panique. Il le fallait pourtant. Elle pivota donc lentement sur elle-même… et s'arrêta de respirer à la vue de Nikolaï en smoking, chemise blanche et cravate noire.

Mais ce fut son visage qui attira plus que tout son attention. Sa barbe naissante soigneusement taillée ombrait virilement ses joues et accentuait le côté volontaire de ses lèvres. Il avait discipliné ses cheveux de jais, mais quelques boucles s'échappaient déjà sur ses tempes.

— Tu es…, murmura-t-il, ses yeux étincelant d'une colère contenue.

— … très différente, acheva-t-elle.

Emma n'avait aucune envie d'entendre de sa bouche le fond de la pensée de Nikolaï. Elle souhaitait juste en finir avec cette mascarade.

— J'allais dire très belle, rectifia-t-il en s'approchant dangereusement.

— Hum…, répliqua-t-elle, sceptique, les joues en feu malgré tout.

Alors qu'elle s'apprêtait à s'en aller, il la retint par le bras. En dépit de son envie d'éviter ses yeux de braise qui l'enflammaient à son corps défendant, elle soutint vaillamment son regard, attendant qu'il ajoute quelque chose. Le temps sembla se suspendre, jusqu'à ce que Nikolaï finisse par la lâcher.

— Allons-y. Ma mère doit nous attendre.

Il s'écarta d'elle avec vivacité, ce qui décupla le trouble d'Emma. Elle était perturbée, non seulement à l'idée de rencontrer la mère et le beau-père de Nikolaï, mais aussi à la pensée qu'il ne supportait pas de la toucher.

— Je me réjouis de faire sa connaissance, dit-elle en feignant de se débattre avec la fermeture de son sac pour ne pas voir la gêne de Nikolaï.

— J'ai une faveur à te demander, Emma. Ma mère n'est pas au courant pour le bébé, et j'aimerais qu'elle ne l'apprenne pas. Pour le moment.

Ainsi, il avait honte d'elle et de l'enfant qu'elle portait, conclut-elle, profondément blessée. Mais au moins, cela lui enlevait toute illusion : ce mariage n'était rien d'autre qu'un marché.

— Pourquoi ? ne put-elle s'empêcher de demander.

— Elle croit que je suis amoureux. Que nous sommes amoureux. Et je veux qu'elle continue à penser que nous nous marions par amour et non par obligation.

Sa voix s'était durcie aux mots « amoureux » et « amour », comme s'ils le répugnaient.

— Si c'est ce que tu souhaites…, acquiesça-t-elle avec un détachement feint pour dissimuler sa douleur.

Tandis que sa mère accueillait chaleureusement Emma, Nikolaï laissa son regard s'attarder sur la silhouette de sa fiancée, mise en valeur par sa robe moulante. Aussitôt surgirent des souvenirs de cette nuit où il avait couvert son corps de baisers, avant de la posséder.

La voix de sa mère le tira du cours érotique de ses pensées.

— Je suis vraiment enchantée. Je croyais ne jamais connaître ce jour. Et quelle bague magnifique !

— Une bague magnifique pour une femme superbe.

Le compliment avait échappé à Nikolaï. Mais, lorsqu'il vit le rose aux joues d'Emma et le sourire rayonnant de sa mère, il sut qu'il avait prononcé exactement les mots qu'il fallait.

— Restez donc dormir à la maison, Emma, suggéra Anna comme elle l'avait déjà proposé à son fils quelques jours plus tôt.

Une invitation qu'il avait déclinée en alléguant des obligations professionnelles.

— Non, nous allons rentrer ce soir, maman.

Il sentit sur lui le regard d'Emma, qui semblait l'encourager à tenir bon.

— Il n'en est pas question, objecta Anna. Comment voulez-vous profiter de vos fiançailles, si vous partez ce soir ? De toute façon, j'ai déjà fait préparer une chambre.

— Je dois être à mon bureau à la première heure demain, insista-t-il d'un ton malheureusement cassant qui risquait d'enlever toute crédibilité à son argument.

Ce que confirmèrent le coup d'œil étonné d'Emma et la réaction de sa mère.

— N'importe quoi ! Tu travailles beaucoup trop. De toute façon, c'est le week-end, et tu dois le passer avec ta fiancée. N'ai-je pas raison, Emma ?

Anna adressa un sourire enjôleur à son fils, une tactique habituellement infaillible pour l'amadouer. Mais Nikolaï rechignait à imposer à Emma une situation qui la mettait mal à l'aise. Sans compter que s'il restait aux Hamptons, il allait devoir partager un lit avec elle.

— Je n'ai pris aucune affaire avec moi, madame Cunningham.

Nikolaï, aussi surpris par l'intervention d'Emma que par le délicieux frisson que le son de sa voix provoqua en lui, tourna la tête vers elle. L'appréhension qu'il lut sur son visage lui serra le cœur. Serait-il en train de tomber amoureux d'elle ? s'alarma-t-il. Cela compliquerait les choses puisqu'Emma, elle, ne célébrait leurs fiançailles que pour honorer le marché qu'ils avaient conclu.

— Ce n'est pas un problème. Ma belle-fille et moi pourrons vous prêter tout le nécessaire.

Nikolaï voyait la situation lui échapper et il hésitait sur la conduite à adopter. Devait-il épargner à Emma la corvée de passer une nuit dans la même chambre que lui ou laisser sa mère continuer à croire qu'il avait fini par succomber à l'amour ?

— Je vous remercie, madame Cunningham, mais je…

— D'accord, nous restons, l'interrompit Nikolaï.

Il attira Emma contre lui. Le tissu léger de sa robe était une barrière bien inefficace contre la chaleur de son corps qui le brûlait à travers son smoking et le grisait d'un désir impossible. Il lui fallait une diversion à tout prix.

— Nous devrions rejoindre nos invités.

Autour des tables profusément décorées, étaient installés des amis et des membres de sa famille, plus exactement de sa belle-famille. Dans une atmosphère joyeuse et détendue, les rires se mêlaient à la musique de l'orchestre.

— Je suis désolé, Emma, dit-il en l'emmenant à une table où il espérait se soustraire au moins provisoirement à l'attention générale.

— De quoi ?

— Tu ne connais personne ici.

— Ce n'est pas grave. Ce ne sont pas de véritables fiançailles.

À ces mots, la colère étouffa en lui les frémissements irrépressibles de ses sens.

— Mais si ! Nous sommes fiancés et nous serons mariés d'ici la fin du mois.

— Tout cela n'est qu'illusion, Nikolaï, en dépit de ce que tu veux que ta mère croie. Mais ne compte plus sur moi.

— Pour quoi faire ?

Il lui prit la main de force.

— Pour être exhibée comme une bête curieuse. Je veux

que notre mariage soit le plus simple possible. Je ne veux plus être le point de mire de toute une foule.

Elle le suppliait de ses yeux verts, et le léger tremblement de sa voix troubla Nikolaï autant qu'il l'agaça. Cherchait-elle un prétexte pour se dédire du contrat qu'ils avaient conclu ?

— D'accord, dit-il sèchement en lui lâchant la main.

Emma aurait voulu que la fête dure toujours. Elle n'aurait rien pu imaginer de plus somptueux et, si Nikolaï et elle s'étaient aimés, cette soirée aurait lancé merveilleusement leur vie conjugale. Hélas, ils n'étaient pas amoureux. Le ton agressif de Nikolaï l'en avait définitivement convaincue.

— Emma ! Nikolaï ! appela une Anna survoltée. Venez ! Je veux que vous soyez aux premières loges pour le clou de la soirée.

— Qu'est-ce que tu as manigancé encore ? voulut savoir Nikolaï… inutilement.

Anna fendait déjà la foule des invités, et ils n'eurent d'autre choix que de la suivre. Ils traversèrent la pelouse du vaste jardin éclairé par des centaines de lampes, tandis que de l'obscurité alentour leur parvenaient des bruits d'eau.

— J'ignore ce qu'elle a inventé, maugréa Nikolaï.

Il cachait difficilement son agacement devant ce déploiement de faste autour de leurs fiançailles.

— Nous allons le savoir bientôt, répondit Emma avec un sourire.

Pour sa part, elle était émerveillée qu'une mère organise des surprises à son fils. En fait, Anna était exactement le genre de mère qu'elle voulait être.

Sans rien dire, Nikolaï la prit par la main, et ils rejoignirent Anna qui était en pleine conversation avec un groupe d'invités.

— Mettez-vous là, dit-elle. Je veux une photo de vous deux avec la fête en arrière-plan.

Emma, contaminée par l'enthousiasme d'Anna, ne put se retenir de rire. Nikolaï, lui, ne décolérait pas.

— Ce n'est pas la peine, maman, dit-il d'un ton irrité.

Mais sa mauvaise humeur n'entama pas le moins du monde l'entrain de sa mère. Emma sentit cependant le malaise la gagner, quand un photographe professionnel leur imposa une place bien précise pour une photo officielle, alors qu'elle avait cru à un simple instantané. Elle détestait poser et se trouver du mauvais côté de l'objectif.

— Enlacez-vous, ordonna l'homme en commençant à les mitrailler, pendant que ses assistants réglaient l'éclairage. Et maintenant, embrassez-vous.

Levant les yeux vers Nikolaï, Emma hésita quelques secondes.

— Obéissons ! lui murmura-t-elle à l'oreille, mue par la même audace qu'à Vladimir.

Nikolaï conservait son expression butée, très éloignée de celle qu'aurait dû arborer le fiancé transi d'amour qu'il était censé jouer pour sa mère.

— N'oublie pas que nous sommes amoureux, ajouta-t-elle avec espièglerie.

Les yeux noirs de Nikolaï s'animèrent alors d'un désir si ardent qu'Emma s'arrêta de respirer. Son cœur se mit à cogner dans sa poitrine. Nikolaï l'avait certainement remarqué, bien que son expression n'ait rien trahi.

Il l'attira contre lui jusqu'à coller ses cuisses contre les siennes et sa poitrine contre ses seins. Puis avec lenteur mais détermination, il baissa la tête et posa ses lèvres sur sa bouche. Par réflexe, elle ferma les yeux et se fondit en lui. Quand il resserra encore son étreinte, elle lui enlaça le cou et, malgré tous ses efforts pour se contrôler, elle s'abandonna à la force de la passion qui la dévorait.

— Parfait, déclara le photographe. Continuez à l'embrasser, monsieur.

Comme Nikolaï descendait sa main vers le creux de ses reins, elle s'embrasa de désir. Elle devait l'arrêter, sous peine de se trahir, de lui laisser voir qu'un simple baiser suffirait pour qu'elle se donne à lui de nouveau. Aussi retira-t-elle ses bras du cou de Nikolaï, avant de le repousser doucement.

— Bravo pour le numéro d'acteur, ironisa-t-elle d'une voix beaucoup trop rauque à son goût.

À cet instant, une détonation la fit sursauter : un feu d'artifice illuminait le ciel nocturne, derrière le chapiteau. Elle n'avait donc pas rêvé l'explosion qu'elle avait entendue quand Nikolaï s'était emparé de sa bouche. Soulagée, elle leva les yeux vers lui. Il l'enlaçait toujours.

— Je peux te retourner le compliment, dit-il d'une voix enrouée lui aussi.

Voyant sa mère se diriger vers eux avec un sourire radieux, Nikolaï libéra Emma.

— C'était parfait, les enfants. Eh bien ! À demain matin, je vais dormir.

Emma regarda s'éloigner cette femme resplendissante de bonheur à l'idée que son fils avait trouvé l'amour de sa vie. Comment réagirait-elle, si elle apprenait la vérité ? Mais plus intrigant encore, pourquoi Nikolaï tenait-il tant à ce qu'elle croie à cette fable ?

— Préfères-tu que nous rejoignions la fête ou que nous allions nous coucher ?

La question prit Emma de court. Ni l'une ni l'autre des propositions ne la tentait.

— Peut-être vaudrait-il mieux retourner simplement à ton appartement, non ?

— Manifestement, la perspective de partager une chambre avec moi ne t'emballe pas. Mais je te promets qu'il ne se passera rien. Nous ne sommes pas obligés de continuer la comédie du couple amoureux, une fois la porte de la chambre close.

— Dans ce cas, allons nous coucher, déclara-t-elle.

Elle espérait ne pas avoir laissé paraître son dépit. Nikolaï ne la désirait pas, ne la trouvait pas séduisante. Il l'avait embrassée pour la galerie tout à l'heure, uniquement pour plaire à sa mère.

Nikolaï avait remarqué la réticence d'Emma à dormir avec lui — un euphémisme ! Et il regrettait à présent de ne pas s'être montré plus ferme avec sa mère. En voulant faire plaisir à Anna, il avait contrarié sa fiancée, ce qui l'attristait bizarrement.

Quoi qu'il en soit, il était trop tard pour faire machine arrière. En tout cas, Emma et lui partiraient dès que possible le lendemain matin.

Emma traversa la chambre vers le grand lit pour examiner les vêtements qu'Anna y avait déposés pour elle. Elle découvrit notamment une nuisette en soie blanc crème… transparente.

— On dirait que ta mère a pensé à tout. Comme si elle avait prévu de nous obliger à rester.

Nikolaï le pensait aussi, mais il essaya de rassurer Emma.

— Peu importe ce qu'elle avait prévu. L'essentiel, c'est qu'elle croie que nous nous aimons. Comme je te l'ai expliqué, je souhaite qu'elle garde ses illusions. Mais je t'ai aussi promis qu'il ne se passerait rien entre nous. Alors, je vais coucher là.

Emma regarda tour à tour Nikolaï et le fauteuil qu'il indiquait.

— Tu ne vas pas bien dormir là-dessus, voyons, soupira-t-elle.

Nikolaï s'apprêtait à contester, quand il aperçut une ébauche de sourire sur les lèvres d'Emma.

— Nous devrions pouvoir nous arranger avec le lit, ajouta-t-elle. Après tout, nous sommes tous les deux adultes et sommes d'accord pour être sages.

Il n'aurait pas hésité à accepter, s'il avait été sûr de pouvoir tenir sa promesse. Or, il doutait de ses capacités à se contrôler, alors qu'Emma se tenait devant lui dans sa robe chatoyante. Jamais il n'avait autant désiré une femme. Mais c'est lui qui avait fixé les conditions de leur relation à Vladimir : une nuit, pas plus. Alors…

— Dans ce cas, au lit ! Nous avons besoin de nous reposer.

Résolu à se prouver à lui-même qu'il était capable de maîtriser ses pulsions, il commença à se déshabiller.

— Il y a un problème ? demanda-t-il comme Emma restait immobile.

— Tu peux descendre ma fermeture Éclair ? demanda-t-elle, avec un air à la fois gêné et mutin.

Comme elle était belle, avec le rouge qui lui montait aux joues et sa mine ingénue. Se rendait-elle compte qu'elle le mettait à la torture ?

Quelle ironie du sort ! songea Nikolaï en s'approchant. Elle lui demandait de lui enlever la robe dont il avait voulu la débarrasser toute la soirée ! Délibérément ou pas, elle le mettait à l'épreuve, le poussait aux limites du supportable.

— Contrairement à cet après-midi, je n'ai pas d'habilleuse sous la main. Au fait, merci d'y avoir pensé.

— C'était pour te mettre dans la peau du personnage, répliqua-t-il.

Le parfum d'Emma, tel le chant des sirènes, l'attirait de plus en plus près du danger.

— Et tu étais belle. Si incroyablement belle.

— Je me sentais belle, murmura-t-elle comme si elle lui permettait d'entendre ses pensées. C'était une soirée de conte de fées.

— Ma mère croit à celui-là, en tout cas. Tu as parfaitement tenu ton rôle.

Elle leva la tête vers lui dans un mouvement de défi, avant de lui tourner le dos. Alors, elle releva la masse brillante de ses cheveux en un geste qui révéla la peau soyeuse de son cou et de son dos.

Sa main s'attarda sur la fermeture Éclair. Il était incapable de lâcher Emma, de s'éloigner de la tentation. Il voyait sa colonne vertébrale et dut serrer le poing pour résister à l'envie d'y promener les doigts, de couvrir ce corps de baisers et de le posséder une nouvelle fois.

Mais elle lui avait clairement déclaré qu'elle ne voulait pas de lui et, de son côté, il n'avait aucune envie que leur relation sexuelle prenne une tournure sentimentale. Il devait à tout prix ignorer le désir puissant qui menaçait de l'emporter, ne serait-ce que pour se démontrer à lui-même qu'elle le laissait indifférent, à tout point de vue.

— Merci, dit-elle dans un souffle rauque en pivotant vers lui, quand il eut achevé de baisser la fermeture.

Dans une atmosphère vibrante de sensualité, elle ramassa la nuisette qu'Anna lui avait miraculeusement trouvée et disparut dans la salle de bains attenante. Nikolaï en ressentit un indéniable soulagement. De courte durée, lorsqu'il prit brusquement conscience qu'elle allait réapparaître en tenue encore plus légère.

Tout en maugréant, il enleva sa veste et la jeta sur le dossier du fauteuil. Que lui arrivait-il, à lui qui n'avait jamais été l'esclave de ses pulsions ? Il avait toujours su garder le contrôle.

Jusqu'à cette femme…

Comme la porte de la salle de bains s'ouvrait, il se détourna pour ne pas la voir traverser la pièce dans sa nuisette transparente, pour ne pas la voir se glisser dans le lit… Puis il alla prendre une douche. Une douche froide !

En revenant dans la chambre, calmé par le jet glacé,

il trouva Emma tout au bord du lit en train de dormir ou de faire semblant. Vêtu de son seul caleçon, il se faufila entre les draps frais, éteignit la lumière et s'allongea sur le dos. Il frémissait de colère, une colère salutaire qui lui permit d'endiguer son désir.

Il entendit Emma soupirer doucement. Puis elle roula un peu vers lui. Il s'immobilisa, guettant le moment où sa respiration régulière lui indiquerait qu'elle s'était rendormie. Mais impossible d'ignorer la chaleur qui se dégageait d'elle, d'ignorer son corps obsédant. Jamais il ne trouverait le sommeil dans ces conditions !

Il ferma les yeux, s'efforça de se détendre et, au moment où il y parvenait enfin, Emma bougea de nouveau, se rapprochant un peu plus… Beaucoup trop… Le bras posé en travers de la poitrine de Nikolaï, elle se colla contre lui. Il dut serrer les mâchoires pour ne pas céder à l'envie dévorante de lui faire l'amour.

Il lâcha une bordée de jurons silencieux en l'entendant soupirer de nouveau et en sentant le renflement de son sein contre son bras. Il n'osait pas bouger. Le moindre mouvement et il ne se maîtriserait plus. Jamais auparavant il n'avait connu la torture de coucher à côté d'une femme sans pouvoir la toucher.

Heureusement, les questions qui tourbillonnaient dans sa tête lui offrirent un dérivatif bienvenu.

Comment pouvait-il être à ce point attiré par une femme qui représentait une menace pour sa famille et sa propre santé mentale ? L'aurait-elle ensorcelé ?

8.

À son réveil, Emma s'était découverte enlacée avec Nikolaï, dans cette chambre inondée de soleil, qu'elle n'avait pas tout de suite reconnue.

Nikolaï dormait toujours. Confuse, elle s'était écartée lentement de lui en s'autorisant à contempler furtivement son beau visage. Puis elle s'était levée sans bruit pour aller enfiler une robe laissée la veille pour elle par Anna.

Que s'était-il passé entre eux ? Avait-elle dit ou fait quelque chose dont elle devrait avoir honte pendant qu'elle somnolait encore à moitié ? Elle espérait au moins ne pas s'être humiliée à avouer ses sentiments grandissants à cet homme. Car Nikolaï était indifférent au point d'avoir décrété qu'ils se contenteraient de dormir ensemble.

Une multitude de questions avait assailli Emma durant le trajet de retour. Mais un silence si tendu avait régné dans la voiture qu'elle avait renoncé à les poser.

Ils étaient à présent revenus à l'appartement de Nikolaï, et elle était seule dans son lit à passer en boucle dans sa tête le film des fiançailles. Lors de la photo, ils avaient échangé un baiser si intense, si sensuel, qu'elle avait un instant cru Nikolaï sincère… avant qu'il ne s'écarte en lui lançant un regard d'une dureté qui l'avait convaincue de sa méprise.

Mais c'est lorsqu'il l'avait aidée à enlever sa robe que les choses avaient vraiment changé. Elle avait alors vu du désir à l'état pur dans ses yeux et, lorsqu'il l'avait accidentellement effleurée, elle avait bien failli trahir son envie qu'il la couvre de caresses.

Quand ils avaient parlé de la soirée de la veille, Nikolaï s'était borné à évoquer la réception proprement dite. Elle aurait dû lui en être reconnaissante. Mais elle ne l'était pas. Nier les indiscutables vibrations qui existaient entre eux était malsain.

Emma repoussa rageusement les couvertures. Impossible de dormir : son esprit fourmillait d'interrogations, et son corps avait soif d'un homme qui ne voulait pas d'elle. Était-ce ainsi qu'elle allait vivre désormais, en cachant à jamais son affection de plus en plus profonde pour le père de son enfant ? Le supporterait-elle ?

Elle sortit discrètement de la chambre et traversa sur la pointe des pieds le parquet ciré du salon pour se servir un verre d'eau dans la cuisine. Puis elle alla s'asseoir près de la baie vitrée, dans l'espoir que la vue du parc l'apaiserait. Elle qui avait toujours aspiré à vivre auprès d'un homme qui l'aurait aimée, n'accéderait jamais à ce rêve, même en épousant Nikolaï. Il ne l'aimait pas et avait clairement spécifié que leur mariage n'était qu'un marché.

— Tu ne te sens pas bien ?

Elle sursauta et sentit les battements de son cœur redoubler à la vue de Nikolaï. Vêtu d'un simple jean, il était aussi terriblement séduisant que cette fameuse nuit à Vladimir.

— Je n'arrivais pas à dormir.

Malgré tous ses efforts, elle ne parvenait pas à détacher son regard de son torse. Ce torse qu'elle avait étreint la nuit dernière. Elle en sentait encore les muscles sous ses mains et se rappelait le parfum de la lotion après rasage qu'elle avait respiré en dormant. De quoi d'autre allait-elle se souvenir ?

— Mais sinon, tu vas bien ? demanda-t-il avec une inquiétude attendrissante.

— Oui, simplement je n'ai pas sommeil.

Et ce n'est pas la vision qu'elle avait sous les yeux qui l'aiderait à tomber dans les bras de Morphée !

Tandis que le regard de Nikolaï se promenait sur ses jambes nues, elle prit soudain conscience de l'image qu'elle offrait elle-même, assise sur le canapé, dans un simple débardeur et un minuscule short. Mais elle demeura impassible, pour ne pas risquer de trahir la gêne que lui causait cette situation par trop intime.

— Est-ce à cause de la perspective d'être seule dans ta chambre ce soir et de n'avoir personne contre qui te pelotonner ?

Dans la voix langoureusement éraillée de Nikolaï, Emma décela une pointe d'amusement. De l'ironie ?

Non, s'avisa-t-elle alors que son regard pénétrant semblait fouiller son âme.

— Concernant la nuit dernière…, bafouilla-t-elle. Est-ce que nous avons… ? S'est-il passé quelque chose entre nous ?

L'air frémissait de chaleur et de sensualité. Emma était incapable de détourner le regard, incapable de briser la force magnétique qui les attirait l'un vers l'autre.

— Crois-moi, Emma, tu t'en souviendrais, répondit-il avec une moue espiègle.

— Ah ! dit-elle dans un souffle, les joues en feu.

— Serais-tu par hasard déçue d'avoir dormi à côté de moi sans que nous ayons fait l'amour ? Ça peut s'arranger, tu sais.

À ces mots, un long frisson la parcourut. Nikolaï la désirait autant qu'elle le désirait. Comme cette nuit-là, à Vladimir. Ils avaient alors succombé à la puissance d'une attirance purement physique et qu'ils croyaient sans lendemain.

Aujourd'hui, ils étaient sur le point de se marier. Mais Nikolaï ne l'aimait toujours pas. Leur relation se limitait au sexe.

Elle demeura sourde aux avertissements de la raison. Elle désirait Nikolaï. Elle voulait que Nikolaï la désire. Et tant pis si elle sortait de cette aventure le cœur en lambeaux !

Nikolaï regardait Emma, assise devant lui. Avait-elle idée de l'effet qu'elle produisait, avec son débardeur tendu sur ses tétons dressés ? Quant à son short… Mieux valait ne pas s'y attarder, sous peine de réveiller en lui l'homme de Néandertal qui la porterait sur son dos jusqu'à sa chambre.

— Ça peut même s'arranger tout de suite, dit-il sans réfléchir, emporté par ses pulsions.

Mais, à en juger par le sourire coquin d'Emma, la proposition ne l'avait pas scandalisée.

— Vraiment ?

Bon sang, elle l'aguichait ! Elle le mettait à l'épreuve ! Pourquoi ne pas admettre cette alchimie entre eux ? Pourquoi ne pas admettre cette attirance réciproque ?

— J'ai envie de toi, Emma, dit-il en lui tendant la main.

Jamais il ne s'était senti aussi vulnérable affectivement. Dieu sait comment, cette femme abattait les remparts qu'il avait érigés autour de lui pour s'isoler, pour se prémunir de tout sentiment.

Il vit ses lèvres s'entrouvrir et, contre toute attente, elle lui prit la main. Il la souleva doucement du canapé avant de l'enlacer en une étreinte à laquelle elle répondit de tout son corps. Elle était manifestement prête à aller plus loin. Mais il voulait l'entendre de sa bouche.

— Est-ce vraiment ce que tu souhaites ?

Elle s'écarta pour enlever son débardeur, qu'elle jeta négligemment par terre. Puis elle fit glisser son short le long de ses jambes et l'envoya d'un coup de pied rejoindre son haut.

Nikolaï avait l'impression de revivre la soirée de Vladimir, à la différence près qu'il n'avait plus à se soucier des conséquences. Cette fois, il allait posséder Emma totalement, comme il n'avait jamais possédé aucune femme.

— Oui, répondit-elle dans un souffle rauque qui embrasa Nikolaï.

Il ferma brièvement les yeux pour contenir le désir dévorant qui menaçait de l'engloutir. Emma n'avait connu que lui. Aussi se devait-il de prendre son temps, de faire de cette nuit un moment inoubliable pour tous les deux.

Avec une lenteur étudiée, les yeux dans ceux d'Emma, il se défit de son jean. Lorsqu'il se tint devant elle, nu lui aussi, elle baissa le regard vers son sexe tumescent qui se durcit encore. C'est alors la femme fatale de Vladimir qui leva de nouveau la tête et, les yeux plantés dans les siens, enroula ses doigts autour de son membre. Il se mit littéralement à trembler. Puis à gémir de plaisir quand elle plaqua sa bouche sur la sienne, sa main continuant son œuvre de magie.

Après ce baiser voluptueux, elle laissa errer ses lèvres sur son cou, son torse, ses abdominaux. Grisé, il laissa échapper une longue plainte de bonheur. Mais lorsqu'elle voulut poursuivre son exquise torture vers son sexe, il enfouit ses doigts dans la chevelure d'Emma et la retint. Il avait trop peur de ne pouvoir se retenir. Elle lui lança un regard interrogateur de ses yeux d'un vert plus profond que jamais.

— À mon tour, dit-il d'une voix râpeuse quasi méconnaissable.

Relevant Emma, il la poussa vers le canapé. Tel un oiseau de proie, il fondit sur sa bouche et fut récompensé par un gémissement de plaisir.

— Nikolaï, souffla-t-elle, cambrée contre lui.

Elle promena des mains impatientes sur tout son corps, alors qu'il mordillait puis léchait ses mamelons.

Comme il se déplaçait vers le centre de son plaisir, elle agrippa ses épaules et enfonça ses ongles dans sa chair. Une douleur si érotique qu'il faillit définitivement perdre tout contrôle. Mais il n'en avait pas encore terminé avec elle…

— Allons dans la chambre, suggéra-t-il.

Il la sentait sur le point de jouir, tandis qu'il explorait son intimité avec sa langue.

— Non ! haleta-t-elle en l'emprisonnant entre ses jambes.

Nikolaï sut alors qu'il était perdu, qu'il ne pouvait plus lutter contre lui-même et il la pénétra d'un seul puissant coup de reins. Elle était brûlante. Dans un râle, il entama un va-et-vient enfiévré, auquel elle participa avec la même ardeur en poussant des cris de plaisir jusqu'à l'extase finale qu'ils atteignirent ensemble.

Emma était allongée dans l'obscurité, à côté de Nikolaï. Ils avaient fait l'amour pendant des heures sur le canapé, puis sous la douche et finalement dans le lit de Nikolaï. Pourtant, elle n'éprouvait aucune fatigue. Au contraire, elle ne s'était jamais sentie aussi pleine de vie et d'énergie. C'était presque trop beau pour être vrai.

Envolés, ses doutes sur sa décision d'accepter la demande en mariage de Nikolaï ! Si, sexuellement, ils parvenaient à un tel degré d'harmonie, pourquoi ne finirait-elle pas un jour par inspirer un vrai sentiment à Nikolaï ? C'est en tout cas ce qu'elle espérait car, de son côté, elle s'attachait à lui un peu plus chaque jour. Était-elle en train de tomber amoureuse ?

Comme elle se posait cette question, Nikolaï bougea, et elle se crispa en se le rappelant à Vladimir, juste après leurs ébats. Debout devant la fenêtre, plongé dans ses pensées, il avait alors le regard perdu sur le paysage enneigé. Avait-il regretté leur nuit ? Une nuit qui avait bouleversé leurs vies.

D'autres questions taraudaient Emma, tandis que Nikolaï, maintenant redressé sur son coude, braquait sur elle un regard ardent.

— Je compte visiter la ville aujourd'hui, dit-elle pour combattre la vague de désir qui la gagnait.

Car elle voulait emmener leur relation au-delà du purement sexuel. Elle voulait mieux cerner la personnalité de Nikolaï et essayer de renverser les barrières qu'il maintenait autour de lui.

— Pourquoi ne pas y aller ensemble ? proposa-t-il.

Sur ces mots, il l'attira vers lui pour un baiser passionné.

— Volontiers. Ce sera une bonne occasion d'apprendre à mieux nous connaître.

— Tu trouves que nous ne nous connaissons pas suffisamment ?

Il souriait, mais Emma entendit la méfiance dans sa voix.

— Nous ignorons beaucoup de choses l'un sur l'autre.

— Comme quoi ?

Ce ton dur, de nouveau ! Impossible décidément de franchir ce satané rempart.

— Ce que nous attendons exactement de ce mariage, par exemple.

Elle laissa les mots flotter entre eux.

— Toi, tu cherches la sécurité financière, dit-il. Pour quelle autre raison te serais-tu déplacée jusqu'ici ? Tu veux aussi pour ton enfant ce que tu n'as jamais eu, c'est-à-dire une figure paternelle.

Savait-il comme il avait visé juste ? Était-il à ce point cruel qu'il n'hésitait pas à verser du sel sur ses blessures ?

— Ma demande en mariage correspond exactement à ce que tu souhaitais.

Elle encaissa. Il avait raison, après tout.

— C'est bien pour te marier que tu es venue à New York, non ?

— Quoi ? suffoqua-t-elle, stupéfaite.

— La nuit que nous venons de passer fait-elle partie d'un projet plus vaste ?

Comment une nuit de rêve pouvait-elle se transformer en cauchemar ? Emma était effondrée, effarée par le gouffre qui venait de s'ouvrir entre eux.

— C'est vraiment ce que tu penses ?

— Tu ne m'as donné aucune raison de penser autrement.

Il se leva pour enfiler son jean. Il fuyait de nouveau !

— Nikolaï ! appela-t-elle plus sèchement qu'elle ne l'aurait voulu. Ne pars pas. Pas cette fois.

Il se tenait debout au pied du lit, dans la pénombre de la chambre et la regardait sans la moindre tendresse.

— Que veux-tu savoir exactement, Emma ? Et surtout, qui parle ? La femme que je dois épouser et la mère mon enfant ? Ou la journaliste qui veut connaître la vérité juste pour son article ?

Emma secoua la tête, sidérée par une pareille agressivité. Au moins, cette réaction prouvait qu'il ne lui avait pas tout révélé, que ce qu'il s'était escrimé à lui cacher à Vladimir dressait un véritable mur autour de lui.

— C'est ta fiancée qui parle. Parce que c'est important. Tu es inaccessible et froid, Nikolaï. Si nous ne réglons pas le problème, il nous pourrira la vie. Veux-tu que notre enfant grandisse dans ce climat ?

Sa plaidoirie passionnée n'érafla même pas l'armure de Nikolaï.

— Que veux-tu ? L'histoire de ma vie ? Je te l'ai racontée à Vladimir.

— Tu t'es borné à la version qui t'arrangeait. Mais la situation a changé aujourd'hui. Nous allons avoir un bébé et, si nous nous marions, je veux que notre union réussisse.

Je ne veux pas élever notre enfant dans une atmosphère d'insécurité, pleine de zones d'ombre.

— Tu ne sais pas de quoi tu parles, Emma, dit-il d'une voix légèrement adoucie.

— Au contraire, et bien plus que tu ne le crois.

Elle ne précisa pas sa pensée, car Nikolaï ne devait jamais apprendre par quelle mère elle avait été élevée. S'il connaissait la vérité, peut-être la jugerait-il inapte à la maternité. Et peut-être lui retirerait-on alors son bébé pour le placer dans une famille d'accueil, à l'instar de ce qui leur était arrivé, à Jess et elle.

— Tu penses réellement que c'est possible ? lança-t-il avec un regard de nouveau hargneux.

Elle comprenait très bien son énervement : elle le poussait dans ses retranchements.

— Écoute, Nikolaï. Je connais une partie de ton histoire, mais ta fiancée te demande de la lui raconter en entier, dit-elle avec douceur.

Elle retint son souffle, tandis qu'il arpentait la chambre en se passant compulsivement la main dans les cheveux.

Par où commencer ? s'interrogea Nikolaï, furieux autant contre lui-même que contre Emma.

Il lui avait expliqué l'essentiel. Quel besoin avait-elle d'entrer dans les détails ? Et soudain, en la regardant, il s'aperçut que tout cela n'avait plus d'importance. Elle connaissait la moitié des faits et elle découvrirait tôt ou tard le reste dans toute son horreur. Alors, autant qu'elle l'apprenne par lui. Et tout de suite.

— Pourquoi tiens-tu à tout savoir ?

Pourquoi capitulait-il, alors que le plongeon dans son passé remuait des émotions si profondes ? Or, il refusait les émotions, quelles qu'elles soient. Il avait depuis longtemps appris à les évacuer toutes — colère, peur et même amour.

Chaque fois qu'il avait volé au secours de sa mère quand son père la frappait, il avait agi avec calme et détachement, qu'il ait essuyé le sang de son nez ou qu'il se soit simplement interposé. Ne pas s'impliquer affectivement avait été la seule solution alors et le demeurait aujourd'hui.

— À Vladimir, tu m'as expliqué que tes parents avaient été contraints de se marier.

Effectivement, c'est ce qu'il lui avait dit quand, après leur nuit d'amour, il avait failli divulguer son secret.

— Oui, c'est exact. Parce qu'elle attendait un enfant de lui.

En la voyant blêmir il fut pris de l'envie de l'enlacer, d'oublier le passé pour se perdre en elle une fois encore. Assise dans le lit, nue, les cheveux ébouriffés après leurs ébats de la nuit, elle offrait à Nikolaï une terrible tentation. Mais son bon sens le retint : la situation était déjà assez compliquée sans qu'il donne à Emma l'espoir d'un mariage normal, l'espoir d'un mariage d'amour.

— Ce n'est pas le crime du siècle, commenta-t-elle, à la fois compatissante et ironique.

Il prit place à côté d'elle sur le lit. Bien sûr ! Elle aussi était enceinte, et eux aussi allaient se marier. Ce qui redoublait ses doutes et renforçait sa volonté de ne pas mêler ses émotions au marché qu'ils avaient conclu. Car telle était leur union : un marché passé dans l'intérêt de leur enfant. Donc oui, il la forçait à se marier, exactement comme son père avait forcé sa mère.

Malheureusement, il était en train de perdre la lutte qu'il menait contre lui-même. La digue retenant ses émotions et ses souvenirs menaçait de lâcher.

Mais quelle opinion aurait-elle de lui, si elle connaissait la vérité ?

Il regarda Emma et comprit soudain qu'elle devait savoir qui il était. À quoi bon se perdre en circonlocutions ?

Autant dire les choses simplement. De toute façon, les mots l'écorcheraient.

— Il l'avait violée.

Voilà. Il avait enfin prononcé les mots fatidiques. Il était le produit d'un viol qui avait détruit la vie de sa mère en l'obligeant à se marier avec une brute.

— Violée ? répéta-t-elle dans un souffle.

Nikolaï puisait du réconfort dans la proximité du corps chaud d'Emma. Et bizarrement, malgré tous ses efforts pour qu'elle n'apprenne rien qui puisse nuire à Anna ou à lui, il voulait se libérer entièrement, maintenant qu'il avait commencé. Comme s'il avait ouvert une porte qu'il était incapable de refermer.

— Mon père était un ami de la famille. Il avait demandé la main de ma mère. Par intérêt. Pour les relations que lui apporteraient son nom et sa fortune.

Emma demeura silencieuse, mais se rapprocha de lui. Il aurait voulu la prendre dans ses bras, sentir sa bonté le laver de ce qu'il y avait de mauvais en lui. Mais impossible. Du moins, tant qu'il ne lui aurait pas tout avoué.

— Elle a refusé ?

Il serra les mâchoires en se rappelant le moment où il avait découvert comment sa mère, si douce, si aimante, était devenue, par sa faute, la femme d'un homme méchant et brutal…

— Oui, elle a refusé. Du coup, il l'a agressée et violée.

Il ravala sa colère, comme le jour où il avait compris qu'il était à l'origine de l'enfer que sa mère avait vécu en épousant une brute. Ils auraient certainement été plus heureux sans cet homme. Il n'avait jamais abordé la question avec sa mère qui ignorait d'ailleurs qu'il avait surpris sa conversation avec son second mari au moment où elle lui avait expliqué le drame. Si elle apprenait qu'il était au courant, elle en aurait le cœur brisé. Autant que si leur passé était étalé au grand jour par Emma.

— Je ne comprends pas. Pourquoi l'a-t-elle épousé, dans ces conditions ?

— Ça m'a toujours dépassé, moi aussi. Peut-être a-t-elle vu dans ce mariage la seule possibilité de cacher la vérité et de ne pas salir la réputation de sa famille qui jouissait d'un certain prestige dans la région.

Il fit une pause. Des images de lui, terré dans un coin pour échapper à la fureur paternelle, défilaient dans son esprit.

— Quand ma mère et moi avons quitté la Russie, reprit-il, j'avais dix ans et je me suis juré de ne plus jamais revenir dans ce pays. Je me suis efforcé de m'intégrer aux États-Unis et de donner toute satisfaction à mon nouveau père. C'était comme si je bénéficiais d'une seconde chance.

Comme elle l'enlaçait pour l'embrasser sur le front, il se sentit étrangement réconforté.

— Je suis désolée de t'avoir obligé à te plonger dans ces souvenirs, murmura-t-elle.

— Peut-être aurais-je dû demander des comptes à ma grand-mère paternelle, la presser de m'expliquer pourquoi elle avait choisi de couvrir ces exactions. Se rendait-elle seulement compte que, en agissant ainsi, elle nous emprisonnait avec un tyran incontrôlable, dont seule la mort soudaine nous a libérés ?

— Mais nous ne nous comporterons pas nécessairement de la même manière que nos parents.

Emma venait de toucher une corde sensible. Le passé de Nikolaï lui interdisait de devenir père et en même temps, augmentait son désir de faire partie de la vie de son enfant. Il voulait plus que tout être un meilleur père que Fedor ne l'avait été.

— Comment peux-tu dire ça ? Je te rappelle que nous nous marions uniquement à cause de l'enfant que tu portes. La raison de notre union est la même que celle de mes parents.

Les yeux d'Emma étaient teintés de tristesse. Presque malgré lui, il l'avait de nouveau rejetée.

— Notre enfant n'a pas été conçu dans la violence, répliqua-t-elle en lui caressant la joue.

Il aurait voulu savourer cette tendresse, mais ne pouvait se permettre ce luxe.

— Peut-être, mais il n'a pas non plus été conçu dans l'amour.

La main d'Emma s'immobilisa.

— C'est vrai, tu as raison, admit-elle avec douceur.

Ces mots, s'il les avait provoqués, lui firent l'effet d'une gifle. Qu'est-ce qui lui avait pris de lancer cette discussion, bon sang ?

Emma s'écarta de lui. On aurait dit un animal blessé et, de nouveau, Nikolaï sentit son cœur se serrer. Il devait à tout prix mettre un terme à cette conversation qui le chavirait.

— Le sujet est définitivement clos, Emma.

Il bouillait de colère. Une colère qui menaçait de déborder, de l'emporter et de faire de lui la réplique de l'homme qui l'avait terrorisé pendant son enfance. Et tout ça, à cause d'elle.

Emma leva la tête vers lui et se redressa avec cet air de défi qui la rendait irrésistible.

— D'accord. Je comprends.

Comment pouvait-elle comprendre ? Il aurait voulu lui demander quel événement de son enfance ou de son passé lui permettait de le prétendre, mais il était à bout. Il avait besoin d'air, d'être seul.

Il sortit de la chambre, alors que les lueurs de l'aube pénétraient par les fenêtres. Emma n'essaya pas de le retenir, et il lui en sut gré.

9.

L'attention sans réserve que Nikolaï avait prodiguée à Emma toute la semaine — quittant son travail plus tôt, l'emmenant visiter New York… — les avait incontestablement rapprochés. Après le désastre de la fin du week-end, elle avait recouvré un certain optimisme et n'était plus tourmentée en permanence par la crainte, voire la certitude, d'avoir pris la mauvaise décision en acceptant d'épouser Nikolaï.

Aujourd'hui, Nikolaï avait prévu une excursion sur l'Hudson jusqu'à la statue de la Liberté, dans un bateau spécialement loué pour eux deux. Un romantisme propre à ressusciter l'espoir, surtout par ce temps printanier.

Malheureusement, le roulis et le vent froid accentuaient les nausées dont Emma souffrait depuis une dizaine de jours. Elle essaya de le cacher mais, par cette empathie qu'il semblait avoir développée à son égard, Nikolaï le devina.

— Ce n'était pas une bonne idée cette balade, j'ai l'impression, dit-il dans son dos en la serrant contre lui.

Elle ferma les yeux, s'abandonnant au bonheur de se sentir dorlotée, protégée ! Son rêve depuis toujours, elle qui avait été privée d'affection pendant son enfance. Un rêve inaccessible qui semblait à présent à portée de main…

— Si, c'est génial, lui assura-t-elle en se pelotonnant contre lui.

Qu'importait en effet son état nauséeux, quand elle

se trouvait entre les bras de l'homme dont elle était irrémédiablement en train de tomber amoureuse ? Rien ne réussirait à lui gâcher son plaisir.

— Simplement, je ne pense pas que je pourrai prendre de photos aujourd'hui.

— Ce n'est pas grave, répondit-il en lui embrassant les cheveux.

Lui aussi serait-il en train de tomber amoureux ? se demanda Emma. Allait-elle vivre son conte de fées ?

— Arrête de travailler et profite du moment. Les photos attendront.

— Je peux te demander quelque chose ?

Sans attendre son assentiment, elle ajouta :

— As-tu déjà été amoureux ?

La crispation des bras de Nikolaï l'avertit qu'elle avait franchi la ligne blanche, et le ton abrupt de sa réponse lui en apprit plus qu'elle ne l'aurait voulu.

— Non. Tu sais quelle enfance j'ai eue. D'ailleurs, tu m'as dit toi-même que tu ne croyais pas à ces niaiseries.

— C'est vrai, je n'y croyais pas, répliqua-t-elle sur un ton qu'elle voulait détaché.

— J'espère que tu n'as pas changé d'avis.

Emma frissonna en entendant sa voix glaciale et porta toute son attention sur le paysage de gratte-ciel. Elle n'avait aucune envie de se laisser atteindre par les remarques dures de Nikolaï. Cela dit, oui, elle avait changé d'avis. D'une part parce que l'exemple d'Anna, qui avait trouvé l'amour après un premier mariage aussi effroyable, l'avait ébranlée dans ses certitudes. D'autre part à cause des sentiments de plus en plus profonds et troublants qu'elle éprouvait pour Nikolaï. Mais son fiancé était-il capable d'aimer ? Voilà ce qu'elle aurait voulu éclaircir.

— Bien sûr que non, s'empressa-t-elle de le rassurer.

Le moment n'était pas encore venu de lui avouer la vérité. Hors de question en effet qu'elle compromette l'accord qu'ils avaient conclu en se fiançant et qui garantissait à son bébé tout ce qui lui avait manqué durant sa propre enfance !

— Nous allons nous marier dans l'intérêt de notre enfant, conclut-elle.

— Et de ta sœur.

Inutile décidément qu'elle entretienne la moindre illusion. Pour Nikolaï, leur mariage se limitait strictement à un marché. Et ce qu'il ajouta acheva de lui briser le cœur.

— C'est bien la promesse de financer son rêve qui t'a décidée à accepter ma proposition, non ?

Elle comprit qu'elle avait commis une erreur en fragilisant les barrières qu'il avait érigées autour de lui pour se protéger de tout sentiment. Son espoir de le voir partager l'amour qu'elle commençait à ressentir pour lui venait d'être brisé.

Ils avaient conçu un enfant durant un moment de fièvre, un enfant qui les lierait à jamais l'un à l'autre, mais elle attendait davantage de leur relation. Elle voulait aimer et être aimée en retour. Nuit après nuit depuis leurs fiançailles, ils s'étaient donnés l'un à l'autre sans retenue. Mais pour Nikolaï, il ne s'était agi que d'un amour physique.

Chassant ses sombres pensées, elle songea à sa sœur… et se sentit encore plus seule. Chaque fois qu'elle lui avait téléphoné récemment, Jess n'avait pas été disponible et n'avait répondu que par de brefs SMS.

Pendant qu'elle ruminait ainsi, Nikolaï était venu se poster à côté d'elle et feignait maintenant lui aussi de s'intéresser à la vue.

— J'aimerais que Jess assiste à notre mariage, si elle peut se libérer. La date est-elle fixée ?

Dans un petit rire, il lui lança un regard qui faillit anéantir la résolution d'Emma d'étouffer ses sentiments pour lui.

— Es-tu à ce point impatiente de devenir ma femme ou cherches-tu seulement à changer de sujet ?

— Quel intérêt d'attendre, puisque nous sommes d'accord sur les termes du contrat ? lança-t-elle avec une pointe d'amertume bien involontaire.

Il la scruta un instant avec un regard plus ardent que les rayons du soleil de printemps. Elle n'entendait plus que le bruit du moteur et de l'eau, contre la coque du bateau.

— Dans ce cas, j'ai le plaisir de t'annoncer que c'est prévu pour samedi prochain.

— Samedi prochain ?

Beaucoup trop précipité pour organiser le voyage de Jess ! Nikolaï cherchait-il absolument à la couper de tout ce qui lui tenait à cœur ?

— Jess ne pourra jamais venir dans un délai aussi court et elle est ma seule famille, Nikolaï.

Sur ces entrefaites, son téléphone sonna. L'occasion inespérée d'échapper au regard pénétrant de Nikolaï ! L'appel venait certainement de Jess, et elle devait plus que jamais lui parler. Mais, à son grand étonnement, elle vit s'afficher le nom de… Richard ! Alors qu'elle hésitait à répondre — ce n'était vraiment pas le moment — Nikolaï jeta un coup d'œil à l'écran, par-dessus son épaule.

— Qu'est-ce que tu attends ? demanda-t-il avec une colère sourde. Décroche !

Interloquée, Emma leva la tête avec vivacité, mais déjà, il s'écartait de quelques pas.

— Richard ! Je suis contente de t'entendre !

Nikolaï n'apprécia ni qu'Emma lui tourne le dos pour répondre ni le sourire qui lui éclaira le visage. Ce Richard qui avait aidé à faire décoller la carrière d'Emma au *Monde en photos* n'était-il qu'un simple collègue ?

— L'article est sorti ? s'écria-t-elle, si fort que Nikolaï l'entendit de l'autre côté du pont. C'est génial ! Merci de m'avoir prévenue. Et merci pour ton aide.

Nikolaï tenta de refouler la colère qui bouillonnait en lui pour la seule raison qu'Emma parlait à cet homme. Son comportement était totalement irrationnel ! Serait-il jaloux ? Non ! Ridicule ! Pour cela, il aurait fallu qu'il éprouve des sentiments pour Emma. Des sentiments profonds qu'il refusait catégoriquement.

Il l'observa discrètement. Sa queue-de-cheval qui dansait au vent lui rappelait la douceur de ses cheveux contre sa peau. Depuis leur retour de la fête le week-end précédent, elle avait partagé son lit toutes les nuits. Des nuits de passion après lesquelles elle s'était endormie en l'enlaçant…

Son irritation monta encore d'un cran quand il l'entendit rire de bon cœur à quelque remarque de son interlocuteur. Il se détourna, résolu à garder la tête froide. Ils allaient conclure un mariage de raison, rien d'autre. Il devait toujours garder en mémoire avec quel empressement elle avait accepté de l'épouser, une fois qu'il l'avait appâtée avec le financement des études de danse de sa sœur.

Avant l'appel de Richard, Nikolaï s'était apprêté à annoncer à Emma qu'il avait arrangé la venue de Jess à New York pour le mariage. L'idée avait germé dans son esprit lorsqu'il avait vu Emma isolée au milieu d'inconnus, lors de leurs fiançailles officielles. À présent, il avait perdu toute envie de lui faire cette surprise et de l'informer aussi qu'il avait arraché à sa mère la promesse que la cérémonie se déroulerait dans l'intimité, en présence de la seule famille proche.

— C'était Richard, dit-elle avec un sourire radieux qui n'atténua évidemment pas la contrariété de Nikolaï. L'article a été publié et, selon lui, il est très bon.

— Si c'est le même que celui que tu m'as montré, je suis ravi pour toi, dit-il du ton le plus neutre possible.

— Pourquoi est-ce que je l'aurais changé ? En fait, tu ne me fais pas confiance.

Bien sûr qu'il ne lui accordait aucune confiance ! Surtout à présent que, à cause d'un moment de faiblesse, elle savait tout de lui et détenait toujours le pouvoir de briser le bonheur de sa mère.

— Ce Richard, c'est un ami proche ? demanda-t-il, curieux.

— Pourquoi cette question ?

Comme il le craignait, voilà qu'elle biaisait. Preuve qu'elle cachait quelque chose. Furieux, il afficha pourtant une parfaite indifférence.

— Comme j'ai restreint les invitations à la famille et aux amis proches, je voulais savoir qui il était pour toi.

Quand elle leva enfin la tête vers lui, il lut désarroi et tristesse sur son visage. Mais hors de question qu'il culpabilise !

— Richard m'a beaucoup aidée. Et, si c'est ce que tu veux savoir, j'espérais à une époque que nous deviendrions plus que des amis. Je suis sûre que tu as déjà connu ça, toi aussi.

Cette franchise inattendue déstabilisa Nikolaï, d'autant plus qu'Emma avait vu juste.

— Effectivement, il y a eu quelqu'un comme ça dans ma vie.

— Une femme que tu aimais ? s'enquit-elle prudemment.

— Non, une femme qui réclamait un amour que je ne pouvais pas — ou ne voulais pas — lui donner. Quoi qu'il en soit, nous avons rompu nos fiançailles.

— Vous étiez fiancés ?

Devant la stupeur d'Emma, il regretta un instant de ne pas avoir tenu sa langue. Mais après tout, peut-être comprendrait-elle enfin qu'il n'était pas capable d'aimer.

— Oui, confirma-t-il du bout des lèvres.

Elle se détourna.

— J'ai toujours voulu voir la statue de la Liberté. Merci.

Interloqué par ce brusque changement de sujet, il leva

la tête… Ils étaient arrivés tout près du monument ! Il avait perdu toute notion du temps. Comment cette femme réussissait-elle à le perturber à ce point ? Chaque fois qu'il se trouvait en sa compagnie, il ne savait plus avec certitude ce qu'il attendait d'elle et de la vie.

— Je ne te demande pas de m'aimer, Nikolaï.

Elle avait parlé avec une sincérité et une spontanéité qui ne suffirent cependant pas à rassurer Nikolaï.

— Que veux-tu, alors ?

— Rien, Nikolaï. Tu as été très clair dès le départ. Nous ne nous marions que dans l'intérêt du bébé.

— Ce mariage nous profite à tous les deux, Emma, observa-t-il en se reculant prestement lorsqu'elle voulut poser sa main sur son bras.

Dans le cœur d'Emma, la lueur d'espoir qui avait continué à briller, alimentée par leurs ébats nocturnes passionnés, s'éteignit définitivement.

— Tout ce que je demande est de pouvoir élever mon enfant, Nikolaï. Me promets-tu que cela ne sera jamais remis en question, même si nous nous séparons ?

Emma tenait à ne pas représenter qu'une silhouette maternelle lointaine, comme sa mère l'avait été pour elle. Elle n'avait jamais compris comment une femme peut se désintéresser des enfants qu'elle a mis au monde. Elle s'était donc persuadée, et avait persuadé Jess, que leur mère était malade et avait perdu la raison. À présent qu'elle portait elle-même un bébé, elle en doutait et avait acquis la quasi-certitude qu'en fait leur mère n'avait tout simplement désiré ni l'une ni l'autre de ses filles.

Mais les raisons profondes de sa requête, elle ne les donnerait à Nikolaï que si cela s'avérait absolument indispensable. Pour le moment, elle préférait se concentrer sur le paysage urbain qui défilait sous ses yeux, tandis que le bateau gagnait son ponton de départ.

— Pourquoi te priverais-je de ce droit ? répondit Nikolaï.

Il se rapprocha d'elle, comme s'il avait deviné que derrière la demande d'Emma se cachait quelque chose d'essentiel pour elle.

— Je t'ai déjà dit que ma sœur et moi avions été placées dans des familles d'accueil, quand nous étions gamines.

Il fronça les sourcils, l'air agacé. Décidément, Nikolaï détestait tout ce qui touchait de près ou de loin à l'histoire personnelle des gens, tout ce qui risquait de l'entraîner vers l'affectif. La soupçonnait-il d'essayer de l'apitoyer ?

Eh bien, tant pis ! Elle était à présent décidée à tout raconter. Qu'elle vive avec Nikolaï ou non, elle ne pouvait passer le reste de sa vie à craindre qu'on la juge inapte à être mère. Elle savait d'expérience le traumatisme pour un enfant d'être retiré à sa famille. Aussi, sans laisser à Nikolaï la possibilité de l'arrêter, elle poursuivit :

— Nous avions été prises en charge par les services sociaux, parce que ma mère n'était pas capable de s'occuper de nous. Elle préférait bercer une bouteille d'alcool plutôt que de nous câliner, ma sœur ou moi.

Elle fixa sans le voir le labyrinthe de bâtiments de béton et de verre qui se déroulait devant ses yeux et qu'en d'autres circonstances, elle se serait réjouie d'explorer. Pour le moment, elle cherchait seulement à éviter le regard de Nikolaï pour ne pas y lire sa réprobation. Elle ne souhaitait qu'une seule chose : être en mesure de jouer pleinement son rôle de mère. Peu importait donc la façon dont évoluerait sa relation avec Nikolaï.

— Me crois-tu réellement capable de séparer un enfant de sa mère ? s'indigna-t-il d'une voix vibrante de colère.

— Tu m'as bien acculée au mariage, riposta-t-elle.

— Tu n'as pas réfléchi longtemps avant d'accepter ma proposition, une fois que je t'ai offert de financer l'école de ta sœur.

— Je n'appellerai pas ça une proposition, Nikolaï, mais plutôt un ultimatum. Ou du chantage, au choix.

C'était le moment ou jamais de lui parler de son père, des angoisses avec lesquelles elle avait grandi, du rejet qu'elle avait essuyé. S'il savait tout cela, il comprendrait peut-être les raisons pour lesquelles elle avait accepté de s'unir à lui.

— Ce n'était pas un ultimatum et encore moins du chantage, gronda Nikolaï. Pour qui me prends-tu ? Crois-tu vraiment que je sois homme à recourir à des pratiques aussi abjectes ?

Dans un geste de défi, elle soutint son regard glacial. Elle devait crever l'abcès. Tout de suite. Avant le jour J.

— Je ne sais pas, Nikolaï. D'un côté, tu n'as jamais caché que tu m'épousais par devoir et de l'autre, tu tiens absolument à maintenir ta mère dans l'illusion qu'il s'agit d'un mariage d'amour. Que dois-je en conclure ?

— Que je veux le bien de mon enfant.

Emma le prenait-elle pour un monstre ? Nikolaï ne pouvait s'empêcher d'être blessé par son regard accusateur. Croyait-elle vraiment qu'il la séparerait de leur enfant, après tout ce qu'il lui avait révélé de son enfance ? Avait-il eu tort d'insister pour qu'ils se marient ?

Non ! C'était la seule solution. La seule façon de prouver qu'il ne ressemblait pas à son père, qu'il avait hérité des gènes de sa mère. Il voulait que son fils ou sa fille connaisse une enfance différente de la sienne — ou de celle d'Emma, du moins d'après ce qu'elle en avait dit.

— Penses-tu vraiment qu'un mariage sans amour assure les meilleures conditions possible à notre enfant ? demanda-t-elle avec flamme, alors que le bateau accostait.

La question prit Nikolaï au dépourvu. Pourquoi fallait-il donc que l'amour revienne toujours sur le tapis ?

— Justement, oui. Parce que notre mariage ne sera pas pollué par des niaiseries, rétorqua-t-il.

L’air incrédule, elle secoua la tête.

— Et si l’un de nous deux tombe amoureux ?

Une attaque frontale qui raviva les doutes de Nikolaï sur le lien qui existait entre Emma et le serviable Richard.

— Cette éventualité est à écarter puisque, si tu m’as dit la vérité, tu ne crois pas plus que moi à l’amour. À moins bien sûr que tu ne sois déjà éprise d’un autre homme ?

— Comment le pourrais-je, alors que je n’ai connu que toi ?

Emporté par une jalousie irrationnelle envers un homme qu’il n’avait jamais vu mais qui était capable d’éclairer le visage de sa fiancée d’un sourire radieux, Nikolaï demeura sourd à la douleur pourtant audible d’Emma. C’est à peine d’ailleurs s’il comprit ce qu’elle venait de lui répondre.

— Es-tu amoureuse de Richard ? lança-t-il.

Visiblement surprise, elle recula.

— Tu crois que j’aime Richard ?

— Est-ce si invraisemblable que ça ? rétorqua-t-il.

Il était agacé par son numéro d’innocente, un petit jeu auquel elle avait déjà joué une fois avec lui.

— Oui, parce que Richard est un ami. Cela dit, pour être franche avec toi, il est très pénible de s’attacher à quelqu’un que tu laisses totalement indifférent. Mais évidemment, tu ne sais pas de quoi je parle, n’est-ce pas Nikolaï ?

Là-dessus, elle partit sans autre forme de procès, le laissant totalement désemparé sur le pont du bateau.

10.

— Je me suis libéré pour la journée, annonça Nikolaï.

Le visage fermé, il traversa la pièce pour aller se poster devant la baie vitrée de son appartement.

Emma soupira. Depuis l'excursion de la veille sur l'Hudson, il s'était de nouveau éloigné d'elle, éteignant définitivement l'étincelle d'espoir qui avait jailli dans son cœur après la cérémonie des fiançailles. Aussi se sentait-elle de nouveau sans intérêt, rejetée. Les angoisses héritées de son enfance avaient redoublé, et elle se voyait mal jouer la future mariée nageant dans le bonheur.

— Ne t'y crois pas obligé. Tu as déjà pris ta journée hier.

Saisie d'une violente nausée accompagnée d'une crampe d'estomac, elle porta sa main à son front. Son état était-il dû au stress généré par la situation ? À la façon dont Nikolaï l'avait manipulée pour l'amener à accepter le mariage ? Toujours est-il qu'une nouvelle douleur lui tordit le ventre.

— Nikolaï ! dit-elle d'une voix affolée. Le bébé. Quelque chose n'est pas normal.

Fermant les yeux pour contrer une autre nausée, elle s'efforça de refouler ses larmes, des larmes de douleur mais aussi de peur pour son bébé. Elle désirait cet enfant de toute son âme, avec ou sans l'aide de Nikolaï. Se pouvait-il qu'elle le perde ? Soudain, dans son esprit embrumé par les spasmes de plus en plus forts qui lui lacéraient le ventre, surgit la pensée qu'une telle issue conviendrait parfaitement à Nikolaï. Une pensée qui provoqua sa fureur et un nouvel accès de panique.

— Emma !

Le ton sévère de Nikolaï l'arracha à son brouillard. En levant la tête, elle le découvrit debout devant elle, téléphone à la main.

— Je t'emmène à l'hôpital, dit-il, le front plissé par l'inquiétude.

Une larme de soulagement roula sur la joue d'Emma. Nikolaï prenait la situation en mains. Mais parviendrait-il à prévenir la catastrophe ? Comme un autre coup de poignard lui transperçait les entrailles, elle lâcha prise et s'enfonça dans les ténèbres de l'inconscience.

Quand elle ouvrit les yeux, elle était allongée sur un lit d'hôpital. Elle tenta aussitôt de se redresser, mais en fut empêchée par la main de Nikolaï sur son épaule.

— Tout va bien. Ne t'agite pas.

Il avait parlé d'un ton péremptoire, mais avec une sérénité qui apaisa Emma. Elle tenta malgré tout une nouvelle fois de s'asseoir.

— Mon bébé ?

Se penchant au-dessus d'elle, Nikolaï la força à le regarder dans les yeux. Elle respira l'odeur de sa lotion après rasage, sentit la chaleur de sa main sur son épaule et savoura son calme.

— Il va bien. Et toi aussi. Alors, je t'en prie, détends-toi. Le stress n'est bon ni pour lui ni pour toi. Tu ne t'es pas suffisamment ménagée ces derniers temps. Tu as besoin de repos.

Dans un soupir de soulagement, elle ferma les yeux. Le répit fut de courte durée car bientôt, une idée pernicieuse s'insinua dans son esprit. Si cet incident s'était produit une semaine plus tard et s'était mal terminé, Nikolaï se serait trouvé marié à une femme qui ne portait plus le bébé au nom duquel il avait conclu le marché. Qu'aurait-il décidé, alors ?

— Peut-être devrions-nous annuler la cérémonie.

Elle n'osait pas regarder Nikolaï, de crainte de lire la vérité dans ses yeux. Son père l'avait rejetée une première fois avant même de la voir, et une seconde fois alors qu'elle était adolescente. Pas plus que pour Nikolaï, le mariage et la paternité n'avaient représenté le but de sa vie. Elle était confrontée à un dilemme : d'un côté elle ne pouvait entraîner Nikolaï dans un traquenard, d'un autre elle ne pouvait refuser à son bébé la chance de connaître son père. Elle allait devoir trahir quelqu'un, songea-t-elle dans un éclair de lucidité déchirant. Serait-ce son bébé ou elle-même ?

— Si le médecin te donne le feu vert pour rentrer à la maison, il n'y a pas de raison de l'annuler.

Aucune douceur dans sa voix. L'homme qui était devenu de plus en plus attentionné et aimant au fil des nuits avait disparu, remplacé par l'homme froid et dur qui l'avait quittée en claquant la porte à Vladimir.

— Mais le mariage n'est pas ce que tu attends de la vie, Nikolaï, objecta-t-elle.

Elle était furieuse contre elle-même d'avoir laissé transparaître sa peine et de continuer à s'accrocher à l'espoir qu'il l'aimerait un jour.

— La question n'est pas là, asséna-t-il, l'air agacé. La seule chose qui compte est le bien de notre enfant, Emma. Nous allons nous marier.

Nikolaï se débattait contre des émotions totalement inconnues de lui et qu'il s'acharnait à fuir. Elles étaient en effet bien plus profondes et puissantes que celles liées au simple appel de la chair.

Depuis quand y était-il en butte ? Mystère. Il savait

seulement que cette métamorphose s'était produite. Il regarda le visage anxieux d'Emma et s'aperçut avec terreur qu'il s'était sincèrement attaché à elle. Il allait souffrir.

— Nous devons emmener Emma pour une échographie.

La voix de l'infirmière l'arracha à ses pensées. Une échographie ? Allait-il voir son enfant ? Là ? Maintenant ?

— Un problème ? demanda Emma.

Le tremblement de sa voix toucha Nikolaï en plein cœur. Il avait soudain envie de lui prendre la main pour la rassurer. Il avait envie de l'aimer. Mais comment pourrait-il céder à cette faiblesse, alors qu'il ne savait pas comment gérer ses émotions nouvelles ? Ni même les identifier clairement.

— Non, tout va bien, dit l'infirmière avec un sourire persuasif. C'est seulement pour votre tranquillité d'esprit.

— Merci, dit Emma.

Alors qu'il tournait la tête vers elle, il remarqua son extrême pâleur qui durait en fait depuis quelques jours. Aurait-il trop tardé à intervenir ? se reprocha-t-il, rongé de culpabilité. Il n'avait pas prêté suffisamment attention à sa fatigue. Il avait mis son bébé en danger.

Son bébé. À lui !

Ce fut comme si le ciel lui tombait sur la tête, et il se mit à suffoquer. Il sentit alors la main d'Emma se poser avec attendrissement sur son bras, et ce geste fut presque trop pour lui. Il ne le méritait pas.

Quelques minutes plus tard, sans savoir comment, il se trouvait avec Emma dans une petite pièce. Elle était allongée sur un lit, la main crispée sur l'ourlet de son T-shirt pendant qu'une doctoresse passait une sonde sur son ventre nu.

En voyant l'image remplir l'écran, Nikolaï prit vraiment conscience de la réalité de cette grossesse, dont il n'avait jusque-là détecté aucun signe physique chez Emma. À combien de semaines remontait cette nuit merveilleuse aux conséquences si considérables ? La voix de la radiologue vint interrompre ses calculs.

— Ah ! Voilà ! Le bébé a dix semaines.

Hypnotisé, Nikolaï fixa la tache sombre dans laquelle se distinguait son bébé. Minuscule mais bien visible.

— Tout semble normal. Vous le voyez bouger ? Vous voyez son cœur qui bat ?

Submergé par un instinct protecteur, Nikolaï sut en cet instant qu'il était prêt à tout pour ce petit être. Pour lui, il soulèverait des montagnes. Il veillerait à ce qu'il ne manque de rien et l'aimerait sans réserve.

L'aimer…

Serait-il capable de lui donner ce que son père lui avait toujours refusé ? Pourrait-il lui offrir la seule chose qui le terrorisait ?

Il finit par tourner la tête vers Emma qui fixait elle aussi l'écran, les yeux humides. D'où venaient cette oppression dans sa poitrine, et ces papillons qui volaient dans son estomac, chaque fois qu'il la regardait ou pensait à elle ? Était-il tombé amoureux d'une femme qui ne l'aimerait jamais ? Une femme qui avait donné son cœur à quelqu'un d'autre ?

Des larmes se mirent à couler sur les joues d'Emma. Des larmes de bonheur, parce que son bébé allait bien. Des larmes de chagrin aussi, parce que pendant tout l'examen, Nikolaï était resté silencieux et immobile, ne lui jetant pas même un regard. Venait-il de prendre pleinement conscience des implications du marché qu'ils avaient conclu ?

Ironie de la situation, l'échographie terminée, l'infirmière les laissa seuls, sans nul doute pour leur permettre de jouir de leur bonheur en toute intimité. Comment aurait-elle deviné que Nikolaï ne voulait pas du bébé ?

La joie qui avait submergé Emma à la vue du fœtus retomba, alors que l'air de la pièce se chargeait d'électricité.

— Il faut que tu te reposes, dit Nikolaï d'une voix plus autoritaire que jamais.

Lui reprochait-il de s'être montrée imprudente ? La jugeait-il aussi inapte à la maternité que sa mère à elle l'avait été ?

— Il me semble… que nous devrions au moins reporter la cérémonie, bredouilla-t-elle sous le regard scrutateur de Nikolaï.

Cela leur donnerait le temps de réfléchir. Certes, elle aimait Nikolaï. Mais comment pouvait-elle lui demander de lier son sort au sien pour la vie, s'il n'y avait aucune chance qu'il partage un jour ses sentiments ?

— Non. Mais tu n'auras à t'occuper de rien, dit-il en l'aidant à descendre de la table d'examen. Je prendrai des dispositions pour que l'essayage de ta robe ait lieu à l'appartement.

Elle se sentait plus à nu que lorsqu'elle s'était réveillée dans son lit à Vladimir. Elle avait l'impression qu'il savait tout d'elle. Ce qui était faux, bien sûr. Elle ne lui avait pas révélé sa peur d'être rejetée par l'homme qu'elle aimait et le père de son bébé.

— Je ne suis pas sûre qu'il soit très sage de nous marier pour le moment, insista-t-elle avec la sensation de jouer à quitte ou double.

— Pourquoi ? s'enquit Nikolaï en l'étudiant entre ses paupières mi-closes.

— Je ne le sens pas.

— Nous avons passé un marché, Emma, observa-t-il avec une dureté et une intransigeance qui la révoltèrent.

— Tu te comportes comme si tu nous avais achetés, le bébé et moi.

— Tu as accepté le marché, Emma. Qui garantit aussi l'avenir de Jess, dois-je te le rappeler ?

— Mais ce n'est pas possible. Nous ne nous aimons pas.

Nikolaï s'approcha.

Emma retint son souffle.

— L'amour n'est pas toujours indispensable, Emma.

Il lui effleura la joue des doigts avec tant de douceur qu'elle aurait pu croire à de la tendresse.

— Parfois, on construit un mariage plus solidement autour de l'attirance sexuelle, ajouta-t-il. Et elle existe entre nous. Nous l'avons prouvé plus d'une fois.

Pourquoi n'admettait-il pas qu'il ne l'aimait pas et qu'il ne l'aimerait jamais ?

— Mais cela suffira-t-il ? ne put-elle s'empêcher de demander

La gorge nouée, Emma recula. Elle n'avait plus qu'une envie : sortir de cette pièce mal éclairée et se soustraire à la brusque ardeur des yeux de Nikolaï.

Pourquoi Emma cherchait-elle à l'esquiver ? s'interrogea Nikolaï. Sa vue lui faisait-elle horreur à ce point ? Avait-il raison de s'obstiner avec cette idée de mariage ?

— Pour moi, oui, ça suffira.

Pour rien au monde il ne dévoilerait les émotions profondes qu'avait déclenchées en lui la vue du fœtus. Il voulait protéger son enfant, être là pour lui. Tout comme il voulait prendre soin d'Emma. Hélas, après l'avoir observée au téléphone avec ce Richard, il doutait fort qu'elle soit dans les mêmes dispositions que lui.

— Et si un jour ça ne suffit plus ? insista-t-elle.

En le poussant dans ses retranchements, elle ne faisait que renforcer la volonté de Nikolaï de tout mettre en œuvre pour que leur mariage réussisse. Rien ni personne ne pourrait l'exclure de la vie de son enfant. Il se prouverait à lui-même qu'il n'avait pas hérité des travers de son père.

— Ce jour n'arrivera pas, Emma. En concevant un

enfant ensemble, nous avons créé entre nous un lien indestructible. Rien ne peut changer ça.

Convaincu par ses propres propos, il ne pouvait pas libérer Emma de son engagement.

— Impossible de faire machine arrière, si je comprends bien ? lâcha-t-elle, comme si ce duel lui insufflait un regain de force.

— Absolument impossible.

11.

Plus que deux jours avant le mariage ! Angoissée, Emma admirait la vue par la baie vitrée de l'appartement de Nikolaï.

Depuis son retour de l'hôpital, elle avait ralenti le rythme de ses activités et avait pris un peu de recul. Bien sûr, toutes les futures mariées connaissent des accès de trac, mais toutes n'étaient probablement pas assaillies de doutes aussi profonds qu'elle.

Dire qu'elle avait été à deux doigts d'avouer son amour à Nikolaï lors de leur excursion en bateau ! Elle avait échappé de justesse à une humiliation cinglante car, depuis ce jour, elle sentait qu'il s'éloignait d'elle pour se barricader de nouveau. Quant à son absence de réaction pendant l'échographie, elle avait achevé de lui prouver l'absurdité de leur mariage.

Elle avait beau tourner le problème dans tous les sens, elle en arrivait toujours à la même conclusion : elle ne pouvait pas épouser un homme qui ne lui rendait pas l'amour grandissant qu'elle éprouvait pour lui. Si seulement ils n'avaient pas passé la nuit ensemble après la cérémonie des fiançailles ! Si seulement il ne l'avait pas si profondément émue ! Peut-être aurait-elle pu jouer alors son rôle de fiancée énamourée. Mais à quoi bon gamberger ? Des « si » ne résoudraient pas son problème.

Son téléphone vibra, et elle s'arracha au panorama

pour aller consulter le texto quotidien de Jess. Sa sœur lui manquait terriblement. Sa présence l'aurait tellement réconfortée, à ce moment crucial de sa vie !

Surprise ! J'arrive dans cinq minutes.

Quoi ? Le cœur d'Emma se mit à battre à folle allure. Jess était à New York ? Comment était-ce possible ?

Elle se rappela alors sa conversation avec Nikolaï sur le bateau. C'était vraisemblablement lui qui avait organisé la venue de Jess pour leur mariage. Mais pourquoi ?

Emma répondit à Jess, tout à sa joie de bientôt la voir. Mais elle fut rattrapée par ses angoisses et par la question qui avait commencé à la tarauder. Pourquoi Nikolaï avait-il donc fait venir Jess ? Ses réactions demeuraient décidément impénétrables.

Elle envoya un SMS à Nikolaï pour le remercier. Après tout, elle était tout aussi capable que lui de jouer les gentilles.

À peine avait-elle coupé son téléphone que la porte de l'appartement s'ouvrit, et une Jess radieuse fit son apparition. Emma resta plantée là, paralysée par l'émotion. Ce fut donc Jess qui, lâchant sa valise, s'avança vers sa sœur pour la prendre dans ses bras.

— Que fais-tu ici ? demanda Emma lorsqu'elles se furent embrassées.

— C'est grâce à ton génialissime fiancé, répondit Jess avec une ferveur qui déstabilisa Emma.

— Tu parles de Nikolaï ?

— Bien sûr ! s'esclaffa Jess. Tu as beaucoup d'autres fiancés ?

Tant mieux si sa sœur admirait Nikolaï. Emma pourrait ainsi taire la véritable raison de leur mariage.

— Il a tout prévu, jusqu'à la clé pour entrer ici. Il est génial, je te dis. Tu as vraiment de la chance, Em. Il doit être fou de toi.

Ce n'était plus de l'admiration, mais carrément de l'idolâtrie ! s'avisa Emma. Par-delà les milliers de kilomètres qui les avaient séparés, Nikolaï avait donc réussi à ensorceler Jess, à lui imposer de lui l'image qu'il souhaitait. Jamais elle ne s'était sentie ainsi prise au piège.

— Mais pourquoi ne m'a-t-il rien dit ? s'étonna-t-elle.

Il lui fallait surmonter son agacement, afin de ne pas gâcher ses retrouvailles avec Jess.

— Parce qu'il voulait te faire la surprise. Il m'a fait promettre de garder le secret. Tu imagines comme j'ai dû prendre sur moi pour ne pas craquer pendant toutes ces semaines ?

Toutes ces semaines ? Il avait donc tout organisé bien avant leur discussion sur le bateau ? Peut-être même avant leurs fiançailles ?

— Il a bien réussi son coup, en tout cas, conclut-elle en entraînant Jess vers sa chambre.

Elle était maintenant résolue à profiter pleinement de ce moment inattendu avec sa sœur.

En entrant dans l'appartement, Nikolaï entendit des voix féminines dans la chambre qu'Emma avait occupée à son arrivée et que sa sœur allait désormais utiliser. Après un instant de surprise, il s'arrêta dans le salon pour les écouter, content que Jess ait réussi à tenir sa langue. Après la façon dont Emma s'était trouvée isolée lors de leurs fiançailles, il lui avait paru important de lui préparer cette surprise.

— Tu portes son bébé ? demanda une voix stupéfaite qu'il devina appartenir à Jess.

Il s'immobilisa dans l'attente de la réponse d'Emma… qui ne vint pas. Était-elle en train de confirmer de la tête avec un sourire de bonheur ou avec une mine abattue, signe qu'elle se mariait uniquement par obligation ?

Le silence, qui sembla durer une éternité, fut enfin rompu par Jess.

— Mais tu l'aimes, n'est-ce pas ?

Nikolaï retint son souffle, priant pour qu'Emma continue à jouer son rôle de fiancée amoureuse. Un rôle qu'elle avait admirablement tenu devant Anna, lors de leurs fiançailles.

— C'est quelqu'un de bien.

Quoi ? C'est tout ? Nikolaï soupira, déçu par les talents d'actrice d'Emma. Il ne manquerait plus que Jess commette un impair en présence de sa mère ! Si Anna découvrait que son fils ne se mariait pas par amour, elle culpabiliserait de ce qu'il avait vécu pendant son enfance.

— Je croyais que tu aspirais à une vraie histoire romantique.

Ainsi, contrairement à ce qu'Emma lui avait laissé entendre, elle croyait à l'amour. Malheureusement, il ne pouvait lui en donner.

Sortant de son immobilité, il traversa le salon en faisant résonner ses pas sur le parquet — autant pour prévenir les deux femmes de sa présence que pour couvrir la réponse d'Emma. Puis il se versa un verre de cognac. Les voix se turent, et il regretta de ne pas avoir écouté les explications d'Emma. Finalement, serait-il vraiment insupportable d'être aimé par la femme qui attendait son enfant, son héritier ? Cette idée raviva les émotions qui l'avaient ébranlé à l'hôpital.

— Je ne t'avais pas entendu rentrer, dit timidement Emma derrière lui.

Il fit volte-face. Elle était d'une pâleur inquiétante.

— Je viens d'arriver, répondit-il un peu sèchement.

En réalité, il était contrarié que d'un seul regard, elle ait le pouvoir de fissurer le bouclier derrière lequel il se protégeait.

Elle s'approcha de lui et, pour la première fois depuis les fiançailles, elle apparut gênée, incapable de croiser son regard. Comme dans le salon de l'hôtel après leur promenade en troïka. Mais elle n'avait pas tardé alors à se métamorphoser en une redoutable séductrice qui lui avait fait perdre le contrôle de lui-même.

— Merci, murmura-t-elle.

— Pardon ?

Elle leva vers lui ses yeux verts qui brillaient d'une émotion dont il ne voulait pas dans sa vie. Jamais. C'était pour cette raison qu'il ne l'avait pas regardée, lorsque leur bébé était apparu sur l'écran pendant l'échographie.

— Merci d'avoir fait venir Jess, dit-elle avec un sourire doux. Tu n'imagines pas ce que cela représente pour moi. Et pour elle.

Sur ces entrefaites, apparut une brunette souriante, le portrait craché d'Emma.

— Jess, je suppose ? fit Nikolaï.

Emma se retourna et tendit la main à sa sœur.

— Nous te sommes toutes le deux très reconnaissantes, Nikolaï. Je ne m'y attendais absolument pas. La présence de Jess près de moi me facilitera les choses.

Sous-entendu, elle vivait la perspective de devenir sa femme comme un calvaire ? s'irrita Nikolaï.

Et elle avait de toute évidence expliqué la situation à Jess. Inutile donc de continuer à jouer la comédie de l'amour. Cela ne prouvait-il pas qu'elle était aussi froide et calculatrice que lui ? En tout cas, elle démontrait qu'elle ne l'épousait que pour le bébé.

— Tu as tenu ton rôle avec ma mère. Il était normal que tu en sois récompensée.

Il se tourna alors vers Jess pour se donner le temps de se ressaisir.

— Tu as fait bon voyage ? Je peux te tutoyer, n'est-ce pas ?

— Oui, aux deux questions. Je n'avais jamais pris l'avion en première classe avant.

Il ignora le regard interrogateur qu'Emma posait sur

lui ainsi que la montée de désir qu'elle provoquait en lui. Il devait à tout prix filer d'ici.

— Je vais vous laisser entre filles. Tu penses à l'essayage des robes tout à l'heure, Emma, n'est-ce pas ? J'oubliais… J'ai réservé une chambre d'hôtel jusqu'au mariage, pour ne pas vous gêner par ma présence.

— C'est ridicule, objecta Emma.

— Mais non ! intervint Jess. Il a raison. Ça vous porterait malheur de vous voir avant la cérémonie.

— Sur ces bonnes paroles, je vous quitte. Au revoir !

Emma regarda Nikolaï partir. Elle enrageait. Après tous les efforts qu'elle avait déployés devant Anna, lui n'en avait pas fait le moindre pour tenir son rôle de fiancé éperdu d'amour devant Jess. Comment sa sœur interprèterait-elle l'agacement visible de Nikolaï à leur présence et à leurs remerciements ?

Pourquoi avait-il choisi ce moment-là pour tomber le masque de l'homme attentionné, derrière lequel il s'était caché toute la semaine ? Elle venait de dire à Jess qu'elle aimait Nikolaï et qu'elle était heureuse de devenir sa femme et la mère de son enfant, quand il avait débarqué comme un lion dont on aurait bafoué l'autorité. Pis, il avait laissé entendre sans équivoque possible que leur mariage scellait un contrat où n'entrait aucun amour.

La voix de Jess la tira de ses ruminations.

— Je ne suis pas idiote, Em, je sais ce qui se passe.

Emma fit volte-face. Elle reconnut dans le froncement de sourcils de sa sœur le signe indéniable de son inquiétude. Qu'avait-elle deviné ? Que la grossesse était un accident et qu'elle avait abandonné ses rêves de toujours dans l'intérêt du bébé ?

— Tout va bien, Jess. Il est normal que les futurs mariés soient nerveux à l'approche du jour J.

Si elle sauva la face vis-à-vis de Jess, elle ne réussit pas en revanche à calmer ses propres doutes qui la tenaillaient de plus belle. Agissait-elle réellement pour le bien de son enfant en épousant un homme qui non seulement ne l'aimait pas, mais que sa seule vue indisposait ?

— Dis-moi la vérité, Em, je t'en prie.

Jess affichait une gravité étonnante pour son âge, née des épreuves qu'elles avaient affrontées dans leur enfance.

— Je ne peux pas me marier avec lui, Jess, soupira Emma. Parce qu'il refuse l'amour. Mais surtout, je ne peux pas vivre dans la crainte permanente qu'il me rejette avec le bébé.

L'arrivée des retoucheuses interrompit Emma. Leur présence et le nombre incroyable de robes suspendues au portant donnèrent une réalité supplémentaire à l'engagement qu'elle allait prendre. Elle était sur le point de se marier avec un homme auprès de qui elle ne trouverait jamais ce à quoi elle avait toujours aspiré.

Mais Nikolaï pouvait donner à Jess la possibilité de faire quelque chose de sa vie.

Dans l'espoir de briser le cycle infernal de ses pensées, elle se dirigea vers les grandes baies vitrées, dont le panorama la fascinait tant d'habitude. Aujourd'hui cependant, elle le regarda sans le voir.

— Pourquoi dis-tu ça, Em ? demanda Jess en la rejoignant. Quelque chose m'échappe.

— Il ne m'a jamais parlé de ses sentiments, répondit posément Emma.

Elle se garda bien de mentionner que les termes du contrat bénéficiaient à Jess.

— Ce n'est pas un sujet que les hommes abordent facilement, lui assura Jess avec une autorité qui fit sourire Emma malgré elle.

— Qu'est-ce que tu en sais ? s'esclaffa-t-elle.

— Je regarde des films, j'écoute les gens raconter leurs histoires, répondit Jess en riant elle aussi.

Emma comprit alors que sa sœur avait dû s'inquiéter à cause d'elle et se le reprocha.

Allons ! Elle devait cesser de ruminer. Elle allait se marier pour Jess et pour son bébé. Ne restait plus qu'à sauver les apparences.

— Quelle couleur à ton avis ? demanda-t-elle en se dirigeant vers les tenues des demoiselles d'honneur.

— Bleue, répondit Jess en la rejoignant. Tu as toujours dit que c'était ta couleur fétiche.

— Mais je croyais que tu aimais le rose ?

— Oui, mais par superstition je veux du bleu pour être sûre de te porter bonheur.

Pendant que Jess parlait, les retoucheuses décrochèrent plusieurs robes, dont une bleu pâle, sans bretelles, sur laquelle les deux sœurs jetèrent aussitôt leur dévolu. Quelques minutes plus tard, Jess valsait dans l'appartement, euphorique.

— Elle me va comme un gant. On dirait qu'elle a été faite sur mesure.

— Tu es splendide, Jess. Une vraie adulte.

— Mais j'en suis une ! rétorqua Jess d'un air pincé. Tu peux t'en aller sans crainte, la tête dans les étoiles, main dans la main avec ton prince charmant, sans plus te soucier de moi.

Emma fut prise d'une envie de pleurer et de rire à la fois.

— Bon ! Je ferais bien de choisir ma robe, moi aussi. À la dernière minute comme ça, je serais étonnée d'en trouver une à ma taille.

Elle hésitait. Devrait-elle en prendre une longue ou une courte ? Une crème ou une blanche ?

— C'est cette blanche-là qu'il te faut, Em. Essaie-la.

Aidée par la retoucheuse, Emma enfila une robe en

dentelle blanche avec une petite traîne, simple mais élégante, qui laissait ses épaules nues, comme celle de Jess.

C'était presque trop beau pour être vrai, songea-t-elle quand elle découvrit dans le miroir à la fois l'Emma qu'elle connaissait et une mariée resplendissante. Jamais elle ne s'était imaginée dans une aussi belle tenue.

— C'est un signe du destin, exulta Jess. D'abord ma robe, ensuite la tienne. Nikolaï et toi, vous allez former un couple de rêve.

12.

Emma se réveilla en sursaut dans son grand lit, la place à côté d'elle vide et froide, comme tous les matins depuis que Jess était arrivée et que Nikolaï s'était installé à l'hôtel. Il la fuyait. Parce que lui aussi était pris de doutes ? Elle aurait dû insister pour tirer la situation au clair et jouer cartes sur table lorsqu'ils étaient à l'hôpital.

Elle regarda autour d'elle. Le soleil matinal inondait la chambre, dardant malicieusement ses rayons sur la robe de mariée. L'après-midi même, l'heureuse élue s'en vêtirait pour accomplir l'acte le plus difficile de son existence : apposer sa signature sur un contrat qui déterminerait sa vie à jamais.

S'y résoudrait-elle vraiment ? Allait-elle réellement s'engager à devenir la femme de Nikolaï, tout en sachant qu'il ne l'aimerait jamais ?

Elle devait sortir prendre l'air, loin de cette tenue de mariée dont elle ne supportait plus la vue. Elle enfila donc un jean, un pull-over et des chaussures plates.

— Où vas-tu ? demanda Jess en entrant dans la chambre.

— Faire un tour. Il faut que je réfléchisse vite et bien, avant de commettre une grave erreur.

— Qu'est-ce qui t'arrive, Em ?

Comment annoncer à sa sœur qu'elle allait lui ôter toute possibilité de réaliser son rêve et par-dessus le marché obliger un enfant à vivre sans père ?

— Je crains de ne pouvoir aller au bout de cette aventure.

Devant l'expression atterrée de Jess, Emma se reprocha de ne pas avoir tourné sept fois sa langue dans sa bouche. Mais non, après tout ! Elle avait eu raison de prévenir sa sœur. Il ne restait plus que six heures avant le moment fatidique. Qu'adviendrait-il, si elle ne parvenait pas à prononcer le « oui » qui l'unirait à Nikolaï par les liens du mariage ?

— Je croyais que tu étais heureuse, que tu l'aimais, répliqua Jess dont la panique audible attrista Emma.

Elle aurait tellement voulu lui épargner cette épreuve supplémentaire dans une vie qui en avait compté beaucoup.

— Je l'étais, soupira-t-elle, le regard perdu sur les cimes des arbres du parc. Et oui, je l'aime.

Trop pour supporter qu'il la rejette.

— Qu'est-ce qui ne va pas, alors ?

La main que Jess posa doucement sur son bras arracha Emma à ses pensées. Elle ferma les yeux pour s'armer de courage.

— Il ne m'aime pas, avoua-t-elle.

La main de sa sœur glissa de son bras.

— Je crois que tu te trompes, dit Jess après un silence.

— Non, malheureusement. Tu ne sais pas tout.

Elle avait réagi avec vivacité sans prendre le temps de réfléchir à ce qu'elle allait ajouter.

— Hier soir, il te dévorait littéralement des yeux, Em. On aurait dit qu'il voulait te manger toute crue.

Ces paroles, si inhabituelles chez sa petite sœur, ne firent qu'augmenter les doutes d'Emma.

— Ce n'est pas de l'amour, Jess. C'est la chair qui parle. Et ce n'est pas là-dessus qu'on doit bâtir un avenir. Ne tombe jamais dans ce panneau.

Mais n'avait-elle pas précisément elle-même foncé tête baissée dans le piège ?

— Non, Emma. C'est bien de l'amour que j'ai vu dans les yeux de ton fiancé, hier. C'est évident.

— Ne dis pas n'importe quoi. Tu n'as même pas dix-sept ans. Comment peux-tu savoir à quoi ressemble l'amour ?

Emma commençait à s'agacer. Elle n'avait qu'une envie : sortir à l'air libre pour envisager la suite des événements, une fois qu'elle aurait annoncé à Nikolaï qu'elle renonçait à se marier.

— Je le sais, Em. Il t'aime, je t'assure.

Sa sœur aurait beau insister, Emma avait pris sa décision.

— Ne laisse pas le passé gâcher ton avenir, insista Jess. Tu n'es pas notre mère, et il n'est pas ton père.

Une vérité qu'Emma refusait d'entendre.

— Il faut absolument que je prenne l'air.

Pendant près d'une heure, Emma déambula dans le parc sans trouver l'apaisement. Elle ne voyait pas d'autre moyen d'échapper à la catastrophe que de dire à Nikolaï qu'elle se désengageait de leur marché. Avant de changer d'avis, elle alla s'asseoir sur un banc et, les mains tremblantes, sortit son téléphone. C'était la seule solution, même si elle lui déchirait le cœur. Cette mascarade avait assez duré. Il était temps d'y mettre un terme.

Elle composa le numéro de Nikolaï et écouta la sonnerie, ne sachant si elle espérait qu'il décroche ou ne décroche pas. Elle tomba sur le répondeur et fut un instant tentée de terminer l'appel sans laisser de message. Mais si elle n'agissait pas maintenant, il serait trop tard ensuite. Nikolaï l'attendrait devant l'autel de l'église, pour la cérémonie qu'il avait prévue avec pour seuls invités sa famille et Jess.

« C'est moi, Emma, commença-t-elle d'une voix mal assurée qu'elle s'efforça d'affermir. J'ai eu tort d'accepter ta proposition, Nikolaï. Je ne peux pas t'épouser. Je rentre à Londres avec Jess… dès ce soir. »

Elle regarda son téléphone, comme si elle craignait qu'il n'explose entre ses mains mais, au fond d'elle-même, elle savait qu'elle avait pris la bonne décision. Aucun bonheur, que ce soit pour son bébé ou pour elle, ne sortirait d'un mariage sans amour. Leur union ne se nourrirait pas éternellement de leur attirance physique. Une fois qu'ils auraient assouvi leur appétit sexuel, que subsisterait-il ? Quant à continuer à sauver les apparences ou à taire ses sentiments ? Très peu pour elle.

Elle regarda l'heure sur son téléphone : presque 10 heures. La cérémonie était prévue à 15 heures. Nikolaï avait le temps de procéder aux annulations nécessaires et, elle, celui d'acheter un billet d'avion. Elle espéra seulement qu'il n'essaierait pas de la dissuader. Mais pourquoi s'acharnerait-il, alors que de son propre aveu il n'avait jamais voulu ni se marier ni devenir père ? Bien sûr, il resterait à prendre des dispositions concernant le bébé, mais cela pourrait attendre qu'elle ait recouvré un minimum de maîtrise d'elle-même. Si seulement elle pouvait réduire au silence ses sentiments aussi facilement que son téléphone ! Elle s'accorda encore quelques minutes de répit pour profiter du calme contagieux du parc et du chant apaisant des oiseaux avant de retourner à l'appartement faire ses bagages.

Nikolaï essaya de nouveau d'appeler Emma, tandis qu'il errait dans le parc, où il s'était rendu sur les conseils de Jess. Fou de rage, il repensait au message de sa fiancée. « Je ne peux pas t'épouser. » Pourquoi n'avait-il rien vu venir ?

Brusquement, les propos qu'elle avait tenus après l'échographie prirent tout leur sens. Alors que lui avait commencé à tisser des liens avec son enfant, à apprivoiser l'idée de sa paternité et du mariage, elle n'avait pensé qu'à rompre leurs fiançailles.

De colère, il accéléra le pas. Mais ne sachant où chercher Emma dans l'immensité du parc, il tapa de nouveau son numéro. Rien. Elle avait coupé son téléphone. Si elle croyait que cela suffirait à le décourager, elle se trompait lourdement ! Il n'avait pas l'habitude qu'on reprenne sa parole et encore moins qu'on s'oppose à sa volonté. Et il voulait Emma.

Tel un ruisseau après un long hiver de gel, cette pensée s'infiltra en lui. Oui, il la voulait. Pas uniquement physiquement. Quelque chose de beaucoup plus profond et indépendant du bébé le poussait vers elle.

Mais où donc se cachait-elle ? se demanda-t-il en fouillant du regard le parc qui grouillait de coureurs et de propriétaires de chiens plus ou moins obéissants. Avec un juron, il se dirigea vers le lac. Et soudain, là, à travers les arbres, il la vit, assise sur un banc, le regard perdu au loin, plongée dans ses pensées.

Au lieu de se précipiter vers elle pour exiger des explications, il se força à approcher en catimini, pendant qu'elle regardait ailleurs. Ses longs cheveux soyeux brillaient dans le soleil du matin. Aurait-il le plaisir d'y enfouir encore les mains ?

Emma tourna la tête dans sa direction. Il s'arrêta net, paralysé par quelque chose qui ressemblait affreusement à de la peur. Mais la peur de quoi ? Il la vit se crisper au moment où elle le reconnut — de crainte ? de dégoût ? Quoi qu'il en soit, il en fut plus blessé qu'il ne l'aurait cru possible.

Elle ne bougea que la tête, qu'elle baissa comme chaque fois qu'elle était confrontée à une difficulté.

Je ne peux pas laisser partir la femme que j'aime.

Nikolaï s'arrêta net, sidéré par cette révélation. Son cœur se mit à battre à tout rompre. Comme à l'hôpital. Pourquoi n'avait-il rien compris alors ?

Malgré le peu de distance qui les séparait, un gouffre

s'était ouvert entre eux, là, dans le parc. Un gouffre qui s'élargissait à chaque seconde et que, tétanisé, il était incapable de franchir.

Depuis le départ, il avait délibérément maintenu Emma sur l'autre bord, sans qu'elle proteste. Elle avait approuvé tous ses propos sur l'engagement et l'amour, avait accepté les termes austères du marché qu'il lui avait soumis. Mais il venait enfin d'enlever ses œillères : ce qu'il avait repoussé jusque-là était en fait ce qu'il cherchait. Il voulait qu'Emma entre dans sa vie par amour, non par obligation.

Devait-il risquer le tout pour le tout et lui avouer ses sentiments, quitte à démentir tout ce qu'il avait toujours prétendu ? Ou devait-il plutôt essayer de la persuader de respecter le contrat, car peut-être était-ce par panique qu'il s'était fourré ces inepties romantiques dans la tête ?

Mais ces inepties n'existaient pas uniquement dans sa tête. Elles envahissaient sa poitrine, son cœur. L'émotion qui l'avait assailli dès sa rencontre avec Emma le gagnait de nouveau, jusqu'à l'étouffer, comme pour le forcer à la reconnaître pour ce qu'elle était : de l'amour.

Emma le regarda avec des yeux pleins d'appréhension et enfin il avança vers elle, un peu plus difficilement à chaque pas. Comment lui avouer ce qu'il éprouvait pour elle, quand il venait seulement d'en prendre conscience lui-même ?

— Croyais-tu vraiment qu'un simple petit message sur le répondeur suffirait à te libérer de l'engagement que tu as pris ?

Il n'avait absolument pas prévu de lancer cette flèche, mais le rempart qu'il avait bâti autour de son cœur maintenait Emma à l'extérieur. Ce même rempart empêchait la vérité de sortir et lui interdisait de prononcer les mots qu'il devait et voulait dire.

Alors qu'il s'arrêtait devant elle, Emma leva vers lui ses

yeux verts magnifiques, qu'elle plissa à cause du soleil. Ou bien à cause de la dureté de sa voix ?

— Je n'avais pas pensé que tu refuserais de décrocher.

— J'étais sous la douche, répondit-il.

Il s'empressa de barrer la route aux souvenirs du temps qu'ils y avaient passé ensemble, quelques jours plus tôt.

Elle se détourna de lui. Les mêmes images lui avaient-elles traversé l'esprit ?

— Ça n'a pas d'importance, Nikolaï, parce que je ne peux pas me marier avec toi, déclara-t-elle tandis qu'il prenait place à côté d'elle.

— Même pour le bébé ? attaqua-t-il malgré lui.

Il serra les dents pour endiguer la panique qui s'apprêtait à déferler sur lui. Il ne pouvait laisser Emma sortir de sa vie. Pas maintenant qu'il avait enfin compris qu'il l'aimait. Depuis quand ? Il n'avait pas fini de se formuler la question que déjà la réponse fusait. Il l'aimait depuis leur première nuit ensemble, à Vladimir. Peut-être même depuis qu'elle lui était apparue à la descente du train.

— Oui.

Elle regardait droit devant elle, comme fascinée par ce qu'elle voyait. Il sentit qu'elle ne lui disait pas tout, qu'elle lui cachait quelque chose. Mais quoi ? Et pourquoi ?

En lisant la détresse de Nikolaï sur son visage, Emma comprit qu'il rendait son histoire et les erreurs de son père responsables de la situation. Elle aurait voulu le prendre dans ses bras, lui assurer qu'il se trompait. Mais si elle cédait à cette tentation, elle flancherait. Or pour rien au monde, elle ne voulait lui avouer la vérité. Elle ne pouvait épouser un homme qui ne l'aimerait pas autant qu'elle l'aimait ; elle ne pouvait s'exposer à être rejetée.

— Tu n'as donc aucun scrupule à revenir sur ce que nous avions convenu ?

Il avait parlé d'une voix anormalement calme, qui la déstabilisa davantage encore. Feignait-il de l'inciter à réexaminer sa décision alors que, en fait, il les aurait volontiers mises lui-même dans l'avion pour Londres, Jess et elle ?

— Je n'agis que dans l'intérêt de notre enfant.

Elle éludait la véritable raison de son attitude et, malgré le soleil, elle se mit à frissonner. À frissonner d'appréhension.

— Comment ça, Emma ? Notre mariage est une garantie d'équilibre pour lui. En revanche, comment réagira-t-il, s'il est élevé par toi seule, à des milliers de kilomètres de moi ?

Le dédain de Nikolaï lui était insupportable. Essayait-il de lui compliquer la tâche ou utilisait-il cet argument pour lui enlever son bébé, le pire de ses cauchemars ? Quoi qu'il en soit, elle devait tirer les choses au clair et tout de suite. Elle ne pouvait passer le reste de sa grossesse avec une épée de Damoclès suspendue au-dessus de sa tête.

— Il est de loin préférable pour notre bébé que ses deux parents soient séparés mais heureux, plutôt que sous le même toit mais malheureux.

— Et tu seras heureuse, loin de moi ?

La question autant que le changement de ton de Nikolaï prirent Emma au dépourvu. Il paraissait vaincu. Abattu. Elle ne l'avait jamais vu ainsi.

— Je souhaite simplement que mon enfant grandisse dans un climat serein et qu'il ne connaisse pas la douleur d'être rejeté par son père.

Elle se retint de poursuivre. Pourtant, elle aurait aimé que Nikolaï prenne conscience des angoisses qui la minaient.

— Et tu me penses capable de rejeter mon fils ou ma fille ?

Sa voix trahissait de la peine, son regard de l'irritation.

— Après tout ce à quoi j'ai assisté pendant mon

enfance, crois-tu vraiment que je veuille faire du mal à mon gamin ? ajouta-t-il.

Emma baissa la tête, honteuse. Elle l'avait involontairement blessé lui qui, depuis qu'il était petit, se démenait pour protéger sa mère.

Instinctivement, elle posa sa main sur son bras.

— Je ne veux pas que mon enfant vive ce que j'ai vécu, Nikolaï. Je ne supporterai pas de te voir le rejeter, quand tu n'auras plus besoin de lui dans ta vie.

— Jamais je ne ferai ça, Emma, jamais ! dit-il en lui prenant la main.

Son regard s'adoucit au point qu'Emma, attendrie, envisagea un court instant de revenir sur sa décision.

— Je ne te laisserai pas partir, Emma. Je veux voir mon enfant grandir et je te promets que je ne me comporterai ni comme mon père ni comme le tien.

— Ce n'est malgré tout pas une raison suffisante pour que nous nous mariions.

— Nous nous marierons comme prévu, Emma. Dans moins de quatre heures, tu seras ma femme, ajouta-t-il d'un ton sans appel.

13.

Emma se leva d'un bond de son banc, brisant le fil ténu que Nikolaï venait de tendre entre eux.

— Je suis désolée, Nikolaï, mais c'est trop tard.

Il demeura comme sonné. Elle attendit un instant mais, comme il se taisait, elle tourna les talons. Nikolaï voyait comme dans un film au ralenti chacun de ses pas, qui l'éloignait un peu plus de lui.

Il devait absolument réagir. Lui avouer, avant qu'elle ne disparaisse à jamais, ce qu'il venait tout juste de comprendre. Hélas ! Il était paralysé, incapable de prononcer un mot, de lui dire ce qu'il voulait qu'elle entende.

— Attends, Emma ! l'appela-t-il dans un cri déchirant, dont l'air du matin résonna quelques secondes.

Mais Emma avançait toujours. Elle le quittait. Elle sortait de sa vie. Il fallait à tout prix la retenir. Pour lui expliquer. Pour la raisonner. Mais comment, s'il restait là les bras ballants ?

Il la rattrapa au moment où elle s'engageait sur Bow Bridge.

— J'ai besoin de toi, Emma, lâcha-t-il en s'immobilisant à l'entrée du pont.

Avait-il parlé tout haut ? Probablement, car il vit Emma marcher avec moins d'assurance puis s'arrêter, dos à lui. Après plusieurs secondes — qui lui parurent une éternité —, elle se retourna enfin. Elle était visiblement au bord des larmes, en plein désarroi. Par sa faute. Il avait géré la situation en dépit du bon sens depuis leur première nuit ensemble. Cette nuit qui avait changé leurs vies et l'avait transformé, lui.

— De belles paroles, mais tu n'en penses pas un mot.

— Si, Emma, je t'assure, j'ai besoin de toi.

Il devait s'impliquer davantage encore, lui avouer ses sentiments. Difficile quand elle en aimait un autre ! Cela dit, elle portait son bébé à lui. Et il était le seul homme qu'elle ait connu intimement. Ce n'était pas anodin, tout de même.

— Ça ne me suffit pas, Nikolaï, dit-elle, une note de défi dans la voix. Je veux qu'on ait besoin de moi pour ce que je suis, pas pour le bébé que je porte. Mais surtout, je veux être aimée.

À ces derniers mots, Nikolaï se sentit comme aspiré dans un trou d'air. Allait-elle à Londres pour retrouver Richard ? Était-elle à ce point amoureuse de cet homme ?

— L'amour n'a toujours été qu'un mot pour moi, Emma.

Il avança d'un pas vers elle. Une fragile passerelle reliait à présent les deux bords du gouffre, mais oserait-il l'emprunter ? Trouverait-il le courage de révéler des émotions qui étaient encore si nouvelles pour lui ?

— C'est ce que tu as toujours déclaré, effectivement, confirma-t-elle sans faire mine de partir cependant.

C'était la vérité. Impossible de nier qu'il avait clairement établi ne pas vouloir d'amour dans sa vie. Une politique qui lui avait jusque-là assuré la sécurité affective. Ainsi, il n'avait jamais donné à personne le pouvoir de le briser. Un pouvoir qu'Emma avait détenu à la seconde où ils s'étaient rencontrés.

Quand il était adolescent, il avait, une seule fois, interrogé sa mère à propos de son père. Elle lui avait confié qu'elle l'avait aimé au départ, avant qu'il ne tombe le masque et ne devienne la brute qui les avait terrorisés tous deux.

Après cette conversation, Nikolaï s'était juré de mettre à jamais sous clé des sentiments aussi destructeurs que l'amour. Mais il ne pouvait plus se le permettre. Il devait prendre le risque d'accepter et de libérer ses émotions. Le risque était réel, car si Emma ne partageait pas son amour, il serait anéanti. Il lui cacherait pourtant son désespoir, souhaitant avant toute chose qu'elle soit heureuse… Avec ou sans lui.

Si elle était éprise de quelqu'un d'autre, il ne la retiendrait pas. Aussi fou que cela puisse paraître, il l'aimait suffisamment pour la laisser se jeter dans les bras d'un autre !

Il se remémora comme elle-même avait tourné en ridicule les histoires romantiques. Elle avait rejeté ce qu'elle recherchait le plus au monde, et c'était bien ce qui caractérisait leur histoire commune.

— Tu manifestais le même mépris que moi pour l'amour et le bonheur, Emma.

Il se rapprocha prudemment d'elle… Elle ne recula pas. Elle ne se sauva pas. Malgré son cœur sur le point de voler en éclats, malgré son émoi intense, Nikolaï se dominait suffisamment pour maintenir autour de lui son éternel mur de défense.

— Je peux comprendre que tu veuilles te protéger de l'amour, Nikolaï. Mais moi, j'aspire au bonheur, après l'enfance que j'ai vécue.

Comme elle avançait d'un pas vers lui, il sentit une bouffée d'espoir gonfler sa poitrine.

— Nous ne cherchons pas la même chose, Nikolaï. Toi, tu ne veux pas t'impliquer affectivement et, moi, je ne conçois pas de vivre sans amour.

Les derniers mots d'Emma le piquèrent au vif — plus qu'il ne l'aurait jamais imaginé possible.

— Et Richard te donne-t-il cet amour ?

Voilà, il avait posé la question dont la réponse le

poignarderait peut-être en plein cœur. Ce cœur qu'il venait de se découvrir.

— Richard ? répéta Emma, sidérée.

Que venait faire Richard dans leur histoire ? Brusquement, elle se rappela leur excursion en bateau et l'appel de son collègue pour lui annoncer la parution de l'article. Elle avait été si heureuse ! Mais Nikolaï, lui, s'était rembruni à la seconde où elle lui avait appris l'identité de son interlocuteur. Sur le moment, elle avait cru à de la colère contre elle. Mais s'agissait-il d'autre chose ? S'était-il senti menacé par Richard, même à distance ?

La petite étincelle d'espoir qui subsistait en elle contre vents et marées s'embrasa. Nikolaï se tenait toujours à l'entrée du pont, comme si continuer à avancer vers elle était au-dessus de ses forces.

— L'aimes-tu, Emma ? Est-ce lui que tu pars rejoindre ?

Jamais auparavant, Emma n'avait entendu autant d'émotion dans la voix de Nikolaï. Elle le regarda, pantoise. Ainsi, il la croyait amoureuse de Richard ?

Cela avait été le cas, il y a bien longtemps, avant qu'il ne rejette l'oie blanche qu'elle était alors. Soudain, elle comprit comment Nikolaï avait pu se méprendre sur la relation qui la liait à Richard. Pourtant, il n'y avait plus la moindre ambiguïté entre son collègue et elle. Quand Richard avait stipulé qu'il ne voulait pas s'engager dans une relation sérieuse, il avait tué dans l'œuf le premier béguin d'Emma.

— Richard et moi, nous ne sommes et n'avons jamais été que des amis.

Pourquoi ce regard sombre ? s'interrogea-t-elle, perplexe. Signifiait-il que Nikolaï considérait vraiment Richard comme une menace ? Mais qu'aurait-il pu menacer ? Leur « mariage-marché » ou quelque chose de plus sensible ?

— Et tu en es frustrée, n'est-ce pas ? C'est ce que tu m'as déclaré sur le bateau, en tout cas.

— Quoi ?

— « Il est très pénible de s'attacher à quelqu'un qu'on laisse totalement indifférent. » Ce sont tes propres termes, Emma.

Elle sentit ses genoux se dérober sous elle et dut prendre appui sur la balustrade artistiquement travaillée. Il avait cru qu'elle parlait de Richard, alors que ses propos le visaient lui, Nikolaï ! Pas étonnant qu'il ait alors pris ses distances avec elle, anéantissant son rêve de voir leur intimité naissante se transformer en amour.

Sa tête se mit à tourner. Elle fut prise de nausées. Elle n'était plus capable de penser. Ses jambes ne la portaient plus. Elle allait s'évanouir…

Mais Emma sentit les bras vigoureux de Nikolaï la retenir, lui offrir un refuge, la serrer contre lui. Elle eut l'impression d'être chez elle, et son cœur se déchira un peu plus.

— Ça ne va pas ?

Le timbre grave et sensuel de sa voix vibrant en elle, elle ferma les yeux et s'abandonna un instant à son étreinte rassurante.

— Nous continuerons cette conversation plus tard, d'accord ? le supplia-t-elle, au bord du malaise.

Non seulement Nikolaï n'éprouvait rien pour elle, mais en plus, il l'accusait d'être amoureuse d'un autre. Dans ces conditions, à quoi bon poursuivre la discussion ?

— Non. C'est maintenant… ou jamais. À toi de décider de notre avenir, Emma.

Quand elle leva la tête vers lui, elle découvrit dans ses yeux une myriade d'émotions qu'elle n'y avait jamais vues auparavant.

Elle ne se sentait en état ni de parler, ni de penser, mais elle ne pouvait pas s'en aller sans rien dire. Pas quand il la tenait avec tant de douceur et la regardait si tendrement.

Ressentirait-il quelque chose pour elle, finalement ? Quelque chose susceptible de se muer en amour ?

Les yeux dans ceux de Nikolaï, elle se retint de caresser sa joue fraîchement rasée.

— Ce n'est pas de Richard que je parlais, ce jour-là.

Nikolaï s'était précipité pour rattraper Emma avant qu'elle ne s'écroule. Il avait respiré son doux parfum, senti la chaleur de son corps. Malgré son inquiétude devant son malaise, ses sens s'étaient déchaînés. Comment avait-il pu être aveugle à ce point ? Comment avait-il pu ne pas saisir qu'il l'aimait ?

Il n'avait rien vu, parce qu'il avait barricadé son cœur.

Elle le regardait à présent avec des yeux où se mêlaient espoir et désespoir. Elle attendait visiblement une réponse à sa confession. Mais leur actuelle proximité physique privait Nikolaï de tous ses moyens.

— Tu peux répéter ? murmura-t-il, incapable de résister à la tentation de caresser une mèche de ses cheveux.

— Quand j'ai dit ça sur le bateau, je ne parlais pas de Richard, fit-elle, les larmes aux yeux.

Il s'immobilisa, attendant la suite. Mais elle baissa la tête.

Qui était donc l'homme qui ne lui rendait pas son amour ? S'agissait-il de lui ? Était-il possible qu'elle l'aime ?

— Emma, commença-t-il en la forçant à le regarder, as-tu jamais dit à cette autre personne que tu l'aimais ?

Elle le scruta, comme pour imprimer son image dans son esprit.

— Non, parce qu'il n'a pas envie de l'entendre. Il ne croit pas que l'amour existe, du moins pas pour lui. Jamais je ne pourrai le lui avouer. C'est tout simplement inconcevable.

Il se trouvait au pied du mur. Pas d'autre solution que de lui témoigner son amour en le lui déclarant là, tout de suite. Quitte à se ridiculiser s'il avait mal interprété ses paroles. C'était ça ou la perdre à jamais.

— Peut-être qu'il suffirait que lui t'avoue que…

Il plongea son regard dans les yeux d'Emma, où l'espoir avait séché les larmes.

— … Peut-être faudrait-il qu'il ait le courage d'admettre ce qu'il n'aurait jamais cru possible.

— Peut-être, murmura-t-elle.

Les yeux d'Emma étaient braqués sur ses lèvres, comme pour le forcer à prononcer les mots qu'elle attendait.

Il sentit alors son cœur trépider dans sa poitrine et ses sens s'embraser. Prenant une profonde inspiration, il s'apprêta à dire ce qu'il avait pensé ne jamais pouvoir dire.

— Je t'aime, Emma Sanders. D'un amour infini.

Quand elle ferma les yeux et se détendit entre ses bras, Nikolaï, incapable de résister davantage à la tentation, pressa ses lèvres contre celles d'Emma.

Il l'embrassa avec une telle tendresse qu'Emma en aurait pleuré. Il l'aimait. Son baiser le lui prouva davantage encore que les mots. Car c'était un baiser différent des autres. Non plus seulement un baiser fougueux et brûlant de désir, mais un baiser romantique, doux, tendre, un baiser plein d'amour.

Elle lui enlaça le cou et l'embrassa à son tour, libérant enfin le flot de ses sentiments. Quand leurs bouches se séparèrent et que Nikolaï appuya son front contre le sien, ils demeurèrent quelques instants silencieux.

— Moi qui croyais que tu refusais l'amour, dit-elle dans un sourire malicieux.

— Ça, c'était avant que je ne te rencontre. Tout a changé à l'instant où tu as posé le pied sur le quai de la gare, à Vladimir.

Seigneur, que son regard était tendre et aimant ! songea

Emma, douloureusement émue. Et sa voix soudain si rauque, qui la caressait à l'en faire frissonner de plaisir !

Elle ferma les yeux pour mieux se remémorer le jour de leur rencontre, mais surtout pour savourer l'idée que lui aussi avait ressenti cette étincelle, dès le premier regard. Une étincelle qui, selon son propre aveu, s'était transformée en amour avant même qu'elle ne soit enceinte. Mais alors…

— Alors, notre bébé est un bébé de l'amour, Nikolaï.

Elle souffla ces mots contre ses lèvres, au moment où il s'emparait de sa bouche avec une urgence quasi vitale.

Autour d'eux, la terre continuait de tourner. Emma entendait les voix des promeneurs dans le parc, le clapotis de la rivière sous leurs pieds, le chant joyeux des oiseaux célébrant le printemps. La toile de fond idéale pour une déclaration d'amour !

Quand leur baiser prit fin, elle laissa ses mains glisser le long de sa poitrine, sentant les battements de son cœur sous sa paume, un cœur débordant d'amour pour elle. Nikolaï avait trouvé le courage de se déclarer, alors même qu'il était persuadé qu'elle allait le quitter. Comment avait-elle pu se fourvoyer à ce point ?

— Je t'aime, Nikolaï Cunningham. De toute mon âme.

Un aveu qu'ils scellèrent par un autre baiser.

— Tu n'imagines pas combien je suis soulagé, Emma. La pensée que tu étais amoureuse d'un autre me minait depuis des jours.

Au sérieux de sa voix, Emma comprit combien il lui avait coûté de parler de ses sentiments, quels qu'ils soient.

— Est-ce la raison pour laquelle tu t'es installé à l'hôtel ? Moi, j'avais compris que tu ne voulais plus de moi dans ta vie.

— Tu as cru que je te rejetais, comme ton père l'avait fait ? Non, cela n'arrivera jamais, Emma. Simplement, après la remarque de Jess, j'ai préféré ne pas m'attirer le mauvais œil en défiant la tradition. Je savais que je ne supporterais pas de te perdre, mais j'étais trop aveuglé par mon passé pour comprendre que j'étais tombé amoureux de toi.

— Pour de bon ?

— Oui. Et puis, je voulais vous laisser du temps entre filles, à Jess et toi.

Il éclata de rire, les yeux pétillant d'amour. Emma joignit son rire au sien, lorsqu'elle prit brusquement conscience de ce que Nikolaï venait de dire.

— Tu nous as entendues ? demanda-t-elle alors, gênée.

Qu'avait-il surpris de leur conversation exactement ? Elle se rappelait avoir avoué à sa sœur ses sentiments pour Nikolaï, mais ils n'en seraient pas là aujourd'hui, s'il avait réellement entendu sa confession.

— Juste quelques bribes, répondit-il.

Ses yeux brillaient d'un éclat d'amusement et de sensualité, celui-là même qui avait conquis le cœur d'Emma dès le début.

— En tout cas, la partie où je déclarais à Jess que je t'aimais et que je rêvais de t'épouser t'a manifestement échappé, observa-t-elle avec un sourire espiègle et provocant.

— Oui, effectivement. Dommage, car je me serais épargné bien des tourments.

— De toute façon, je préfère te le dire de vive voix, murmura-t-elle dans un petit rire qui allégea l'atmosphère.

— Eh bien, ne te gêne surtout pas !

L'attirant de nouveau contre lui, il lui effleura les lèvres.

— Je t'aime, Nikolaï. Je veux me marier avec toi. Aujourd'hui.

— Tu en es certaine ? plaisanta-t-il. Dans ce cas, ça tombe bien. Tout est prêt pour un mariage réussi avec la femme de ma vie.

— Oh ! Mon Dieu ! feignit-elle de s'affoler en consultant

sa montre. Je dois y aller. L'homme que j'aime de toute mon âme va faire de moi son épouse et la femme la plus heureuse sur terre. Pourvu qu'il m'attende !

— Le contraire m'étonnerait, parce qu'il t'aime à la folie.

Épilogue

Emma, vêtue d'une élégante robe noire, étudiait son reflet dans le miroir de sa chambre d'hôtel. La dernière fois qu'elle s'était examinée avec autant d'attention remontait au jour où elle avait essayé sa robe de mariée, plus d'un an auparavant. Depuis, elle avait donné naissance à un adorable petit garçon et elle nageait dans un bonheur si parfait que les doutes qui l'avaient taraudée avant son mariage semblaient appartenir à un mauvais rêve.

— Vous êtes superbe comme toujours, madame Cunningham.

Nikolaï, irrésistible dans son smoking, lui embrassa la nuque tout en la contemplant. Envahie d'amour comme à chacune de ses apparitions, elle lui sourit, tandis qu'il continuait à la complimenter.

— C'est un honneur pour moi de t'accompagner à l'Opéra ce soir, Emma.

— J'espère que Jess n'a pas trop le trac. C'est la première fois qu'elle est choisie comme danseuse étoile.

— Quel meilleur endroit que la plus grande école de Russie pour cette première ? Elle est la star montante de la compagnie. Le monde va bientôt lui dérouler le tapis rouge.

L'assurance de Nikolaï apaisa les appréhensions d'Emma, et cela d'autant plus qu'il avait raison. En effet, Jess n'avait effectué que la moitié de sa formation et, déjà, plusieurs troupes s'intéressaient à elle. Même dans ses rêves les plus fous, Emma n'avait imaginé une issue aussi merveilleuse pour sa sœur cadette.

— C'est dommage que nous n'ayons pas pu emmener Nathan.

Se tournant vers Nikolaï, Emma s'abandonna à l'étreinte de ses bras vigoureux.

— Il est très heureux chez sa grand-mère, répliqua-t-il avec un délicieux baiser.

— Mais nous ne sommes jamais partis sans lui.

— Justement ! Je compte bien profiter de notre tête-à-tête. Après le spectacle, je vais te ramener ici, dans cette chambre. Je veux te faire l'amour pendant toute la nuit.

— Est-ce bien raisonnable ? sourit Emma en effleurant des lèvres sa joue fraîchement rasée.

— Pourquoi cette question ?

— Tu te rappelles ce qui s'est passé, la dernière fois que nous avons fait l'amour dans une chambre d'hôtel ? répondit-elle nonchalamment.

— Mais nous ne sommes pas à Vladimir.

— Et ?

— Cette fois, chacune de mes caresses te dira la force de mon amour.

Elle se retourna entre ses bras pour regarder son beau visage. Elle n'arrivait toujours pas à croire à son bonheur.

— Tout ce que tu fais pour moi le dit, Nikolaï. Tu m'emmènes ici voir Jess. Tu m'encourages à développer mes talents de photographe…

— Je ne te prouverai jamais assez combien je t'aime.

— Dans ce cas, je ne peux pas lutter, souffla-t-elle en riant.

Nikolaï la regardait avec gravité, à présent.

— Emma, mon épouse, la mère de mon fils, tu es la femme que j'aime le plus au monde.

PENNY JORDAN

La révolte d'une héritière

Traduction française de
MARIE CHABIN

Azur

HARLEQUIN

Titre original :
A STORMY SPANISH SUMMER

Ce roman a déjà été publié en 2012.

1.

— Fliss.

Aucune émotion dans la voix de l'Espagnol qui la toisait de son mètre quatre-vingt-dix.

Aucune parole de bienvenue.

Mais, même sans son ton réprobateur et le mépris qu'elle décelait sur son visage, Fliss savait que Vidal y Salvadores, duc de Fuentualba, ne l'accueillait avec aucun plaisir dans son pays — qui, au demeurant, était aussi le sien, puisque son père était espagnol.

Ce dernier était aussi l'oncle adoptif de Vidal.

Il lui avait fallu rassembler tout son courage et endurer bon nombre de nuits sans sommeil pour venir jusqu'ici, mais ça, Vidal ne le saurait jamais. Elle n'attendait absolument rien de lui. La vie lui avait appris à faire comme s'il n'existait pas.

Un sentiment de panique la submergea, et les battements de son cœur s'accélérèrent. Elle ne devait surtout pas penser à ça. Pas maintenant, alors qu'elle avait besoin de toute son énergie.

Et le soleil andalou aurait tôt fait de dissoudre sa force et sa volonté si elle laissait le champ libre à tous ces souvenirs éprouvants, teintés de honte et d'amertume, ces images révoltantes enfouies au plus profond de son esprit.

A cet instant précis, Fliss éprouva plus que jamais

le manque de sa mère, de son amour apaisant et réconfortant… Même la présence encourageante de ses trois meilleures amies lui aurait été d'une aide précieuse.

Comme sa mère, hélas, ces dernières ne faisaient désormais plus partie de sa vie. Oh, elles étaient encore en vie, contrairement à sa mère, mais leurs métiers les avaient envoyées loin, à des milliers de kilomètres de leur pays d'origine.

Fliss était la seule à être restée dans leur ville natale, où elle avait en charge la direction de l'office du tourisme, un poste à la fois passionnant, stimulant et extrêmement accaparant.

Un poste qui lui permettait en outre de justifier son célibat… Quand, en effet, aurait-elle trouvé le temps de se lancer dans une relation sentimentale durable avec toutes ses responsabilités professionnelles ?

Pareilles pensées généraient aussitôt en elle une vive douleur. A tout prendre, elle préférait encore songer aux raisons qui l'avaient poussée à s'accorder quelques jours de congé pour venir ici, alors qu'objectivement sa présence n'était pas nécessaire pour régler les affaires relatives au testament de son père.

Nul doute que Vidal se serait volontiers passé d'elle.

Vidal.

Si seulement elle avait eu le courage de se libérer de son propre passé ! Si seulement elle ne se sentait pas liée à lui par un sentiment de honte tellement profond qu'elle ne parvenait pas à tourner la page.

Oui, si seulement… Il y avait tant de *si seulement* dans sa vie. Et ces regrets concernaient pour la plupart la même personne : Vidal.

Dans la chaleur de l'aéroport espagnol où elle venait de débarquer, au milieu de l'agitation ambiante, ce dernier avait fait un pas vers elle. Fliss s'était raidie aussitôt, paralysée par un mélange de peur et de colère ; son cerveau avait cessé de fonctionner, de sorte qu'elle avait été incapable de prononcer le moindre mot, d'esquisser le moindre geste.

Sept ans s'étaient écoulés depuis leur dernière rencontre, mais elle l'avait reconnu immédiatement. Comment aurait-il pu en être autrement ?

Les traits de son visage étaient comme gravés dans sa mémoire... Si profondément, si douloureusement que, même après tout ce temps, les blessures qu'il lui avait causées n'étaient toujours pas cicatrisées. C'était absurde. Il n'avait plus aucun pouvoir sur elle, désormais. Absolument aucun. Et c'était exactement ce qu'elle était venue lui démontrer.

— Vous n'étiez pas obligé de venir m'accueillir, déclara-t-elle en levant légèrement la tête pour croiser son regard.

Ce même regard qui lui avait autrefois dérobé toute sa fierté, tout son amour-propre, ne laissant que douleur et honte dans son sillage.

Fliss sentit son estomac se nouer lorsqu'elle posa les yeux sur son visage aux traits fermes, empreints d'arrogance. Une grimace dédaigneuse se peignit sur les lèvres de Vidal tandis qu'il la fixait sans ciller.

Le soleil de fin d'après-midi accrochait des reflets cuivrés dans son épaisse chevelure noire. Bien qu'elle mesurât un bon mètre soixante-quinze, Fliss était obligée de lever la tête pour rencontrer son regard.

Fatiguée par la chaleur et le voyage, elle sentit son corps vaciller dans la moiteur ambiante dont elle n'avait pas l'habitude. Au prix d'un effort, elle résista à l'envie de soulever la masse de ses cheveux blond foncé pour dégager sa nuque. Autour de son visage, les mèches bouclaient déjà sous l'effet de l'humidité, anéantissant tous les efforts de Fliss qui avait tenté de les discipliner pour paraître plus présentable.

Quoi qu'elle fasse, hélas, jamais elle ne pourrait égaler l'élégance innée des Espagnoles évoluant autour d'elle. Adepte des tenues décontractées, Fliss arborait un jean délavé, un chemisier blanc et une paire de ballerines en daim fauve. La veste qu'elle portait en embarquant à Londres était à présent remisée dans la grande besace en cuir qui lui servait de sac à main.

Vidal fronça les sourcils comme son regard se trouvait irrésistiblement attiré par l'opulence soyeuse de la chevelure dorée de la jeune femme. Aussitôt, la dernière image qu'il avait gardée d'elle surgit dans son esprit. Il revit ses cheveux éparpillés sur l'oreiller... et son corps, offert aux caresses empressées de l'adolescent allongé à côté d'elle, avant que Vidal et la mère de Fliss ne viennent interrompre ce moment d'intimité.

Submergé par une vague de fureur, Vidal détourna les yeux. La présence de Fliss n'était pas souhaitée ici. Il avait toujours détesté les femmes légères, et à ses yeux ce trait de caractère était encore plus méprisable chez une adolescente.

Pourtant, le souvenir de cette scène revenait régulièrement le tourmenter, titillant son orgueil et ses grands principes de morale.

L'expression abandonnée de son visage, sa sensualité incroyablement débridée pour une jeune fille de seize ans et son attitude nonchalante, dépourvue de toute trace de honte, auraient dû provoquer en lui un immense dégoût — et rien d'autre.

Pourtant, à la manière d'un glaive lui transperçant le corps, il y avait eu cette terrible bouffée de désir, aussi fugitive et incontrôlable que parfaitement inadmissible.

Un profond dégoût de lui-même avait vite succédé à

ce moment d'égarement, mais les braises de ce désir, hélas, ne s'étaient jamais éteintes.

Si elle pouvait encore attiser ses pulsions les plus primitives, elle ne réussirait plus à faire vibrer son cœur. C'était une certitude.

Elle n'aurait pas dû venir, songea Fliss. Elle savait pourtant qu'elle verrait Vidal. En même temps, comment aurait-elle pu faire autrement ? Comment aurait-elle pu laisser passer l'ultime chance d'en savoir davantage sur son père biologique ?

Contrairement à elle, Vidal ne semblait pas souffrir de l'implacable chaleur. Avec une élégance décontractée, il portait un costume en lin beige et une chemise bleue dont la couleur claire contrastait avec celle de ses yeux.

Des yeux de prédateur, perçants et implacables. Fliss ne les oublierait jamais. Ils la hantaient jusque dans son sommeil… Alors le regard de Vidal glissait sur elle, glacial, lourd de mépris, anéantissant sa fierté et son amour-propre.

Au prix d'un effort, Fliss se concentra sur les raisons de sa présence en Espagne. Vidal ne saurait rien de l'effet qu'il continuait à produire sur elle, après tout ce temps. Elle ne s'abaisserait certainement pas à lui montrer ses émotions.

Elle était tombée des nues en l'apercevant dans le hall de l'aéroport. Seul le notaire en charge du testament de son père était au courant de sa venue et de ses projets — des projets que Vidal n'approuverait pas, c'était chose sûre, mais qu'elle n'avait nullement l'intention de modifier.

A cette pensée, un mélange euphorisant de satisfaction et d'adrénaline l'envahit.

— Vous n'avez pas changé, Vidal, déclara-t-elle d'une voix faussement assurée. La simple idée que je sois bel et bien la fille de mon père vous répugne toujours autant, on dirait. En même temps, pourquoi en serait-il autrement ? Si mes souvenirs sont exacts, c'est à cause de vous que mes parents ont été obligés de rompre, n'est-ce pas ? C'est vous qui vous êtes empressé de rapporter leur idylle à votre grand-mère, brisant ainsi tous leurs espoirs de mariage, et d'amour.

— On leur aurait interdit de se marier, de toute manière.

C'était la vérité, Fliss ne le savait que trop bien. Sa mère lui avait dit exactement la même chose, avec dans la voix davantage de tristesse que d'amertume.

Elle refusa toutefois de céder devant Vidal qui la toisait de son air supérieur.

— Ils auraient sans doute trouvé une solution si on leur avait laissé plus de temps.

Vidal détourna les yeux tandis qu'un souvenir surgissait dans son esprit — un de ceux qu'on préférerait oublier : il entendit sa propre voix de garçonnet de sept ans racontant naïvement à sa grand-mère le bel après-midi qu'il venait de passer avec sa jeune fille au pair... Alors qu'ils se promenaient tous les deux dans les jardins de l'Alhambra, ils avaient croisé par hasard Felipe, son oncle adoptif. Comment aurait-il pu savoir que ce dernier était censé se trouver à Madrid pour régler une affaire familiale, cet après-midi-là ? La véritable portée de cette rencontre soi-disant fortuite avait totalement échappé à l'enfant qu'il était alors.

Sa grand-mère, elle, avait compris sur-le-champ. Felipe était le fils de sa meilleure amie, Maria Romero, une veuve désargentée issue d'une grande famille de l'aristocratie espagnole. Quand cette dernière avait appris qu'elle était atteinte d'un cancer incurable et qu'il ne lui restait plus que quelques mois à vivre, elle avait prié son amie d'adopter après sa mort Felipe, alors âgé de douze ans, et de l'élever comme son propre fils.

Issues du même monde, les deux femmes étaient profondément attachées aux valeurs de ce cercle privilégié. Et, en vertu de ces valeurs, les unions entre deux jeunes gens issus de milieux différents étaient tout simplement inconcevables.

Vidal réprima un soupir. La culpabilité était décidément un fardeau bien lourd à porter…

— On leur aurait interdit de se marier, répéta Vidal, comme pour s'en persuader lui-même après tout ce temps.

Quelle arrogance, quelle cruauté ! fulmina Fliss en maîtrisant à grand-peine la rage qu'elle sentait monter en elle.

D'un point de vue purement médical, sa mère était décédée d'une crise cardiaque, mais n'était-ce pas plutôt ce chagrin d'amour dont elle ne s'était jamais remise, et ses beaux rêves d'amour brisés, qui lui avait définitivement ôté l'envie de vivre ?

Sa mère n'avait que trente-sept ans quand elle avait rendu l'âme. Fliss en avait dix-huit et s'apprêtait à entrer à l'université. Une jeune fille à peine sortie de l'adolescence… Elle avait beaucoup mûri en cinq ans. L'enfant avait cédé la place à une femme indépendante et volontaire. Une femme bien décidée à se venger.

Un instant, elle crut lire de la culpabilité sur le visage de Vidal. Une illusion, oui ! Cet homme était incapable d'éprouver la moindre compassion.

Son éducation rigide et démodée, le sang noble qui coulait dans ses veines, lui interdisaient ce genre d'émotion. Un sang, racontait-on, jadis mêlé à celui d'une princesse maure convoitée par un fier Castillan, ennemi juré de la famille de la jeune femme. Loin de s'avouer vaincu, ce dernier n'avait pas hésité à l'enlever pour satisfaire ses pulsions charnelles, confiant ensuite le bébé, fruit de cette liaison interdite, aux bons soins de son épouse officielle. Terrassée par la perte de son enfant, la concubine était morte de chagrin.

Cette histoire aussi tragique que révoltante n'avait pas surpris Fliss. Lorsque sa mère la lui avait racontée, elle avait aussitôt songé à l'actuel *duque*. Les deux hommes partageaient la même indifférence cruelle aux émotions des autres, la même conviction arrogante qu'ils disposaient du droit d'écraser ceux qui n'étaient pas comme eux, de les juger et de les condamner sans leur laisser la moindre chance de se défendre.

Le droit de refuser à une enfant de connaître et d'aimer son père sous prétexte que celle-ci ne «méritait» pas de faire partie de la famille.

Son père. En son for intérieur, Fliss savoura ces deux petits mots. Leur texture, leur sonorité, ce sentiment d'intimité qu'ils traduisaient la troublaient profondément. Elle avait passé tellement de temps à s'interroger secrètement sur son père, à imaginer leur rencontre, à échafauder des plans pour que ce moment rêvé devienne enfin réalité.

Chez elle, dans l'élégante demeure de style géorgien scindée en plusieurs appartements luxueux, avec piscine couverte, salle de sport réservée aux résidents et parc paysager impeccablement entretenu, Fliss conservait dans un coffret de bois toutes les lettres qu'elle avait écrites en cachette à son père, sans jamais les envoyer. Des lettres qu'elle n'avait jamais montrées à sa mère, de peur de raviver son chagrin.

Elle n'en avait envoyé qu'une.

Une seule, rédigée avec tout son cœur et écrite avec le plus grand soin.

Elle ignorait alors que sa missive ne parviendrait jamais à son destinataire. Car, si sa grand-mère avait fait le nécessaire pour séparer ses parents, Vidal, lui, avait veillé à ce que Fliss n'entre pas en contact avec son père.

Mais, de son côté, Felipe n'avait jamais oublié qu'il avait une fille — une fille qu'il n'avait certes jamais vue, mais qui incarnait le seul amour de sa vie brisée…

Et cet amour, aussi bref que passionné, était précisément la raison de la présence de Fliss ici, en Andalousie, dans cette région gorgée de soleil et chargée d'histoire.

— Pourquoi êtes-vous venue, Fliss ?

Les intonations glaciales de la voix de Vidal la ramenèrent brutalement à la réalité.

— Vous savez parfaitement pourquoi je suis là, Vidal, inutile de faire semblant. Je suis venue assister à la lecture du testament de mon père.

De nouveau, en prononçant ces mots, Fliss sentit un flot d'émotions monter en elle, un flot prêt à percer l'armure qu'elle s'était confectionnée au fil des années.

Il y avait eu tant de chagrin et de confusion, liés à l'amour piétiné de son père et de sa mère puis, plus tard, à l'éloignement qu'on leur avait imposé à toutes les deux.

Aux yeux de Fliss, Vidal incarnait toute cette tristesse qu'elle traînait derrière elle depuis sa naissance. C'était Vidal qui l'avait rejetée et blessée — bien plus, à maints égards, que son propre père.

Au prix d'un effort, Fliss parvint à reprendre le contrôle de ses émotions.

Elle n'était pas venue ici pour réclamer les biens que lui avait légués son père, non. Elle espérait plutôt que ce voyage lui apporterait une forme d'apaisement émotionnel, qu'il l'aiderait à trouver cette sérénité d'esprit qu'elle n'avait jamais connue. Mais il était hors de question qu'elle confie ses véritables intentions à Vidal.

Il comprendrait bien assez vite les vraies raisons de sa présence.

— Vous n'étiez pas obligée de vous déplacer pour

régler ça, Fliss. Le courrier que vous a adressé le notaire était pourtant très clair sur ce point, il me semble. Votre présence ici est parfaitement inutile.

— Tout comme nous étions, à vos yeux en tout cas, parfaitement inutiles dans la vie de mon père, répliqua Fliss d'un ton cinglant. Seul un monstre d'égoïsme et de suffisance peut se permettre de formuler de tels jugements, mais vous êtes très fort pour ça, n'est-ce pas ? Vous aimez juger, condamner les autres, au risque de les blesser à jamais, sous prétexte que vous valez tellement mieux qu'eux, n'est-ce pas ? Mais vous vous trompez, Vidal. Malgré votre rang dans la société, malgré ce sang castillan qui coule dans vos veines et qui vous rend si fier, vous ne valez rien en tant qu'être humain. Vous êtes méprisable. Incapable d'éprouver des émotions sincères, incapable de vous intéresser aux autres.

Fliss avait parlé sans s'arrêter, martelant les mots d'une voix ferme alors même que des émotions trop longtemps refoulées la submergeaient.

Lèvres pincées, visage impassible, Vidal la dévisagea quelques instants avant de déclarer d'un ton froid :

— Vous ne me connaissez pas.

— Bien sûr que si, je vous connais. Vous êtes le duc de Fuentualba, un titre qui vous était destiné avant même votre naissance, puisque le mariage de vos parents a été arrangé par leurs familles respectives afin de garantir la pureté de leurs lignées. Vous êtes propriétaire de nombreuses terres, en Espagne et en Amérique du Sud. Vous représentez et entretenez l'existence d'un système féodal qui vous autorise à traiter les autres avec hauteur et dédain. C'est à cause de vous et de tout ce que vous êtes que je n'ai jamais eu l'occasion de rencontrer mon père de son vivant.

— Si je comprends bien, vous êtes venue ici pour prendre votre revanche. C'est bien ça ?

— La vengeance ne m'intéresse pas, répondit-elle sans hésiter. Je sais que les choses rentreront dans l'ordre, naturellement. Votre personnalité, votre conception de la vie vous priveront à coup sûr de ce que vous avez enlevé à mes parents : une relation tendre, respectueuse, passionnée qui rend les deux partenaires heureux simplement parce qu'ils s'aiment. Ce sera ça, ma vengeance : la certitude que vous ne saurez jamais ce qu'est le bonheur… Vous serez incapable de retenir une femme qui vous aime et, le plus pathétique dans tout ça, c'est que vous n'aurez même pas conscience de ce que vous ratez.

Le silence de Vidal fut presque plus déstabilisant que son regard perçant, désespérément insondable. Mais elle n'était pas comme sa mère, si douce, si vulnérable… si facilement impressionnable.

Le monstre d'arrogance qui se tenait devant elle ne l'intimidait pas le moins du monde.

— On ne vous a jamais dit qu'il pouvait être dangereux de proférer de telles opinions ?

— Je me moque du danger tant que j'ai la certitude d'être dans le vrai, rétorqua Fliss en haussant les épaules. Après tout, qu'aurais-je encore à craindre de vous après le mal que vous m'avez déjà fait ?

Vidal fit un effort visible pour garder son sang-froid.

— Une chose est sûre, en tout cas, commença-t-il en pesant soigneusement ses mots. La femme que je choisirai pour épouse n'aura rien de commun avec…

— Moi ? coupa Fliss d'un ton ouvertement provocateur en soutenant son regard.

— Franchement, quel homme aurait envie de passer le restant de ses jours avec une femme volage et libertine ? Ça peut vous sembler vieux jeu et démodé, mais je suis personnellement très attaché aux valeurs du mariage et j'attendrai de ma future épouse le même engagement et le même respect. La fidélité reste à mes yeux l'une des clés d'un mariage heureux et réussi.

Il était furieux, elle le sentait. Pourtant, loin de se sentir intimidée, Fliss éprouvait un curieux sentiment d'euphorie à le voir ainsi sortir de ses gonds.

Un frisson lui parcourut le dos. Vidal était un homme animé de passions qu'il s'efforçait d'ordinaire de maîtriser. Seule une femme aussi passionnée que lui pourrait attiser le feu qui couvait en lui sans risquer de se brûler. Comme amant, il devait être…

Choquée par ses propres pensées, Fliss sentit un flot de sang envahir son visage. Que lui arrivait-il, enfin ? Comment pouvait-elle se laisser aller à ce genre de considérations concernant Vidal, l'homme qui la méprisait autant qu'elle le détestait ?

— Vous n'auriez pas dû vous donner la peine d'entreprendre un tel voyage, Fliss, conclut froidement Vidal.

— Vous ne vouliez pas que je vienne, n'est-ce pas ? Figurez-vous que j'ai une grande nouvelle pour vous, Vidal : je ne suis plus une gamine de seize ans, vous ne pouvez plus me dire ce que je dois faire ou ne pas faire. A présent, si vous voulez bien m'excuser : j'ai réservé une chambre à l'hôtel, j'aimerais m'y rendre sans tarder. Vous n'auriez pas dû vous donner la peine de venir m'accueillir à l'aéroport, ajouta-t-elle dans l'espoir de mettre au plus vite un terme à leur conversation. Nous n'avions rien à nous dire en dehors du rendez-vous prévu demain chez le notaire de mon père.

Elle voulut faire un pas en avant, mais il la retint par le bras d'un geste ferme. Décontenancée, Fliss jeta un coup d'œil aux longs doigts bronzés enveloppant son coude.

— Lâchez-moi, ordonna-t-elle.

Vidal la gratifia d'une œillade sombre.

— J'aimerais pouvoir vous obéir, croyez-moi. Mais

ma mère souhaite vous accueillir à la maison. Elle est impatiente de vous voir, et je ne souhaite pas la décevoir.

— Votre mère ?

— Elle a quitté sa maison nichée dans la montagne spécialement pour vous. Elle tient par-dessus tout à vous recevoir dans notre maison de ville. Pour vous souhaiter la bienvenue au sein de notre famille, a-t-elle déclaré.

— Me souhaiter la bienvenue au sein de votre famille ? répéta Fliss, partagée entre l'incrédulité et la colère. Croyez-vous vraiment que je vais me prêter à cette mascarade après ce que *votre* famille a fait à ma mère, la jeune fille au pair que l'on n'a pas jugée digne d'épouser mon père ? N'est-ce pas cette même famille qui a toujours refusé de reconnaître mon existence ?

Ignorant sa tirade accusatrice, Vidal poursuivit sur le même ton glacial.

— Vous auriez dû songer aux conséquences de votre venue ici avant de prendre l'avion. Mais ça n'a jamais été votre genre de songer aux conséquences de vos actes, n'est-ce pas, Fliss ?

Piquée au vif, Fliss détourna les yeux. Elle aurait dû se douter qu'il lui ferait ce genre de remarque. C'était tellement prévisible.

— Je n'ai aucune envie de rencontrer votre mère. Ma réservation d'hôtel…

— … a été annulée.

Fliss ouvrit la bouche pour protester, mais c'était trop tard : Vidal l'entraînait déjà vers le parking d'un pas ferme. Soudain, un mouvement de foule la propulsa contre lui. L'espace d'un instant, elle sentit contre elle la chaleur de son grand corps musclé et elle réprima de justesse un frisson.

La bouche sèche, le cœur battant à coups redoublés, elle s'écarta vivement, rattrapée par un flot de souvenirs qu'elle aurait tant aimé pouvoir effacer pour toujours de sa mémoire.

Ils traversèrent rapidement le parking sous le soleil implacable d'Andalousie. Sans doute était-ce pour cela que son corps se consumait tout entier, que ses joues étaient en feu…

— Vous devriez mettre un chapeau, fit observer Vidal en la dévisageant. Vous avez le teint trop clair pour supporter l'éclat de notre soleil.

Le soleil n'était pas le seul responsable de cette chaleur qui la dévorait… Mais, Dieu merci, Fliss était la seule à le savoir.

— J'en ai mis un dans ma valise. Mais j'avais prévu de me rendre directement à l'hôtel en taxi, figurez-vous. Je ne savais pas que j'allais être pour ainsi dire kidnappée et traînée en plein soleil…

— Nous n'en serions pas là si vous aviez accepté de me suivre sans discuter, répliqua Vidal. Venez, ma voiture est juste là.

Quelle arrogance, décidément ! songea Fliss en s'exhortant au calme. D'après ce qu'elle savait de lui, c'était tout à fait son genre de ne jamais vouloir reconnaître ses torts et de rejeter la faute sur les autres.

Lorsqu'elle vit qu'il s'apprêtait à poser la main dans le creux de ses reins pour la pousser dans la bonne direction, elle pressa le pas pour échapper à son contact. Elle détestait les réactions troublantes qu'il éveillait en elle, malgré tout le mépris qu'elle lui vouait.

Sa réaction n'échappa pas à Vidal, qui darda sur elle un regard lourd de dédain.

— Inutile de jouer à la vierge effarouchée avec moi, Fliss, lança-t-il d'un ton sarcastique. Ça ne marche pas, et vous devriez savoir pourquoi.

— Il ne s'agit pas d'un jeu, ne vous en déplaise. Et ce n'était pas de la peur mais plutôt du dégoût.

— Cela fait bien longtemps que vous avez perdu le droit de réagir ainsi, nous le savons bien tous les deux.

De la colère et autre chose, une émotion plus douloureuse, mélange de regret et de mélancolie, lui serrèrent le cœur.

Il y avait très longtemps de cela — c'était en tout cas l'impression de Fliss —, alors qu'elle sortait à peine de l'adolescence, elle était tombée follement amoureuse d'un homme un peu plus âgé qu'elle.

Des sensations jusque-là inconnues l'avaient alors submergée. Son cœur et son esprit de jeune fille candide et romantique avaient nourri les rêves les plus fous au sujet de cet homme. Il incarnait à ses yeux l'idéal masculin — le prince charmant, en quelque sorte —, et ses sens en éveil s'emballaient dès qu'elle pensait à lui.

Un long frisson la parcourut, et ses bras nus se couvrirent de chair de poule.

Une nouvelle vague de panique s'abattit sur elle. Sans doute était-ce la chaleur qui la rendait sensible à ce point. Ça ne pouvait pas être Vidal, non. Comment cet homme qu'elle méprisait tant aurait-il pu éveiller en elle des sensations aussi dérangeantes, aussi… délicieuses ?

Son trouble était forcément dû au changement de décor, à l'énervement, à ce soleil ardent qui lui tapait sur la tête. La fatigue du voyage, le stress de l'arrivée… Vidal n'y était pour rien. Absolument pour rien.

Le cœur battant à coups redoublés, elle marqua une courte halte pour se forcer à reprendre son souffle. Oubliant provisoirement son hostilité pour Vidal, elle respira l'air de la ville à pleins poumons.

Au-delà des gaz d'échappement et des odeurs de carburant, elle sentit le parfum du soleil mêlé aux fragrances orientales imprégnant encore cette ville historique jadis contrôlée par les Maures.

Des effluves subtilement entêtants, des arômes d'épices

exotiques. En fermant les yeux, Fliss aurait presque pu entendre le ruissellement mélodieux d'une fontaine et imaginer le doux chatoiement des étoffes arrivées jusqu'à Grenade par la Route de la Soie.

Le passé historique de la ville l'entraîna soudain mentalement dans un tourbillon délicatement parfumé, doux comme une caresse.

— Voici ma voiture.

La voix de Vidal rompit instantanément le charme. Cette fois, elle n'échappa pas au contact chaud et ferme de sa main dans son dos.

Aussitôt, et de façon tout à fait incongrue, une image s'imposa à elle : celle d'une main brune et virile posée sur le dos dénudé d'une femme. D'un geste lent et sensuel, la main glissait vers les douces rondeurs de l'inconnue, l'obligeant à faire volte-face. La main mate contrastait avec la peau diaphane de la femme. Des souffles courts, haletants, accompagnaient cette scène d'un érotisme troublant.

Stop ! En proie à des émotions contradictoires, Fliss se força à recouvrer ses esprits pour se concentrer sur la voiture que Vidal venait de désigner : un 4x4 imposant, noir et étincelant que les riches et les puissants conduisaient aussi dans les rues londoniennes.

— La question écologique ne semble guère vous concerner, on dirait, lança-t-elle comme il lui ouvrait la portière du côté passager.

Feignant d'ignorer sa remarque, il lui prit sa petite valise qu'il posa sur la banquette arrière, puis contourna le véhicule pour s'installer au volant.

Fliss se réjouit secrètement de son silence contrarié. Elle avait bien l'intention de l'agacer et le provoquer aussi souvent que possible durant son séjour en Espagne. Elle ne lui laisserait aucun répit, juste pour lui rappeler le mal qu'il lui avait fait…

Mais elle n'était pas venue ici dans un simple esprit de vengeance. L'essence de ce pays, le charme de cette région et de cette ville coulaient aussi dans ses veines, elle ne pouvait l'ignorer.

Grenade faisait partie de son patrimoine génétique. Grenade, cité des derniers gouverneurs arabes de l'émirat Ziride et berceau de l'Alhambra, cette forteresse rouge nichée dans un parc paysager d'une telle beauté que le visage de sa mère se mettait à rayonner à chaque fois qu'elle en parlait…

« Est-ce que tu y es allée avec mon père ? » lui avait demandé Fliss, un jour où elle écoutait, ravie, les récits détaillés de sa mère.

Elle n'avait que sept ans, à l'époque, mais elle n'avait jamais appelé son géniteur « papa ». A ses yeux, les vrais papas jouaient avec leurs enfants, qu'ils aimaient par-dessus tout. On n'appelait pas « papa » un parfait inconnu qui vivait à l'étranger.

« Oui, avait répondu sa mère. J'avais emmené Vidal se promener là-bas un après-midi, et ton père nous y avait rejoints. Un jour, nous visiterons l'Alhambra ensemble, Fliss, avait-elle promis, tu verras comme cet endroit est merveilleux… presque magique. »

Ce jour, hélas, n'avait jamais existé, et Fliss se retrouvait à Grenade seule, alors qu'elle aurait tant aimé découvrir la ville en compagnie de sa mère adorée.

A travers les vitres teintées, elle aperçut devant eux la cité andalouse et le vieux quartier d'Albaicín perché sur la colline en face de l'Alhambra. Non loin de là se trouvait le quartier juif de la ville, érigé à l'époque médiévale, chargé d'histoire et de souvenirs.

Une fois dans le centre, Fliss ne fut pas surprise lorsque Vidal tourna dans une avenue ourlée d'imposantes demeures du XVIe siècle, construites après la prise de la ville par les rois catholiques, Isabelle et Ferdinand.

Ici, les grandes bâtisses de style Renaissance reflétaient la richesse et les privilèges de leurs propriétaires. Leurs façades massives, richement décorées de sculptures et de moulures, bloquaient les rayons du soleil, projetant sur la rue de larges rectangles d'ombre.

Quelques instants plus tard, Vidal engagea la voiture dans une allée pavée menant à une immense double porte de bois cloutée de cuivre. Suintant l'opulence et la prétention, ce quartier de la ville allait comme un gant au conducteur de l'élégant 4x4.

Fliss ne put s'empêcher d'admirer le patio ensoleillé où ils venaient de déboucher. Un havre de paix aux lignes parfaitement symétriques, orné en son centre d'une fontaine en pierre sculptée. De luxuriants palmiers et des bougainvilliers rouges et orange apportaient çà et là quelques touches d'ombre et de fraîcheur.

La maison, qui tenait davantage de l'hôtel particulier, ceignait les quatre côtés de la cour intérieure. L'entrée principale faisait face à la lourde porte de bois massif qu'ils venaient de franchir.

Sur la droite, une arche en pierre donnait sur d'autres jardins, d'après ce que Fliss avait pu voir avant que Vidal ne gare la voiture devant une volée de marches conduisant à une autre porte de bois piquetée de clous.

Tout le long du premier étage de la demeure courait un balcon couvert. Des persiennes protégeaient les hautes fenêtres des rayons du soleil, encore ardent en cette fin d'après-midi.

Sur les moulures encadrant les boiseries, Fliss aperçut l'emblème de la ville : le fruit du grenadier. Elle reconnut aussi, incrustées en lettres d'or au-dessus de la porte d'entrée, les armoiries de la famille accompagnées de sa devise, sans équivoque :

« Ce que nous prenons, nous le gardons. »

Depuis l'enfance, Fliss n'avait eu de cesse de rassembler et lire tous les documents retraçant l'histoire de la famille de Vidal — et de son propre père, évidemment. Et les découvertes, au fil de ses recherches, avaient souvent éveillé en elle des sentiments contradictoires, entre stupeur, révolte et fascination.

— Vous arrive-t-il d'être gêné à l'idée que cette demeure fut construite avec l'argent dérobé au prince musulman que votre ancêtre avait assassiné ? demanda-t-elle à Vidal sur un ton de défi.

— Ne connaissez-vous pas le fameux dicton : le vainqueur rafle la mise ? Mon ancêtre faisait partie des nombreux Castillans ayant remporté la bataille contre Boabdil — Mohammed XII — pour le compte de Ferdinand et Isabelle. L'argent qui a servi à construire ce *palacio* lui a été offert par la reine. Pour votre information, le décret de l'Alhambra, loin d'autoriser le meurtre de quiconque, a octroyé la liberté religieuse aux musulmans de la ville.

— Ce traité fut rompu quelque temps plus tard, fit observer Fliss. Tout comme votre ancêtre a rompu la promesse qu'il avait faite à cette princesse musulmane après l'avoir enlevée à sa famille.

— Je ne saurais trop vous conseiller de vérifier vos sources d'information, Fliss, avant d'asséner ce genre d'accusations.

Sans lui laisser le temps de riposter, Vidal sortit de la voiture et vint ouvrir sa portière. Ignorant délibérément la main qu'il lui tendait, Fliss descendit à son tour du 4x4.

Non, elle ne se laisserait pas impressionner par le faste et la beauté des lieux. Elle était venue ici pour honorer le souvenir de sa mère. Bien sûr, cette dernière avait adoré son séjour en Espagne, malgré la tournure malheureuse des événements…

Désireuse de perfectionner l'espagnol qu'elle avait

appris au lycée, sa mère s'était inscrite auprès d'un organisme chargé de placer les étudiants dans des familles intéressées par leurs compétences.

Les parents de Vidal l'avaient embauchée comme jeune fille au pair. Elle éprouvait une profonde affection pour le petit garçon dont elle s'occupait en dehors de l'école. Elle lui donnait chaque jour des cours d'anglais et l'emmenait souvent se promener dans les parcs de la ville, qu'elle-même découvrait avec bonheur.

Etait-ce dans cette maison de Grenade qu'elle avait rencontré l'oncle adoptif de Vidal ? Etait-ce entre ces murs qu'elle était tombée amoureuse de lui ? se demanda Fliss en songeant à son père. Peut-être avait-elle vu le séduisant Espagnol pour la première fois, ici, dans ce patio ensoleillé ?

Séduisant, peut-être, mais pas assez fort, pas assez courageux pour avouer à tous l'amour qu'il avait pourtant juré à sa mère, se remémora Fliss.

Elle savait que sa mère n'était venue que de très rares fois ici, dans la maison de ville de la famille. L'essentiel de son séjour s'était déroulé au *castillo*, la résidence principale des parents de Vidal située dans la vallée de Lecrín, en pleine campagne andalouse.

En songeant au chagrin inconsolable de sa mère, Fliss eut l'impression qu'une poigne de fer lui enserrait le cœur… une main aussi puissante et impitoyable que celle de Vidal qui avait joué un rôle indéniable dans l'humiliation et la peine causées à sa mère.

En proie à une nouvelle bouffée d'amertume, elle se détourna brusquement de lui… et laissa échapper un cri de surprise lorsque son pied glissa sur un pavé.

Sa cheville se déroba, elle perdit l'équilibre. L'instant d'après, la haute silhouette de Vidal s'immobilisa devant elle. La saisissant par les bras, il l'aida à se stabiliser. Elle voulut le repousser, désireuse de lui montrer à quel point son contact l'insupportait, mais il fut plus rapide qu'elle : il relâcha son étreinte d'un air écœuré, comme s'il avait été souillé par ce bref effleurement.

En proie à un mélange de rage et d'humiliation, Fliss lui tourna le dos. C'était hélas son seul moyen de défense. Elle se sentait piégée. Et pas seulement entre ces murs où elle n'avait pas eu l'intention de venir.

Elle était piégée par son propre passé, et le rôle que Vidal y avait joué.

A l'instar de ces murailles fortifiées derrière lesquelles les Maures avaient bâti leurs villes et leurs demeures, le mépris de Vidal était pour elle une prison dont elle ne pourrait jamais s'échapper.

Fliss pénétra à l'intérieur de la maison. Une agréable fraîcheur régnait dans le hall d'entrée au fond duquel se dressait un magnifique escalier de bois sombre, orné de sculptures délicates.

Mis en valeur par des cadres dorés, de nombreux tableaux recouvraient les murs blanchis à la chaux. Une galerie d'aristocrates espagnols, richement vêtus de soieries ou d'uniformes militaires, la scrutait avec condescendance. Aucun d'eux ne souriait. Tous semblaient contempler le monde avec hauteur et suffisance.

Exactement comme Vidal.

Une porte s'ouvrit sur une petite femme replète, âgée d'une cinquantaine d'années. La mère de Vidal, sans aucun doute. Ses yeux noisette scrutèrent rapidement Fliss. Malgré sa tenue simple et discrète, il émanait d'elle une calme assurance, si caractéristique des gens bien nés.

A l'instant où elle se faisait cette réflexion, la voix de Vidal résonna dans la vaste pièce.

— Je vous présente Rosa, notre gouvernante. Elle va vous conduire à votre chambre.

L'employée s'avança vers elle en continuant à l'observer

avec attention. Puis elle se tourna vers Vidal et s'adressa à lui en espagnol, comme si Fliss n'existait plus.

— Si sa mère était une colombe, elle ressemble plutôt à un faucon sauvage et indomptable.

La colère la submergea.

— Au cas où vous ne le sauriez pas, je parle espagnol, déclara-t-elle en les regardant à tour de rôle. Ceci dit, vous avez parfaitement raison : aucun occupant de cette maison ne parviendra à m'apprivoiser.

Elle eut tout juste le temps de voir l'hostilité embraser le regard de Vidal avant de tourner les talons pour se diriger vers l'escalier, devançant Rosa de plusieurs pas.

2.

Lorsqu'elles parvinrent au premier étage, Rosa rompit le silence en demandant d'une voix sèche :

— Alors, comme ça, vous parlez espagnol ?

— Ça vous étonne ? répliqua Fliss en haussant un sourcil ironique. Quelle que soit l'opinion de Vidal à mon sujet, il ne pourra pas m'empêcher de parler la langue maternelle de mon père.

A l'aube de l'adolescence, Fliss avait nourri le rêve secret de faire la connaissance de son père et, percevant les réticences de sa mère pour tout ce qui touchait à ses racines paternelles, elle avait économisé sur son argent de poche, en cachette, afin de pouvoir se payer des cours d'espagnol.

De peur de blesser sa mère, elle s'était toujours efforcée de refréner son intérêt pour l'Espagne et son désir de connaître son père. Fliss savait qu'elle ne s'était jamais remise de leur séparation forcée. A quoi bon remuer le couteau dans la plaie ? Elle aimait beaucoup trop sa mère pour lui infliger une telle peine.

— Tout ce que je peux dire, c'est que votre langue bien pendue ne vous vient ni de votre mère ni de votre père, fit observer Rosa sans se démonter. Mais je préfère vous mettre en garde, jeune demoiselle : au cas où vous ne l'auriez pas encore remarqué, Vidal est un adversaire redoutable.

Sur le point de poser le pied sur la première marche du deuxième escalier, Fliss s'immobilisa pour se tourner vers la gouvernante.

— Je n'ai pas peur de Vidal, déclara-t-elle d'un ton posé. Pourquoi devrais-je le craindre ? Il n'a aucun moyen de contrôler le cours de ma vie.

Un léger mouvement dans le hall d'entrée attira son attention et elle aperçut Vidal, debout au pied de l'escalier. A en juger par l'expression sombre de son visage, il avait entendu ce qu'elle venait de dire.

Tant mieux, songea Fliss en réprimant de justesse un sourire satisfait. Il aurait tellement aimé pouvoir l'empêcher de venir en Espagne... tout comme il l'avait empêchée, quelques années plus tôt, d'entrer en contact avec son père.

Il était grand temps qu'il apprenne que le monde ne tournait pas autour de lui et de ses désirs égoïstes !

De nouvelles images resurgirent dans son esprit : elle revit Vidal dans sa chambre, la pièce qui lui servait d'ordinaire de refuge, tenant à la main la lettre qu'elle avait envoyée à son père quelques semaines auparavant. La lettre qu'il avait interceptée, sans lui demander son avis. Cette lettre écrite avec le cœur impétueux et les émotions en friche d'une jeune fille de seize ans brûlant d'envie de connaître son père.

Tous les sentiments naissants, mélange de tendresse et de sensualité timidement révélée, qu'elle commençait à éprouver pour Vidal avaient été balayés ce jour-là, vite remplacés par la colère et le ressentiment.

« Fliss, ma chérie, tu dois me promettre que tu n'essaieras plus jamais de contacter ton père », lui avait demandé sa mère d'une voix implorante, les yeux embués de larmes, lorsqu'elles s'étaient retrouvées toutes les deux après le départ de Vidal.

Bien sûr, elle avait promis. Oui, elle avait fait ce

douloureux serment, par amour pour sa mère qu'elle avait déjà profondément contrariée le soir où…

Non! Elle ne laisserait pas Vidal l'entraîner sur ce chemin pavé de souvenirs honteux et douloureux. Sa mère avait compris ce qui s'était passé, n'était-ce pas là l'essentiel ? Elle savait que Fliss n'était en rien responsable de la scène qu'elle et Vidal avaient interrompue sans même le vouloir.

Avec le temps, Fliss avait accepté la réalité : son père n'avait jamais cherché à la rencontrer, bien qu'il ait toujours su où la trouver. Les faits étaient ce qu'ils étaient. Après tout, elle n'était pas la seule enfant sur terre à grandir sans son père.

A la mort de sa mère, elle avait décidé qu'il était temps de tourner la page. Temps de chérir ses souvenirs d'enfance et la mère aimante qui l'avait élevée. Temps d'oublier ce père qui ne s'était jamais soucié d'elle.

Elle ne connaîtrait jamais les raisons qui avaient poussé son père à revenir sur sa décision. Elle ne saurait jamais si c'était la culpabilité ou le regret d'être passé à côté d'un bien précieux qui l'avait conduit à mentionner le nom de sa fille dans son testament. En revanche, elle savait une chose avec certitude : elle ne laisserait plus Vidal contrôler sa vie. Cette époque avait assez duré ; elle était définitivement révolue.

Depuis le rez-de-chaussée, Vidal regarda Fliss tourner les talons et emboîter le pas à Rosa. En cet instant précis, il se félicita d'avoir appris à maîtriser ses émotions au point d'être capable de rester impassible en toutes circonstances. Son regard s'attarda toutefois sur les jambes fuselées de Fliss tandis qu'elle s'éloignait de lui.

Malgré lui, d'autres souvenirs le submergèrent. Des

images de Fliss à seize ans germèrent dans son esprit troublé.

Il revit la jeune fille filiforme qu'elle était alors, avec ses petits seins haut perchés, dardant sous la fine étoffe des T-shirts qu'elle affectionnait tant à l'époque. Il se remémora ses œillades timides, ses joues empourprées lorsque leurs regards se croisaient, et son expression mi-choquée, mi-fascinée le jour où elle était entrée dans la salle de bains alors qu'il était en train de se raser, torse nu devant le miroir.

Par chance, il avait eu l'occasion de percer à jour sa vraie nature lors de son bref séjour en Angleterre. Derrière ses airs de jeune fille en fleur, Fliss n'était qu'une petite intrigante, dénuée de tout sens moral, de tout amour-propre. Une fille facile en quête d'aventures légères, malgré son jeune âge... Son tempérament volage était-il directement lié à l'absence d'un père qui, s'il avait été présent, n'aurait pas hésité à lui imposer des limites strictes ?

Une fois de plus, le sentiment de culpabilité dont il n'avait jamais pu se débarrasser titilla sa conscience. Combien de fois, pendant toutes ces années, avait-il souhaité n'avoir jamais prononcé la petite phrase innocente qui avait sonné le glas de l'idylle entre son oncle et sa jeune fille au pair ?

Il avait suffi qu'il raconte à sa grand-mère que Felipe les avait rejoints dans les jardins de l'Alhambra pour que la belle histoire s'arrête brutalement, le laissant aux prises de l'incompréhension et de la culpabilité.

Aux yeux de la vieille duchesse, les choses étaient très claires : Felipe épouserait la femme qu'elle avait choisie pour lui et personne d'autre. Et il était hors de question, bien sûr, qu'une simple jeune fille au pair soit acceptée au sein de leur famille.

Du haut de ses sept ans, Vidal n'avait pas anticipé la

réaction de sa grand-mère, mais il avait vite compris les conséquences de ses paroles, si dépourvues de malice fussent-elles, lorsque la jeune fille au pair qu'il aimait tant avait été congédiée et renvoyée chez elle, en Angleterre.

Ni Felipe ni la mère de Fliss n'avaient eu le cran de tenir tête à sa grand-mère. Mais, au moment de leur séparation forcée, aucun d'eux ne savait que leur brève aventure avait engendré un bouleversement majeur dans leurs vies : la naissance d'un enfant. Une petite fille dont le prénom et l'existence ne seraient jamais évoqués sous ce toit — ainsi l'avait décrété sa grand-mère.

Elle seule se réservait le droit d'en parler de temps en temps, dans l'unique but de rappeler à son oncle la faute honteuse qu'il avait commise en s'abaissant à faire un enfant à une simple jeune fille au pair.

Vidal se souvint alors de l'élan de compassion qu'il avait éprouvé pour la mère de Fliss ce fameux soir, quelques années plus tôt. Partis à Londres pour la journée afin de régler plusieurs affaires d'ordre privé, ils étaient rentrés plus tôt que prévu.

Une bien mauvaise surprise les attendait à leur retour : non seulement Fliss avait pris la liberté d'organiser une fête sans l'aval de sa mère, mais ils l'avaient retrouvée dans la chambre de cette dernière, en compagnie d'un jeune type soûl et visiblement très entreprenant.

Vidal ferma brièvement les yeux. Il y avait des souvenirs qu'il préférait décidément ne pas réveiller. Celui de sa gaffe monumentale, par exemple, alors qu'il n'était encore qu'un petit garçon.

Et aussi le souvenir de cette nuit où sa mère était entrée dans sa chambre pour lui annoncer que l'avion de son père s'était écrasé en Amérique du Sud et qu'il n'y avait aucun survivant.

Celui, enfin, de cette soirée où il avait surpris Fliss allongée sur le lit de sa mère, une mèche de ses longs cheveux dorés enroulée autour de la main du garçon penché au-dessus d'elle. Prise sur le fait, elle l'avait fixé sans ciller, visiblement indifférente à la gravité de ses actes.

Indifférente à ce qu'il pensait d'elle.

En proie à une désagréable sensation d'oppression, Vidal inspira profondément. Il était âgé de vingt-trois ans, à l'époque. C'était déjà un homme, plus un adolescent. Et l'effet que Fliss produisait sur lui le terrifiait.

Il était révolté par le désir qu'il éprouvait pour elle, tiraillé entre cette attirance incontrôlable et ses valeurs morales. Des valeurs qui interdisaient à un homme de son âge de désirer une jeune fille de seize ans — une adolescente, pour l'amour de Dieu !

Sept ans les séparaient et, à leurs âges respectifs, cette différence s'avérait abyssale — un gouffre qu'on se devait de respecter. Tout comme l'innocence d'une jeune fille de seize ans ne devait pas être bafouée.

Il éprouvait encore maintenant, sept ans plus tard, la même colère, la même indignation au souvenir de cette scène éprouvante.

Au prix d'un effort, il relâcha la pression qui nouait ses épaules. Plus vite cette affaire serait réglée, plus vite Fliss regagnerait l'Angleterre. Il ne lui resterait plus, alors, qu'à tenter de l'oublier. Pour de bon, cette fois.

Tandis qu'il s'acheminait lentement vers la mort, Felipe lui avait confié à quel point il se sentait coupable et honteux vis-à-vis de celle qu'il avait aimée et de cette enfant qu'il n'avait jamais connue.

Vidal l'avait alors encouragé à prendre des dispositions testamentaires en faveur de sa fille. Il avait agi ainsi uniquement pour le bien-être de son oncle, dans l'espoir de lui apporter un peu de soulagement alors que sa vie touchait à sa fin. En aucun cas, il n'avait songé au bonheur de Fliss, songea-t-il avec force, comme pour mieux s'en persuader.

Une fois seule dans la chambre où l'avait conduite Rosa, Fliss promena un regard autour d'elle. Spacieuse, surmontée d'un haut plafond, la pièce était ornée de ces imposants meubles de bois sombre que sa mère lui avait tant de fois décrits.

C'était le mobilier ancien, de grande valeur, typique de cette région d'Espagne. D'une propreté immaculée, soigneusement ciré, le bois brillait d'un éclat chaud dans la lumière qui entrait à flots par les grandes portes-fenêtres. En s'approchant, Fliss vit qu'elles ouvraient sur un petit balcon protégé par un panneau en fer forgé sculpté de fines arabesques de style oriental. Malgré tous ses efforts, elle ne parvint pas à repérer le défaut que l'artisan avait délibérément glissé dans sa réalisation, car seul Allah était capable d'atteindre la perfection. Un soupir s'échappa de ses lèvres. Elle avait appris tant de choses en cherchant à se rapprocher de son père…

Le balcon donnait sur un patio d'inspiration mauresque, divisé en son centre par un petit canal, lui-même alimenté par une cascade jaillissant dans un écrin de plantes au feuillage abondant. De part et d'autre du minuscule cours d'eau s'élevaient des tonnelles recouvertes de rosiers grimpants, dont le parfum à la fois subtil et tenace montait jusqu'au balcon.

Des allées tapissées de mosaïque bleu et blanc traversaient le patio tandis que des arbres fruitiers en espalier longeaient les murs. Dans les quatre jardinets carrés faisant face aux tonnelles, des géraniums blancs s'épanouissaient librement dans d'immenses pots en terre cuite.

Sous le balcon, dans une alcôve à demi protégée du

soleil par des claustras, d'élégants meubles de jardin invitaient les visiteurs de passage à profiter du calme et de la douceur de l'endroit.

Fliss ferma les yeux. Elle connaissait tellement bien ce jardin… Combien de fois sa mère l'avait-elle décrit, allant jusqu'à le dessiner pour lui en dévoiler les moindres détails ? Et puis il y avait aussi les photos qu'elles avaient contemplées ensemble. A l'origine, le jardin avait été conçu et aménagé exclusivement pour les femmes de la famille arabe qui avait ordonné la construction de cette fastueuse demeure.

Lorsqu'elle avait séjourné ici, sa mère occupait une suite de chambres au dernier étage avec Vidal, alors âgé de sept ans.

En proie à une bouffée de mélancolie, Fliss tourna les talons et rentra à l'intérieur. De lourdes tentures en brocart bleu nuit encadraient les portes-fenêtres, s'harmonisant avec le tissu des chaises à haut dossier, placées de part et d'autre de la cheminée en marbre.

Un fin liseré bleu ourlait le dessus-de-lit en satin crème jonché de gros coussins à pompons, du même bleu profond que les rideaux. Ultime touche de cette harmonie parfaite, un épais tapis de style oriental déployait ses arabesques ivoire et bleues sur le parquet sombre.

Quel contraste avec le décor minimaliste de sa maison anglaise !

Une partie de son patrimoine se trouvait pourtant ici, dans cette maison qu'elle aurait dû connaître aussi bien que Vidal.

Vidal. Dieu qu'elle le détestait ! Le mépris et l'amertume qu'elle éprouvait pour lui étaient mille fois plus forts que les sentiments qu'elle portait à son père. Car, comme sa mère, lui avait expliqué à plusieurs reprises, ce dernier s'était retrouvé dans l'obligation d'accepter leur rupture puis, plus tard, de leur tourner le dos.

On ne lui avait pas laissé l'occasion d'ouvrir la lettre dans laquelle elle le suppliait de lui donner une chance de faire sa connaissance, et ce n'était pas lui non plus qui lui avait ordonné, quelque temps plus tard, de ne plus jamais essayer de le contacter.

C'était Vidal. Vidal qui l'avait jugée et condamnée sans la connaître. Le mépris qu'elle avait lu dans ses yeux ce jour-là avait réduit en miettes toute sa confiance et son amour-propre, lui infligeant une blessure dont elle ne s'était jamais entièrement remise.

C'était donc ici, sous ce toit et entre ces murs, qu'avaient été prises des décisions lourdes de conséquences. C'était ici que sa mère, après avoir été congédiée, avait appris que l'homme dont elle était passionnément amoureuse était censé épouser une autre femme.

Une jeune fille de bonne famille, fraîchement diplômée d'une grande école privée. Une fille dont Felipe n'était pas amoureux et qu'il n'avait nullement l'intention d'épouser, il l'avait avoué lui-même.

Mais les désirs et les sentiments de Felipe n'avaient pas pesé lourd dans la balance. Toutes ses promesses, tous ses serments d'amour à la mère de Fliss avaient été comme ces perles de lumière qu'on croit apercevoir à la surface de l'eau, quand le soleil brille aveuglément. Pures et envoûtantes… mais cruellement vides et éphémères.

Les deux jeunes gens avaient tout juste eu le temps de voler une dernière nuit d'amour avant d'être séparés à tout jamais : anéantie par le chagrin, la mère de Fliss avait regagné l'Angleterre tandis que Felipe avait été obligé de se plier aux volontés de sa famille adoptive.

« Il m'a juré son amour mais il aimait aussi la famille qui l'avait recueilli et il ne se sentait pas le droit de les décevoir », avait expliqué sa mère d'une voix douce, le jour où Fliss, encore enfant, avait voulu savoir pourquoi Felipe ne s'était pas enfui avec elle en Angleterre.

Sa mère avait commis l'erreur de tomber amoureuse d'un homme trop influençable, beaucoup trop faible pour défendre ses sentiments. Et elle avait payé cher le prix de cette erreur.

Quant à Fliss, elle avait tiré très tôt la leçon de cette histoire tragique et elle avait pris la bonne décision, à ses yeux en tout cas: elle ne tomberait pas amoureuse. N'était-ce pas la meilleure solution si l'on ne voulait pas s'exposer et devenir vulnérable ? Après tout, elle avait déjà eu un avant-goût de ce qu'on éprouvait dans ces moments-là... même si les sentiments qu'elle portait à Vidal étaient ceux d'une adolescente de seize ans, encore naïve et pleine d'illusions.

Au prix d'un effort, Fliss mit un terme à ses sombres réflexions et chercha des yeux sa petite valise. La mère de Vidal avait insisté pour qu'elle séjourne ici. Devait-elle se changer pour dîner ? Elle n'avait pris aucune tenue habillée, juste un short en lin, quelques hauts de rechange et une petite robe noire en jersey infroissable qu'elle avait achetée lors d'une escapade à Londres.

Elle s'apprêtait à sortir la robe de la valise lorsque la porte s'ouvrit sur Rosa. Sans mot dire, la gouvernante déposa sur la table basse un plateau de tapas accompagnés d'un verre de vin.

— Merci, Rosa. A quelle heure le dîner sera-t-il servi ? demanda Fliss en gratifiant la gouvernante d'un sourire forcé.

— Il n'y aura pas de dîner, ce soir. Vidal est trop occupé, répondit Rosa en espagnol. Je peux vous apporter un repas si vous le souhaitez.

— Oh, je vois, murmura Fliss, un instant désarçonnée. Etant donné que la duchesse a insisté pour que je séjourne ici, je pensais que nous dînerions toutes les deux.

— La duchesse n'est pas là, répliqua sèchement Rosa avant de tourner les talons.

L'instant d'après, elle avait disparu et Fliss se retrouva seule, avec ses questions sans réponses.

Vidal avait menti : sa mère n'était pas là. Alors, pourquoi diable avait-il souhaité l'attirer ici ?

Cédant à une vague de fatigue et de tristesse mêlées, elle s'assit au bord du lit.

Sa mère avait veillé à ce qu'elle ait une enfance merveilleuse. Grâce au généreux héritage légué par une vieille tante que Fliss n'avait jamais connue, elles avaient acheté une belle maison dans un paisible village de campagne. Ses grands-parents maternels étaient venus les rejoindre et, ensemble, ils avaient coulé une vie tranquille et heureuse.

Sa mère avait toujours parlé librement de son père. Chaque fois qu'elle le faisait, sa voix et ses yeux trahissaient l'amour qu'elle n'avait jamais cessé de lui porter. Fliss n'y avait jamais décelé la moindre trace de colère ni d'amertume.

En revanche, sa mère avait obstinément refusé de l'envoyer en Espagne, malgré les demandes insistantes de Fliss. Tout comme elle n'avait jamais tenu Vidal responsable du drame de sa vie, même quand Fliss, du haut de ses sept ans, lui avait fait remarquer que tout cela ne serait jamais arrivé s'il avait su tenir sa langue.

« Tu ne dois pas en vouloir à Vidal, ma chérie, lui avait dit sa mère avec cette douceur qui la caractérisait tant. Ce n'était pas sa faute. C'était encore un enfant — il avait le même âge que toi, tu comprends. Il ne pouvait pas deviner les conséquences de ses paroles. »

Sa mère était ainsi : douce et affectueuse, toujours prête à comprendre et pardonner ceux qui lui faisaient du mal.

Fliss avait d'abord cru aux explications de sa mère. Et puis, Vidal était venu leur rendre visite en Angleterre.

Très vite, la gentillesse qu'il avait commencé par lui témoigner avait cédé la place à une réserve distante.

Pour des raisons qu'elle ne comprenait pas, il évitait de se trouver dans la même pièce qu'elle, se contentait d'échanger quelques paroles du bout des lèvres quand il ne pouvait pas faire autrement et ne chercha plus, au fil des jours, à cacher son antipathie. Fliss souffrait en silence, incapable de confier ses sentiments à quiconque. Comment expliquer un tel revirement de la part de Vidal ? Qu'avait-elle fait pour mériter pareil traitement ?

Elle était tombée sous le charme du bel Espagnol à la minute où elle l'avait vu sortir de sa luxueuse voiture. Tout en lui la séduisait. Comme dans les livres, les battements de son cœur s'accéléraient dès que leurs regards se croisaient et elle rougissait chaque fois qu'il s'adressait à elle. Elle avait même cru défaillir le jour où, faisant irruption dans la salle de bains, elle l'avait surpris en train de se raser devant le miroir, torse nu. Une onde de chaleur étrange avait couru dans ses veines, tandis que de folles images envahissaient son esprit enfiévré : son corps tremblant arqué contre celui de Vidal, viril et puissamment musclé…

Le souffle court, Fliss se força à ranger ses affaires avec des gestes mécaniques. Que lui arrivait-il, bon sang ? Etait-ce sa virginité qui la dérangeait soudain ?

Elle avait pourtant pris, des années plus tôt, la décision de ne jamais avoir de relation sexuelle sans lendemain. Et cela ne l'avait jamais perturbée. Son métier occupait une bonne partie de son temps ; elle avait un cercle d'amis fidèles et se sentait parfaitement épanouie.

Après le décès de ses grands-parents, puis celui de sa mère, la grande maison lui avait paru très vide, pleine de souvenirs douloureux. Aussi n'avait-elle pas hésité à vendre lorsqu'un acheteur lui avait proposé une somme d'argent ridiculement élevée en échange de la propriété.

Elle avait alors choisi de s'installer dans un spacieux appartement aménagé dans une grande demeure de style géorgien, convertie en résidence de luxe.

Un coup bref frappé à la porte la fit sursauter.

— Entrez !

Vidal entra dans la pièce. Il avait troqué son costume contre un pantalon en toile beige et une chemise en lin. Encore humides, ses cheveux étaient lissés en arrière.

La présence de cet homme dans sa chambre réveilla soudain d'autres souvenirs.

Ce n'était pas la première fois que Vidal entrait dans sa chambre…

Non ! Elle refusait de s'aventurer sur ce terrain-là. Si elle désirait rester maîtresse de la situation, elle ne devait surtout pas se laisser rattraper par le passé. Seul le présent était important.

Forçant son courage, elle demanda :

— Vous m'avez menti. Votre mère n'est pas ici.

Vidal arqua un sourcil narquois.

— Ma mère a été retenue. Elle est allée rendre visite à une de ses amies qui ne se sent pas très bien. Je n'étais pas au courant avant que Rosa m'informe de son absence.

— Je vois. C'est donc à la gouvernante que votre mère transmet ses changements d'emploi du temps. Ce qui n'est guère surprenant, au fond.

— Je ne vois pas en quoi cela vous regarde, rétorqua-t-il froidement.

— Vous avez raison. Ce n'est pas votre genre de vous mêler des affaires des autres, n'est-ce pas, Vidal ? enchaîna Fliss sur un ton ouvertement provocateur. C'est drôle, j'ai pourtant la conviction que vous avez tout fait pour que je ne connaisse jamais mon père. Vous n'avez pas hésité à intercepter la lettre que je lui avais envoyée. Et vous êtes venu en Angleterre avec une seule idée en tête : convaincre ma mère de me dissuader d'entrer en contact avec mon père.

— Votre mère partageait le même avis que moi : ce n'était pas dans votre intérêt de continuer à écrire à Felipe.

— Oh, si je comprends bien, vous m'avez empêchée de me mettre en rapport avec mon père parce que vous vouliez mon bonheur ? répliqua Fliss d'un ton lourd de sarcasme. Vous n'aviez pas le droit d'agir ainsi, Vidal, pas le droit de me tenir à l'écart alors que je désirais juste savoir s'il pouvait m'aimer. En même temps, nous savons tous que l'amour est un concept qui vous échappe, n'est-ce pas ?

En proie à un flot d'émotions, Fliss sentit des larmes lui picoter les yeux. Des larmes ! Il était hors de question qu'elle pleure devant cet homme. Hors de question qu'elle montre un quelconque signe de faiblesse.

— Ce mot ne fait même pas partie de votre vocabulaire ! ajouta-t-elle encore pour se donner une contenance.

— Parce que vous, vous savez ce que c'est que d'aimer quelqu'un ? Vous qui…

Le visage assombri par la fureur, Vidal vint se poster devant elle. Il n'alla pas jusqu'au bout de sa phrase, se contentant de secouer la tête d'un air dégoûté.

Mais Fliss savait parfaitement ce qu'il avait eu l'intention de lui jeter à la figure.

— Ne me touchez pas, ordonna-t-elle en reculant d'un pas.

— Ne vous sentez pas obligée de jouer à l'oie blanche avec moi, Fliss, lança Vidal en la toisant avec dédain. Nous savons à quoi nous en tenir, tous les deux.

Fliss tenta de refouler les souvenirs que les paroles de Vidal venaient de réveiller. Mais c'était trop tard : le présent se mêlait au passé, son cœur battait à coups précipités dans sa poitrine, et elle avait de nouveau seize ans…

— Je sais à quoi vous faites allusion, Vidal, mais vous vous trompez. Je n'éprouve aucune attirance pour vous. Je n'en ai jamais éprouvé.

— De l'attirance pour moi ?

Un silence chargé d'électricité s'abattit sur eux. Fliss se redressa, consciente du danger… et du piège qui menaçait de se refermer sur elle.

— De l'attirance… comme ça, vous voulez dire ?

D'un geste rapide et déterminé, Vidal la prit dans ses bras et l'attira contre lui. Impuissante, Fliss sentit la chaleur de sa peau à travers leurs vêtements, ses muscles puissants et les battements de son cœur, sourds et réguliers. Comme ceux d'un chasseur satisfait d'avoir capturé sa proie.

Un curieux mélange d'euphorie et de peur submergea Fliss. Etait-ce ce qu'avait jadis ressenti cette princesse maure dans les bras de son ravisseur ?

Vidal savait qu'il n'aurait pas dû se laisser aller à ce geste. C'était pourtant plus fort que lui. Combien de rêves interdits avaient troublé son sommeil au cours des années passées ? Des rêves où il se voyait la tenir ainsi dans ses bras, tout contre lui. Aujourd'hui, Fliss n'avait plus seize ans. Le désir qu'il éprouvait encore pour elle, malgré tout ce qui s'était passé, n'était plus immoral.

Il inclina la tête vers elle, sentant les battements rapides de son cœur et les douces rondeurs de sa poitrine contre son torse. Il brûlait d'envie de lui ôter son T-shirt pour pouvoir admirer ses seins haut perchés, capturer entre ses doigts ses tétons dardés avant de les prendre dans sa bouche, suçant et titillant jusqu'à ce qu'elle le supplie de lui faire l'amour.

Non ! Il ne céderait pas à ses pulsions.

Vidal voulut relâcher son étreinte, mais, au même

instant, Fliss fut parcourue d'un violent frisson et le son rauque qui s'échappa de ses lèvres fit fondre ses résolutions.

Leurs regards se soudèrent et Fliss trembla de nouveau. De près, les yeux topaze de Vidal révélaient plusieurs teintes, mêlant l'ambre au fauve, le mordoré à l'orangé. L'intensité de son regard lui donnait le vertige, comme le martèlement sourd de son cœur contre sa poitrine.

Un autre battement de cœur, et il l'embrasserait, et elle savourerait le goût de ses lèvres fermes, implacables.

Comme mue par une volonté propre, sa bouche s'entrouvrit…

Le souffle de Vidal balaya sa joue. Par-delà le parfum épicé de sa peau, Fliss perçut une autre odeur, plus brute, plus… primitive. Des effluves musqués qui l'attirèrent plus près de lui tandis que ses lèvres s'ouvraient davantage.

Ils se mesurèrent du regard encore quelques instants puis, enfin, la bouche de Vidal recouvrit la sienne. La caresse de ses lèvres autoritaires embrasa le désir de Fliss ; une délicieuse chaleur se répandit aussitôt dans son ventre. Lorsque la langue de Vidal chercha la sienne, s'enroulant sensuellement, elle ferma les yeux et gémit de plaisir.

Vidal sentait la force de son désir balayer les barrières qu'il croyait pourtant indestructibles. Ses efforts pour regagner le contrôle de la situation restèrent vains : il l'embrassa avec fougue, emporté par des sensations d'une incroyable intensité.

Sous ses paupières closes, il imagina le corps de Fliss tel qu'il avait hâte de le voir : nu, abandonné, tremblant de désir. Un voile de sueur ferait scintiller sa peau opalescente, ses tétons rose pâle pointeraient insolemment, l'invitant aux caresses les plus érotiques…

Dehors, dans le jardin, le crépuscule naissant déclencha les lumières du jardin, inondant la pièce d'une soudaine clarté. Surpris, Vidal ouvrit les yeux.

Le retour à la réalité fut aussi rapide que brutal. Maudissant sa propre faiblesse, il relâcha son étreinte et s'écarta vivement.

Sous le choc, Fliss cligna des yeux. Seigneur, qu'avait-elle fait ? Pourquoi n'avait-elle pas repoussé cet homme qu'elle détestait depuis toujours ? Avant même qu'elle ait eu le temps de recouvrer son sang-froid, avant qu'elle puisse lui dire le fond de sa pensée, Vidal prit la parole.

— J'étais venu vous prévenir que la journée de demain commencerait tôt, déclara-t-il d'un ton dégagé. Nous avons rendez-vous avec le notaire de votre père à 10 heures. Rosa vous fera porter un plateau de petit déjeuner. A propos de ce qui vient de se passer, enchaîna-t-il sans transition, laissez-moi vous dire que cela ne se reproduira pas. Inutile d'essayer de me séduire, ça ne marchera pas.

Il s'interrompit un instant puis la gratifia d'un regard sarcastique.

— Je n'aime pas les femmes volages.

Les femmes volages !

Tremblant de colère et d'humiliation, Fliss donna libre cours à son indignation.

— Dois-je vous rappeler que c'est vous qui avez commencé, Vidal ? Je n'avais aucune intention de vous embrasser, croyez-moi. Vous vous trompez sur mon compte. Depuis le début. Ce que vous avez vu…

— Ce que j'ai vu de mes yeux, c'est une gamine de seize ans en train de se faire peloter dans le lit de sa mère par un jeune type imbibé d'alcool qui clamait haut et fort, je cite, qu'il avait bien l'intention de coucher avec cette fille parce que toute l'équipe de foot lui était passée dessus.

— Sortez d'ici ! ordonna Fliss d'une voix tremblante. Sortez !

Tournant les talons, Vidal quitta la pièce à grandes enjambées.

Fliss courut alors jusqu'à la porte pour tourner la clé dans la serrure, puis elle se laissa glisser au sol. Des larmes de rage et de honte baignaient son visage.

3.

Libérés de la prison où elle les avait enfermés, les souvenirs affluaient à son esprit, cruellement précis et détaillés.

Assise par terre, Fliss enfouit son visage dans ses mains.

Ce fameux soir, Vidal lui avait avoué qu'il avait intercepté la lettre qu'elle avait envoyée à son père. Fliss était effondrée. Elle se sentait blessée, profondément trahie. Vidal se montrait pourtant tellement gentil avec sa mère… pourquoi la traitait-il ainsi, elle ?

Ce soir-là, lorsque sa mère lui avait annoncé que Vidal l'invitait au restaurant pour la remercier de l'avoir reçu, Fliss avait demandé la permission d'organiser une petite soirée avec quelques camarades de lycée pour fêter la fin de l'année scolaire. Sa mère avait donné son accord, à la condition expresse qu'il n'y ait que dix invités. La soirée s'était déroulée tranquillement jusqu'à l'irruption intempestive d'une bande d'adolescents qui semblaient déjà sous l'emprise de l'alcool.

Fliss avait tenté de les faire partir, mais ses efforts s'étaient heurtés à des sifflets et des cris de protestation. Rory, un solide gaillard de l'équipe de foot du lycée, avait entraîné à l'étage la fille qui l'accompagnait. Horrifiée, Fliss les avait retrouvés dans la chambre de sa mère.

Dans la dispute qui avait suivi, la fille était partie

et Rory, furieux contre Fliss qui lui avait « gâché son plaisir », l'avait attrapée par la taille et jetée sans ménagement sur le lit. La colère de Fliss s'était vite muée en peur. Elle avait essayé de se débattre, de le repousser, mais ses efforts lui avaient valu des ricanements et des railleries. Impuissante, elle n'avait rien pu faire lorsque Rory avait brandi la bouteille qu'il tenait à la main pour l'asperger de bière. D'un geste brutal, il l'avait ensuite repoussée contre les oreillers.

A cet instant, la porte de la chambre s'était ouverte en grand et Fliss avait été soulagée de voir sa mère et Vidal sur le seuil de la pièce. Mais l'expression de ce dernier l'avait vite refroidie. De son côté, Rory avait également perçu le malaise puisqu'il s'était empressé de lancer cette remarque grossière et totalement infondée sur son comportement et l'équipe de football.

« Elle adore ça. Elle en redemande, même. Demandez aux autres, en bas. Ils la connaissent bien, croyez-moi. C'est une vraie nympho, cette nana. »

Totalement abasourdie, Fliss avait été incapable de prononcer le moindre mot pour sa défense. Elle était restée là, immobile, prostrée dans un mutisme horrifié, pendant que Vidal se chargeait de mettre Rory à la porte.

« Oh, Fliss... », avait murmuré sa mère d'une voix tremblante, avant de disparaître à son tour.

Plus tard, bien sûr, Fliss lui avait expliqué ce qui s'était réellement passé, et sa mère l'avait crue sans hésitation. Mais Vidal était déjà parti. Et la douleur qu'elle avait ressentie en lisant le mépris et le dégoût dans son regard s'était peu à peu muée en colère et en ressentiment.

A la suite de ce malheureux incident, Fliss avait terminé sa scolarité dans un établissement privé en compagnie de ses trois meilleures amies.

La jeune fille avait formé le vœu de tout faire pour que sa mère soit fière d'elle. Aucun autre homme, jamais, n'aurait le droit de la regarder comme Vidal l'avait fait. La honte qu'elle portait en elle depuis cette triste soirée était une blessure secrète dont elle n'avait jamais parlé à personne.

Et Vidal venait de la rouvrir.

Au rez-de-chaussée, dans la bibliothèque au plafond orné de moulures et de fresques bibliques, Vidal contemplait d'un air absent les étagères remplies de livres. Une odeur de vieux cuir et de papier flottait dans la pièce.

Que se serait-il passé si la lumière du jardin n'avait pas inondé la pièce ?

Vidal ferma les yeux. Dire qu'il avait cru cette page de sa vie définitivement tournée… Il avait suffi qu'il pose les yeux sur Fliss pour que le passé resurgisse de plus belle, avec son flot d'émotions, de rêves et de déceptions.

Oui, il devait tourner la page, effacer définitivement cette période de son existence. Sa bouche prit un pli dur. Pour cela, il fallait chasser Fliss de ses pensées. Dès qu'ils auraient vu le notaire, dès qu'il aurait racheté la maison qu'avait léguée Felipe à sa fille, il prendrait ses distances.

Pour toujours.

Dans la salle de bains attenante à sa chambre à coucher, Fliss se tint un long moment immobile sous le jet puissant de la douche. Elle n'avait plus de larmes à verser, plus de colère à exprimer. Non, elle n'en voulait même pas à Vidal… c'était son propre comportement qui la révulsait. Comment avait-elle pu répondre au baiser méprisant de cet homme ?

Elle sortit de la douche, prit une serviette. Elle n'aurait pas dû venir… Mais elle avait eu tellement envie d'aller à l'encontre des injonctions de Vidal… Aux dires de celui-ci, sa présence n'était pas indispensable ; tout pouvait facilement se régler à distance.

Quoi qu'il en dise, ce voyage en Espagne était important pour elle, songea Fliss en nouant le drap de bain au-dessus de sa poitrine. Les sensations que le baiser de Vidal avait déclenchées lui revinrent brusquement à la mémoire. Si seulement elle avait été plus expérimentée, plus habituée aux caresses de ce genre… Peut-être, alors, aurait-elle trouvé la force de le repousser.

Parce qu'il était tout simplement inconcevable qu'elle puisse encore éprouver du désir pour cet homme…

N'est-ce pas ? Les battements de son cœur s'accélérèrent et elle dut poser la main sur sa poitrine pour tenter de le calmer. Elle devait juste trouver le moyen de se libérer de son passé pour, enfin, aller de l'avant. De son passé et des blessures mal cicatrisées que Vidal lui avait infligées…

Un léger frottement sur la porte de sa chambre la tira du sommeil agité dans lequel elle avait sombré après s'être tournée et retournée dans son lit, en proie à une confusion indicible.

Elle avait oublié de tirer les rideaux avant d'aller se coucher et le soleil inondait déjà la pièce. Un nouveau coup timide la poussa à se lever. Vidal aurait frappé plus fort, plus sèchement. Nouant la ceinture de son déshabillé, Fliss alla ouvrir. Après l'avoir gratifiée d'un sourire contrit, une jeune employée de maison poussa dans la pièce un chariot contenant un copieux petit déjeuner.

Fliss jeta un coup d'œil à sa montre. Il était 8 heures passées. Elle aurait préféré se rendre chez le notaire seule mais, Vidal étant l'exécuteur testamentaire, c'était tout simplement impossible.

Après le départ de la domestique, Fliss avala rapidement son petit déjeuner. Une demi-heure plus tard, elle était douchée et habillée. Elle avait choisi pour l'occasion une jupe droite en coton noir, un T-shirt de soie grège et une simple paire de ballerines. Son chignon mettait en valeur la finesse de ses traits et les contours graciles de sa nuque. D'un geste automatique, elle effleura du bout des doigts le pendentif en or que son père avait offert à sa mère lors de son séjour en Andalousie. Sa mère ne le quittait jamais, et Fliss le portait en souvenir.

Un soupçon de mascara, une touche de rouge à lèvres. Elle était prête… juste à temps, à en juger par le coup — plus autoritaire, cette fois — frappé à la porte. Contre toute attente, ce n'était pas Vidal mais Rosa qu'elle trouva sur le seuil. Son expression était aussi peu avenante que la veille.

— Suivez-moi, je dois vous conduire à la bibliothèque, déclara-t-elle en espagnol après avoir détaillé Fliss de la tête aux pieds.

On n'entendait que leurs pas dans la grande maison sombre, baignée d'un épais silence. Au rez-de-chaussée, Rosa ouvrit une porte et lui ordonna d'attendre Vidal à l'intérieur.

Dans d'autres circonstances, Fliss n'aurait pas résisté à la tentation de jeter un coup d'œil aux titres des livres tapissant les quatre murs de la pièce. Mais sa nervosité grandissait au fil des secondes.

Pourquoi diable redoutait-elle tant cette entrevue chez le notaire ? Elle connaissait pourtant les dispositions testamentaires prises par son père : en plus d'une petite somme d'argent, ce dernier lui léguait la maison qu'il avait héritée de la grand-mère de Vidal, une demeure située sur le domaine ducal de la vallée de Lecrín. Les terres agricoles environnantes, en revanche, restaient rattachées au domaine.

Avait-elle tort de croire que cet héritage signifiait davantage qu'une simple transmission de patrimoine, au sens matériel du terme ? Fliss ne pouvait s'empêcher de croire que ces dispositions avaient été prises par un père aimant, rongé par le regret de n'avoir jamais connu sa fille. En lui laissant la maison où il avait vécu, Felipe avait forcément eu l'intention de lui faire passer un message. Un message d'amour, à n'en pas douter.

N'en déplaise à Vidal…

Seule ombre au tableau : la fameuse maison était située tout près du *castillo* de la famille de Vidal.

Aux dires de sa mère, le faste de la maison de Grenade n'avait rien de comparable avec la splendeur du château familial, niché dans la vallée de Lecrín, cette partie de l'Andalousie qui s'étendait entre les collines de la Sierra Nevada et qui courait jusqu'à la côte. Jouissant d'un climat subtropical, cette région avait été très prisée par les Maures qui l'avaient surnommée la « Vallée du Bonheur ».

Fliss se souvenait des intonations émues de sa mère lorsque celle-ci lui parlait du parfum des arbres fruitiers en fleur embaumant l'air chaud, tout autour du château.

Oliviers, amandiers, cerisiers, vignes… tout poussait en abondance sur plusieurs hectares, et la maison où vivait son père, nichée dans un verger, s'appelait *Fleur d'Amandier…*

La porte s'ouvrit soudain et Fliss fit volte-face. Vidal se tenait sur le seuil de la pièce. Il portait un jean noir et une chemise blanche qui contrastait avec son teint cuivré.

Incapable de détourner les yeux, Fliss se surprit à l'imaginer torse nu, tel qu'elle l'avait vu dans la salle de bains, quelques années plus tôt. Tous ces muscles, sa peau mate et satinée, ce triangle de poils bruns descendant en pointe vers la ceinture de son pantalon.

Et ces cuisses musclées qu'on devinait sans peine sous son pantalon…

Elle prit une inspiration.

— Il est bientôt 10 heures, fit-elle observer d'un ton sec. Je crois me souvenir que vous m'aviez demandé d'être à l'heure, hier soir. Je vous attends depuis plus de cinq minutes.

Vidal fronça les sourcils.

— Le *señor* Gonzales n'est pas encore arrivé. J'en conclus que je ne suis pas en retard.

— Parce que le notaire vient ici ? demanda Fliss en rougissant.

Naturellement, quelle question… Les hommes comme Vidal étaient habitués à ce que les autres se déplacent pour les rencontrer. Elle aurait dû le savoir, quelle idiote !

Alors qu'elle tentait de recouvrer sa contenance, le tintement cuivré du carillon résonna dans la maison et Vidal tourna les talons pour aller ouvrir.

— Apportez du café dans la bibliothèque, Rosa, lança-t-il alors.

En proie à une bouffée d'appréhension, Fliss regarda les deux hommes approcher de la bibliothèque où elle les attendait. Vidal s'effaça pour laisser passer le notaire, un petit homme en costume noir. Puis il se chargea des présentations.

Le *señor* Gonzales s'inclina respectueusement devant elle, avant de lui tendre la main.

— Maître Gonzales va vous expliquer les dispositions qui vous concernent directement, expliqua Vidal. Comme je vous l'ai déjà expliqué dans ma lettre, en tant qu'exécuteur testamentaire je dois veiller à faire respecter les dernières volontés de votre père.

Tout en parlant, il les conduisit vers l'imposant bureau de bois sombre trônant à côté de la cheminée en marbre.

Fliss se força à respirer calmement. Une fois encore,

Vidal venait de lui dire à demi-mot que sa présence ici n'était pas nécessaire. Mais elle ne se laisserait pas intimider par ses grands airs.

— Vous m'avez dit que mon père m'avait légué sa maison, en effet, convint-elle lorsqu'ils furent assis autour du bureau.

Elle se tut à l'arrivée de l'employée de maison venue leur servir du café. Après son départ, le notaire prit la parole d'une voix posée.

— Felipe désirait se racheter pour n'avoir pas pu vous reconnaître légalement et publiquement de son vivant.

Elle digéra en silence les paroles du notaire.

— Financièrement…

— Financièrement, je n'ai pas besoin de cet héritage, le coupa Fliss. Grâce à la générosité et la bienveillance d'un membre de ma famille anglaise, ma mère et moi n'avons pas eu à souffrir de l'absence de mon père — d'un point de vue matériel, bien sûr. La grand-tante de ma mère ne nous a pas rejetées, bien au contraire : elle nous a beaucoup aidées. Elle était là quand d'autres brillaient par leur absence.

Sentant le regard de Vidal posé sur elle, Fliss releva légèrement le menton. Certaines vérités étaient bonnes à dire, n'est-ce pas ?

— Désirez-vous me poser d'autres questions avant que nous procédions aux formalités d'usage ? demanda le notaire.

Fliss inspira profondément. Le moment était arrivé. Elle ne le laisserait pas passer.

— J'ai une question, en effet, commença-t-elle en se tournant légèrement pour faire face au notaire. D'après ce que je sais, mon père était censé épouser une jeune femme choisie par sa famille, mais votre lettre laissait entendre qu'il ne s'est jamais marié.

— C'est exact, dit le notaire.

— Que s'est-il passé ? Pourquoi ne l'a-t-il pas épousée ?

— Le *señor* Gonzales n'est pas en mesure de répondre à cette question.

La voix coupante et dure de Vidal trancha le silence qui avait suivi sa question. Interloquée, Fliss se tourna vers lui.

— C'est moi qui y répondrai, reprit-il en la regardant droit dans les yeux. Votre père n'a pas épousé Isabella y Fontera parce que la famille de cette dernière ne le souhaitait plus. Bien qu'ils aient trouvé un prétexte quelconque, il est fort probable qu'ils aient en fait eu vent de ce qui s'était passé entre Felipe et votre mère. Entre eux, il n'a plus jamais été question de mariage. Qu'espériez-vous entendre, Fliss ? Que Felipe avait lui-même annulé l'union, saisi de remords et de culpabilité ? Je suis navré de vous décevoir. Felipe n'était pas du genre à tenir tête à notre grand-mère.

Les ongles plantés dans ses paumes, Fliss soutenait sans ciller le regard pénétrant de Vidal. On eût dit qu'il essayait de prendre possession de son esprit pour contrôler ses pensées. Mais elle ne le laisserait pas faire… et elle plaignait celle qui, un jour, deviendrait sa femme. En épousant cet homme, la pauvre devrait renoncer à toute forme d'autonomie pour se livrer à lui corps et âme.

Le cœur de Fliss s'emballa brusquement. Quelles sensations éprouvait-on en s'abandonnant totalement à un homme comme Vidal ?

— On ne peut pas changer le passé et, si vous voulez mon avis, vous seriez beaucoup plus heureuse si vous acceptiez l'idée qu'il est temps de tourner la page.

La voix péremptoire de Vidal l'arracha à ses pensées dérangeantes.

— J'espère simplement que vous n'avez pas questionné votre mère trop souvent à ce sujet. Je sais qu'elle a beaucoup souffert et elle n'aura certainement pas réussi à faire le deuil de cet épisode si vous ne cessiez de l'interroger.

La froideur et l'arrogance de ses accusations lui coupèrent le souffle. Mais, très vite, la colère prit le dessus et elle répliqua d'un ton cinglant.

— Au risque de vous étonner, ma mère n'a jamais essayé d'oublier mon père. Elle a porté jusqu'à sa mort ce pendentif qu'il lui avait offert. Elle n'a jamais cessé de l'aimer.

La médaille en or brillait discrètement dans le creux de son cou. En un éclair, Vidal revit l'éclat du bijou, plus vif, comme animé par les sentiments du jeune couple amoureux, le jour où Felipe l'avait attaché autour du cou de sa bien-aimée.

C'était aussi le jour où ils avaient, soi-disant par hasard, rencontré Felipe alors qu'ils s'apprêtaient à aller visiter l'Alhambra. Ils passaient devant une bijouterie lorsque Vidal avait fièrement claironné que c'était l'anniversaire d'Annabel, sa jeune fille au pair. A la plus grande joie du petit garçon qu'il était alors, son oncle était entré dans la bijouterie, où il avait acheté le fameux pendentif.

Vidal secoua la tête pour chasser ces vieux souvenirs.

— Si je comprends bien, reprit Fliss, la maison m'appartient et je peux en disposer comme bon me semble.

— C'est exact, reconnut le notaire. Cela dit, compte tenu qu'elle faisait partie, à l'origine, du domaine ducal, il serait parfaitement logique que Vidal vous la rachète. Car j'imagine que vous n'avez pas l'intention d'assumer la responsabilité d'une telle demeure, je me trompe ?

— Vous voulez me racheter la maison ? demanda-t-elle à l'adresse de Vidal.

— Oui. Vous vous en doutiez, non ? Comme vient de le souligner maître Gonzales, elle appartenait au domaine avant d'être cédée à votre père. Je vous l'achèterai au prix du marché, si c'est ce qui vous inquiète, ajouta-t-il avec une pointe d'ironie dans la voix. Ce n'est pas moi qui procède aux estimations des biens immobiliers, n'ayez crainte.

Ignorant délibérément les insinuations de Vidal, Fliss lui tourna le dos pour reporter son attention sur le notaire.

— Je veux voir la maison avant de la vendre. Mon père a vécu là-bas, argua-t-elle en le voyant froncer les sourcils. C'était son foyer. Il n'y a rien d'anormal à ce que j'aie envie de voir l'endroit où il a passé toutes ces années. C'est important pour moi, j'imagine que vous comprendrez pourquoi.

Comme un silence embarrassé accueillait sa requête, Fliss insista avec fermeté.

— Je vous rappelle qu'il s'agit de ma maison. Personne ne pourra m'empêcher d'aller la voir.

Au bout de quelques instants, Vidal exhala un soupir.

— J'ai quelques affaires à régler au *castillo*, Luis. J'y emmènerai Fliss demain afin qu'elle puisse satisfaire sa curiosité.

Un mélange de gratitude et de soulagement se lut sur le visage du notaire lorsque Vidal se leva, signifiant la fin de l'entretien.

— Nous nous reverrons dans quelques jours, déclara ce dernier. Le temps que les choses sc débloquent.

Fliss échangea une poignée de main avec le notaire sans parvenir à croiser son regard. Puis les deux hommes quittèrent la pièce et elle se retrouva seule.

Seule.

Elle n'avait plus aucune famille, à présent. Personne pour la soutenir, personne pour la protéger.

La protéger de qui, d'ailleurs ? De Vidal ? Ou des émotions, des sensations infiniment troublantes qu'il éveillait en elle ?

Coupant court à ses pensées, elle s'empara du testament

de son père, encore ouvert sur le bureau. Son regard fut attiré par la signature, apposée d'une main volontaire.

Felipe…

Combien de fois, enfant, avait-elle chuchoté ce prénom dans l'espoir que son père se matérialise devant elle, comme par enchantement ?

Submergée par une vague de mélancolie, Fliss reposa le dossier et marcha vers la porte. Elle suffoquait, elle avait besoin de prendre l'air… Elle monta rapidement à sa chambre et fila dans la salle de bains pour s'asperger le visage d'eau fraîche. Puis elle prit son sac à main, ses lunettes de soleil et sortit.

Visiter la ville, s'imprégner de son ambiance, de son passé à la fois passionnant et mouvementé, déambuler dans les ruelles fleuries et parfumées, s'attarder sur les places inondées de soleil où les bodegas installaient leurs tables et leurs grands parasols chamarrés. Et échapper, fût-ce temporairement, à la présence magnétique de Vidal… Tout cela l'aiderait à mettre de l'ordre dans ses pensées. Du moins l'espérait-elle. Car son séjour ne faisait que commencer…

Dix minutes plus tard, de retour dans la bibliothèque, Vidal regarda Fliss quitter la maison.

S'il ne tenait qu'à lui, il l'aurait raccompagnée sur-le-champ à l'aéroport. Sa simple vue ravivait des émotions, des images qu'il aurait préféré enfouir définitivement dans les replis les plus profonds de sa mémoire.

Sa présence ici, dans la demeure familiale, l'emplissait d'un trouble profond, indéfinissable.

Et ce qui s'était passé la veille, le baiser fiévreux qu'il avait échangé avec Fliss, ne cessait de le hanter.

Vidal ferma brièvement les yeux, comme pour mieux revivre ces instants hors du temps, cette incroyable parenthèse où la réalité s'était évanouie, cédant la place à un flot de sensations étourdissantes.

Jamais encore un simple baiser ne lui avait procuré tant de plaisir…

Etouffant un juron, Vidal se détourna de la fenêtre.

Pourquoi diable n'arrivait-il pas à contrôler ses instincts les plus primaires en présence de cette femme ?

4.

Fliss passa le restant de la journée à explorer les principaux quartiers de la ville. Sauf l'Alhambra, qu'elle ne se sentait pas encore prête à visiter.

A l'heure du déjeuner, elle s'assit à la terrasse d'un restaurant et commanda une assiette de tapas. Quand elle eut terminé, elle se dirigea vers l'ancien quartier maure et marcha encore une bonne heure dans le dédale de ruelles pavées, inondées de soleil.

Fatiguée par cette longue balade, elle regagna finalement la maison. Elle avait hâte de se détendre dans le joli patio ombragé qu'elle avait aperçu depuis son balcon.

Elle appuya sur la sonnette. Quelques instants plus tard, la jeune domestique timide vint lui ouvrir. Par chance, Vidal était invisible. Avant de monter dans sa chambre pour prendre une douche et se changer, elle demanda à la jeune femme comment accéder au jardin intérieur.

Après une douche rapide, Fliss étala sur son lit les vêtements qu'elle avait achetés lors de son escapade en ville : une robe tunique en coton blanc cassé, ceinturée à la taille par un mince cordon de cuir tressé, une robe chasuble en lin bleu lavande, un sarouel beige, quelques hauts à manches courtes et une paire de sandales en cuir fauve.

Après une courte hésitation, elle enfila la robe blanc

cassé et les sandales puis attacha ses cheveux en chignon souple.

Au rez-de-chaussée, elle suivit les indications données par la domestique, empruntant d'abord un long couloir puis l'allée abritée courant autour du patio. En sortant de la pénombre pour déboucher dans la lumière du jour, Fliss s'immobilisa brusquement. Elle n'était pas seule à avoir eu envie de profiter de la petite cour fraîche et paisible.

Assise à une table en fer forgé délicatement ouvragée, une femme buvait une tasse de café.

La mère de Vidal, sans aucun doute. Ils avaient les mêmes yeux, à la différence que ceux de la mère étaient empreints de chaleur et de douceur, tandis que ceux du fils ne reflétaient que froideur et mépris.

— Vous êtes la fille d'Annabel, bien sûr, déclara la duchesse avant que Fliss ait eu le temps de battre en retraite. Vous lui ressemblez beaucoup. Mais vous tenez aussi de votre père. Quelque chose dans l'expression du visage… Venez vous asseoir, je vous en prie, ajouta-t-elle en tapotant la chaise vide, à côté d'elle.

Fliss s'avança d'un pas hésitant.

Grande et fine, avec de longs cheveux noirs brillants, striés de fils d'argent et retenus en tresse, la mère de Vidal la gratifia d'un sourire contrit.

— Je suis désolée de ne pas avoir été là pour vous accueillir, hier. Vidal a dû vous dire que j'étais allée voir une amie d'enfance qui ne se porte pas très bien.

Comme une ombre voilait son regard, Fliss déclara poliment :

— J'espère qu'elle se rétablira vite.

— C'est une femme très courageuse. Elle est atteinte de la maladie de Parkinson mais elle fait tout pour minimiser la gravité de son état. Vidal m'a dit qu'il vous emmenait voir la maison de votre père, demain, enchaîna-t-elle sans transition. J'aurais aimé vous y accompagner, mais le mari de mon amie a dû s'absenter et j'ai promis de lui tenir compagnie jusqu'à son retour.

— Je comprends, ne vous inquiétez pas pour…

Fliss s'interrompit brusquement en voyant le sourire de la duchesse s'épanouir tandis qu'elle fixait un point par-dessus son épaule.

— Ah, Vidal, te voilà ! J'étais justement en train de dire à Fliss que j'étais terriblement désolée de ne pas pouvoir vous accompagner au *castillo*.

Vidal.

Pourquoi ce frisson dans tout son corps ? Elle devait absolument, et sans tarder, recouvrer le contrôle d'elle-même.

— Je suis sûr que Fliss ne t'en tiendra pas rigueur, *mamá*. Comment va Cecilia ?

— Elle est très faible, très fatiguée, répondit la duchesse avant de proposer : Pourquoi ne t'assieds-tu pas un moment avec nous ? Je vais demander une autre cafetière. Fliss ressemble beaucoup à sa mère dans cette jolie robe, tu ne trouves pas ?

— Si tu veux mon avis, elle n'a pas du tout le même tempérament.

— C'est exact… et je m'en réjouis, répliqua Fliss. La grande douceur de ma mère ne lui aura attiré que des ennuis.

A ces mots, la duchesse blêmit légèrement, et la bouche de Vidal prit un pli dur. Fliss avait tout à fait conscience de la portée de ses paroles, mais au fond n'était-ce pas la vérité, purement et simplement ?

En proie à des émotions mitigées, elle prit rapidement congé de la mère de Vidal avant de tourner les talons et de se diriger vers le fond du patio, pressée d'échapper au regard réprobateur de Vidal.

Lorsqu'elle atteignit la pergola recouverte de rosiers

en fleur, Fliss posa une main sur sa poitrine pour tenter de calmer les battements précipités de son cœur.

Mais aussitôt elle entendit des pas derrière elle. Une main hâlée écarta les branches. L'instant d'après, Vidal se trouvait sous l'arche fleurie de la pergola.

— Ça ne me dérange pas que vous passiez vos nerfs sur moi, lança-t-il sèchement, mais je ne vous permettrai pas de contrarier ma mère. Elle est déjà préoccupée par l'état de santé de son amie… et, à ma connaissance, elle n'a prononcé aucune parole blessante à votre égard.

— C'est exact, admit Fliss. En revanche, je n'ai aucune leçon de comportement à recevoir de vous. A ma connaissance, poursuivit-elle en reprenant à dessein la formule de Vidal, vous n'avez eu aucun scrupule à intercepter la lettre que j'avais écrite à mon père !

Parcourue de violents tremblements, elle traversa la pergola d'un pas décidé… jusqu'à ce que son pied glisse sur l'allée jonchée de pétales.

Deux mains puissantes l'enlacèrent soudain, l'empêchant de basculer en arrière. Le premier moment de reconnaissance passé, Fliss se retourna vivement pour tenter de repousser Vidal. Une onde électrique la parcourut lorsque ses doigts rencontrèrent la chaleur de son torse nu.

Baissant les yeux, elle contempla d'un air hébété sa main posée à plat sur la peau cuivrée de Vidal, révélée par l'échancrure de sa chemise.

Une sensation de vertige s'empara d'elle. Etait-ce le parfum des roses ou l'odeur de Vidal qui lui tournait ainsi la tête ? Comme poussé par une force invisible, son corps se cambra contre celui de son compagnon. La main de Vidal reposait dans le creux de son dos, et Fliss avait presque l'impression de sentir le contact de ses doigts chauds et fermes à travers le tissu léger de sa robe. Le regard topaze était rivé au sien. Et, lorsqu'elle retint son souffle, ce regard glissa vers sa bouche avec une lenteur calculée.

Fliss laissa échapper un gémissement tandis qu'un flot de désir la submergeait. Un désir d'une intensité inouïe, parfaitement incontrôlable.

Lorsque la bouche de Vidal captura la sienne, ses lèvres s'entrouvrirent pour accueillir les assauts sensuels de sa langue.

Puis Vidal caressa ses seins et elle ferma les yeux, étourdie par les sensations exquises qu'il faisait naître en elle. Une onde de chaleur traversa son ventre lorsqu'il saisit entre le pouce et l'index son téton durci par le plaisir.

Fliss n'aurait jamais cru qu'une telle sensation de volupté existât. C'était un tourbillon d'excitation et d'attente, un détonant mélange de douceur et d'électricité… un cocktail enivrant capable de balayer toute pensée rationnelle.

Et son désir s'embrasa encore lorsque, glissant une main dans le décolleté de sa robe, Vidal libéra ses seins de leur carcan de dentelle, dévoilant leurs rondeurs frémissantes et leurs pointes insolemment dardées.

Cédant à ses pulsions les plus primitives, Vidal inclina la tête, impatient de goûter à ces tétons du même rose que les pétales formant autour d'eux un abri parfumé. Fliss émit une plainte rauque quand il happa entre ses lèvres l'objet de sa convoitise. Sa langue s'enroula sensuellement autour du téton hypersensible, et Fliss s'arqua contre lui, pressant sa poitrine contre la bouche de Vidal.

Les ondulations langoureuses de son corps souple et la saveur légèrement sucrée de son téton suffirent à lui faire oublier qui elle était et où ils se trouvaient.

Enfin, il la tenait dans ses bras, cette femme dont le souvenir n'avait cessé de le hanter.

Resserrant son étreinte, il aspira l'autre téton, qu'il

suça et titilla jusqu'à ce que Fliss, arquée contre lui, murmure son prénom d'une voix rauque et implorante.

Agrippée aux épaules de Vidal, Fliss rejeta la tête en arrière tandis qu'une vague de plaisir déferlait en elle. C'était tout simplement trop… trop intense, trop vertigineux, trop fou. Elle brûlait d'envie de déchirer sa robe pour sentir les lèvres chaudes de Vidal courir sur sa peau… et en même temps elle aurait aimé disparaître, engloutie par le vague sentiment de honte qu'elle sentait poindre en elle, derrière toutes ces sensations exquises et grisantes.

Comme s'il avait deviné ses réticences, Vidal la plaqua contre lui. Elle sentit la preuve de son désir, et ce contact éminemment viril balaya tous ses doutes.

A travers ses paupières mi-closes, elle contempla le carré de ciel bleu au-dessus de leurs têtes et huma l'odeur voluptueuse de leurs peaux moites, mélangée au délicat parfum des roses. Et s'il la couchait là, au milieu des pétales nacrés, s'il s'allongeait sur elle… s'il la faisait sienne ? Le cœur de Fliss tressauta violemment dans sa poitrine. N'était-ce pas ce qu'elle avait désiré de toutes ses forces, bien des années plus tôt, alors qu'elle n'était encore qu'une adolescente en plein émoi sensuel ?

Rattrapée par la réalité, écœurée par sa propre faiblesse, Fliss s'écarta brusquement.

— Arrêtez… arrêtez ça tout de suite ! Je n'en ai pas envie !

La panique qui perçait dans sa voix calma aussitôt les ardeurs de Vidal. Seigneur, comment avait-il pu se laisser aller ainsi ? Il savait pourtant qui elle était *vraiment*. Pourquoi diable avait-il encore une fois perdu le contrôle de ses émotions ?

En proie à un mélange de colère et de frustration, Vidal relâcha son étreinte et tourna les talons. Sa conduite était aussi impardonnable qu'inexplicable.

Il veillerait désormais à garder ses distances. Coûte que coûte.

Parcourue de violents frissons, Fliss regarda Vidal s'éloigner d'un pas rageur. Elle rajusta son soutien-gorge puis sa robe d'une main tremblante. Encore électrisés par les caresses qu'ils venaient de recevoir, ses tétons se durcirent douloureusement au contact de la dentelle.

Il lui fallut dix bonnes minutes avant de se sentir capable de regagner la maison à son tour. Son cœur battait encore à coups précipités, et les images de leur étreinte se bousculaient dans son esprit confus.

Absorbée par ses pensées, elle fut surprise de voir que la duchesse n'avait pas bougé. A la vérité, Fliss avait complètement oublié sa présence.

Il était trop tard pour rebrousser chemin : la mère de Vidal la regardait approcher en souriant.

Prenant une grande inspiration, Fliss se dirigea vers elle.

— Je suis désolée si mes propos vous ont offensée, déclara-t-elle avec un regret sincère. Ce n'était pas mon intention.

Une main très fine et élégante se posa sur son bras.

— C'est moi qui vous dois des excuses, Fliss. Mon fils se montre trop protecteur à mon égard. Sans doute est-ce dans sa nature… mais je pense que cela vient aussi du rôle de chef de famille qu'il s'est senti obligé de tenir très jeune, expliqua-t-elle tandis qu'une ombre voilait ses traits délicats. Vous comprenez, Vidal n'avait que sept ans quand mon époux est décédé.

Fliss retint son souffle, submergée malgré elle par un élan de compassion.

— Puis sa grand-mère est morte alors qu'il venait de fêter ses seize ans. Il a alors endossé les responsabilités incombant à notre famille.

Elle marqua une pause avant de reprendre d'une voix douce.

— Excusez-moi. Je ne voudrais surtout pas vous ennuyer avec ces histoires.

Fliss secoua la tête.

— Vous ne m'ennuyez pas, au contraire, assura-t-elle, piquée dans sa curiosité.

Un sourire éclaira le visage de la duchesse.

— Vidal aimait beaucoup votre mère, vous savez. Ma belle-mère n'a jamais approuvé ma décision d'engager une jeune fille au pair pour que Vidal perfectionne son anglais. Elle trouvait ça très inconvenant; elle-même aurait préféré que nous fassions appel à un professeur particulier. Personnellement, il me semblait que les hommes étaient déjà bien assez présents dans la vie de mon fils.

A la tendresse qui perçait dans sa voix, Fliss devina sans peine les images défilant dans l'esprit de la duchesse, celles de Vidal, petit garçon brun à l'air malicieux.

Sa mère lui avait montré toutes les photos prises en Espagne durant son séjour, et Fliss en gardait une dans son portefeuille. Sur le cliché aux couleurs fanées, on voyait sa mère, son père et Vidal, souriant tous les trois devant une fontaine de l'Alhambra.

— La grand-mère de Vidal était une femme autoritaire et extrêmement sévère. Elle n'appréciait guère ma manière d'éduquer son petit-fils, reprit la duchesse d'un ton empreint de tristesse. Votre mère a beaucoup souffert de son attitude arrogante. Et Felipe aussi. D'un naturel doux et réservé, celui-ci s'est retrouvé dans une situation très délicate, tiraillé entre l'amour qu'il portait à votre mère et l'infinie reconnaissance qu'il vouait à ma belle-mère pour l'avoir recueilli et élevé comme son propre fils à la mort de sa mère. Il a eu beau supplier qu'on lui accorde le droit d'épouser Annabel, ma belle-mère est restée inflexible. Elle avait pris sa décision, et rien ni personne n'a réussi à la faire changer d'avis. A l'époque, le pauvre Felipe n'avait pas un sou à lui, rien à offrir à celle dont il était tombé éperdument amoureux. Il s'occupait des vergers au sein de l'entreprise familiale ; s'il avait bravé l'autorité de ma belle-mère en épousant votre mère, il se serait retrouvé à la rue et sans emploi, conclut la duchesse en ponctuant ses paroles d'un sourire empreint de regret.

— Sans compter que sa mère adoptive avait d'autres projets pour lui, intervint Fliss. Elle avait déjà choisi la femme qu'il épouserait, n'est-ce pas ? Une jeune fille de bonne famille, « bien sous tous rapports », selon l'expression consacrée, ajouta-t-elle avec ironie.

— C'est vrai. Ma belle-mère se montrait parfois cruelle avec ceux qui l'entouraient… Mon mari se trouvait en Amérique du Sud le jour où sa mère a appris la liaison de Felipe et Annabel. Je crois qu'il aurait réussi à apaiser la situation, s'il avait été là. Hélas, il n'est jamais rentré de son voyage d'affaires. Son avion s'est écrasé, il n'y a eu aucun rescapé.

Fliss retint son souffle.

— C'est horrible.

— N'est-ce pas ? Vidal a énormément souffert de la disparition brutale de son père. Par la force des choses, il a mûri très vite après le drame.

La duchesse marqua une courte pause avant de reprendre.

— Je ne savais pas que les choses étaient allées si loin quand Annabel a été priée de rentrer chez elle.

Fliss hocha la tête.

— J'ai été conçue la nuit où Felipe et ma mère se sont dit adieu. Bien sûr, aucun d'eux n'avait envisagé de… je veux dire, ma mère m'a toujours assuré que mon père s'était conduit en parfait gentleman. Simplement, ils venaient d'apprendre qu'ils allaient être séparés et… ils ont perdu le contrôle de leurs émotions. Ma mère a mis du temps avant de se rendre compte qu'elle était enceinte. Quand elle en a eu la certitude, ses parents ont insisté pour qu'elle écrive à mon père pour lui annoncer la nouvelle.

Fliss s'interrompit un bref moment avant de poursuivre d'une voix légèrement enrouée :

— Quelque temps plus tard, ma mère a reçu une lettre. On lui disait qu'elle n'avait aucune preuve de la paternité de Felipe et qu'on déposerait plainte contre elle si elle tentait de nouveau d'entrer en contact avec lui.

La duchesse exhala un soupir avant de secouer la tête d'un air désolé.

— Ma belle-mère était très à cheval sur les principes moraux de l'aristocratie espagnole. A son époque, les femmes devaient obéir à un code extrêmement strict. Par exemple…

— Les jeunes mariées devaient être vierges lors de leur nuit de noces ? suggéra Fliss.

La duchesse hésita un court instant, les pommettes légèrement rosies par la gêne.

— Je dirais plutôt que les hommes de notre famille sont très protecteurs à l'égard de leurs femmes. Si Dieu avait prêté vie au père de Vidal, je suis convaincue que ce dernier aurait insisté pour que Felipe épouse votre mère, ne serait-ce que pour préserver son honneur de femme. Il n'aurait pas toléré la décision cruelle de sa mère, j'en suis persuadée. Mon époux était un homme de caractère mais il était aussi très doux, très généreux.

Elle marqua une pause, visiblement plongée dans ses souvenirs.

— Quoi qu'il en soit, Fliss, vous faites partie de la famille, déclara-t-elle finalement d'une voix ferme. Personne ici ne vous dira le contraire.

La jeune domestique arriva au même instant, une cafetière pleine à la main. Fliss profita de la diversion pour prendre congé. La visite de la ville l'avait épuisée, et la journée du lendemain promettait d'être plus éprouvante encore.

Elle verrait enfin la maison où avait vécu son père et qu'il lui avait léguée.

Et Vidal l'accompagnerait…

5.

Il était près de minuit lorsque Fliss regagna sa chambre après avoir partagé son repas avec la duchesse. Vidal n'avait pas dîné avec elles, et c'était aussi bien comme ça.

D'une blancheur immaculée, les draps avaient été légèrement rabattus… comme une invitation à se glisser dans ce cocon frais et subtilement parfumé.

La voix de sa mère résonna dans son esprit : « Tout est si luxueux, là-bas, rien n'est laissé au hasard. » Exhalant un soupir, Fliss se déshabilla puis alla prendre une douche.

La journée du lendemain comptait beaucoup pour elle. Elle allait enfin voir la maison où son père avait passé le plus clair de son existence. Comme elle aurait aimé qu'il soit encore en vie…

Quelques minutes plus tard, elle se glissa, nue, entre les draps doux et frais. Un sourire joua sur ses lèvres. C'était tout simplement divin.

Une bonne nuit de sommeil, voilà ce qu'il lui fallait pour affronter la journée du lendemain. Et surtout Vidal.

Dans le jardin silencieux, sous le ciel de velours noir piqueté d'étoiles, Vidal leva les yeux vers les volets clos de la chambre de Fliss.

Il rentrait d'un dîner chez un ami où il avait fait la connaissance d'une ravissante Italienne qui n'avait pas caché qu'elle le trouvait fort à son goût, l'accaparant une bonne partie de la soirée. Divorcée depuis peu d'un riche capitaine d'industrie, Mariella s'était arrangée pour être placée à côté de lui à table. Entre deux rires de gorge et deux œillades incendiaires, la belle Italienne avait réussi à le divertir tout au long du dîner.

Au moment de prendre congé, Vidal avait pourtant décliné son invitation à « prendre un dernier verre » dans sa chambre d'hôtel.

Pourquoi ? Alors qu'il se réjouissait de passer la soirée à l'extérieur, Fliss avait occupé toutes ses pensées. Une bouffée de désir le submergea soudain. Il sentait encore l'odeur de son corps, le goût sucré de ses lèvres… l'incroyable douceur de sa peau.

Seigneur, que lui arrivait-il ? Il croyait pourtant bien se connaître. Il savait par exemple que la femme dont il tomberait amoureux serait quelqu'un d'honnête et de loyal. Quelqu'un à qui il vouerait une confiance aveugle. Fliss n'était pas cette femme. Il en avait eu la preuve quelques années plus tôt.

Le visage sombre, Vidal pivota sur ses talons et rentra dans la maison.

— Combien de temps faut-il pour se rendre au *castillo* ?

Assise sur le siège passager de la luxueuse limousine, Fliss gardait les yeux rivés sur le pare-brise tandis que Vidal tournait la clé de contact.

— Une quarantaine de minutes. Dix de plus quand il y a beaucoup de circulation, répondit ce dernier sur le même ton dégagé.

Il dut se forcer à ne pas glisser un coup d'œil en direction de sa passagère. Aujourd'hui, elle portait une robe d'été de couleur claire qui flattait les courbes féminines de sa silhouette longiligne.

Lorsqu'elle s'était dirigée vers la voiture quelques

minutes plus tôt, il n'avait pu s'empêcher d'admirer ses jambes fuselées à travers la fine étoffe, transpercée par un rayon de soleil. Et, à présent qu'ils étaient tous deux enfermés dans l'habitacle, son parfum fleuri, divinement féminin, assaillait ses sens.

Les doigts de Vidal se crispèrent autour du volant. Garder son sang-froid en toutes circonstances… n'était-ce pas là une de ses qualités principales ?

Désireux de rompre le silence chargé d'électricité, Vidal reprit la parole :

— J'aurai également quelques affaires à régler avant de rentrer à Grenade.

Fliss hocha la tête avant de poser la question qui lui brûlait les lèvres depuis longtemps.

— Ma… ma mère avait-elle eu l'occasion de voir la maison de mon père ?

Vidal secoua la tête.

— Non. Felipe n'était pas ce genre d'homme.

— Pour l'amour du ciel, mon père et ma mère étaient amoureux ! protesta Fliss.

— C'est vrai. Il n'en demeure pas moins que Felipe était un homme de principes. Il semblerait que vous n'ayez pas hérité de son patrimoine génétique.

Fliss eut l'impression de recevoir une gifle.

— Vos insinuations sont sans fondement, Vidal.

Il se tourna vers elle.

— Je me fie simplement à ce que j'ai vu.

— J'avais seize ans et…

— Vous n'avez pas à vous justifier, Fliss. Chacun est comme il est, après tout.

— Vous avez raison. Croyez ce que bon vous semble, je m'en moque, répliqua Fliss d'une voix qu'elle aurait voulu plus assurée.

Le silence retomba, encore plus pesant. Ainsi, elle ne s'était pas trompée. Vidal ne l'avait jamais appréciée.

A la suite d'un odieux malentendu, il s'était fait une opinion d'elle lors de son bref séjour en Angleterre et il n'avait visiblement pas l'intention de changer d'avis.

Le cœur de Fliss se serra douloureusement. Dire qu'elle avait été assez stupide pour croire qu'ils pourraient repartir sur de nouvelles bases, tous les deux.

Presque malgré elle, elle tourna la tête pour l'observer du coin de l'œil. Le col légèrement ouvert de sa chemise dévoilait son cou et quelques centimètres carrés de son torse mat, recouvert d'une fine toison.

Arrête ça tout de suite, s'exhorta-t-elle en se forçant à détourner les yeux. D'où venaient ces pulsions soudaines, cette sensualité débridée ?

Etait-ce la découverte de l'Espagne qui révélait en elle des aspects de sa personnalité jusque-là inconnus, des passions insoupçonnées ? Elle retint de justesse un rire nerveux. A quoi bon se voiler la face ? Vidal était le seul responsable de son émoi.

Fliss reporta son attention sur le paysage. Ils venaient de quitter la ville, et la voiture roulait à vive allure en direction de la vallée de Lecrín. Adolescente, elle avait passé des heures dans les librairies et les bibliothèques, plongée dans les ouvrages consacrés à l'Espagne et l'Andalousie. Mais ni les photos, ni les cartes, ni les descriptions les plus détaillées ne parvenaient à rendre toute la beauté du paysage qui s'offrait à présent à elle.

La vallée de Lecrín faisait partie du parc naturel de la Sierra Nevada. Après l'éviction des Maures, la région était restée déserte pendant plusieurs siècles, et l'on trouvait encore de nombreux ouvrages architecturaux en parfait état, témoins de la grandeur passée des premiers habitants. Des monuments, des moulins à vent, des châteaux et des villages typiques, avec leurs maisons blanchies à la chaux, parsemaient la vallée, ancien berceau de la population maure.

Des vergers d'orangers et de citronniers, lourds de fruits à cette époque de l'année, encerclaient les *pueblos* d'un blanc éclatant, traversés d'étroites venelles fleuries et de petites places sablonneuses.

Le parfum entêtant des agrumes réussissait à imprégner la voiture, bravant l'air conditionné. Oubliant un instant ses préoccupations, Fliss prit une longue inspiration.

— Ça doit être magnifique au printemps, quand les arbres sont en fleur, fit-elle observer d'un ton rêveur.

— Le printemps est la saison préférée de ma mère, déclara Vidal. Elle passe toujours ces quelques mois dans la propriété familiale. Elle aime particulièrement l'odeur de la fleur d'amandier.

Fliss observa son compagnon à la dérobée, surprise par la tendresse qui perçait dans sa voix.

Un léger pincement lui serra soudain le cœur. Si seulement il avait pu lui témoigner davantage de sympathie, à elle aussi… Et pourtant, malgré l'hostilité qui émanait de lui, elle continuait à se sentir inexorablement attirée par cet homme.

Choquée par sa propre vulnérabilité, Fliss se tourna de nouveau vers la vitre pour contempler le paysage. Ils venaient de quitter l'axe principal et roulaient à présent sur une petite route, s'élançant à l'assaut d'une colline rocheuse. Lorsqu'ils atteignirent le sommet, Fliss put admirer une large vallée, fertile et luxuriante, tapissée de vergers et flanquée de coteaux où poussait de la vigne.

— Cette colline marque le début du domaine, expliqua Vidal tandis qu'ils descendaient en direction de la vallée. On ne voit pas encore le *castillo*, il se trouve tout au fond, niché dans les replis rocailleux des collines. C'était une position stratégique, autrefois.

Fliss aperçut le ruban argenté d'une rivière, entre les coteaux. L'endroit était un petit paradis terrestre, songea-t-elle, émerveillée par la splendeur sauvage de la nature.

Au loin se dressaient les hauts sommets des sierras, par-delà lesquels se déroulait un paysage côtier de toute beauté qu'elle n'avait jusque-là pu admirer qu'en photo.

La route serpenta encore sur quelques kilomètres et le *castillo* apparut soudain devant eux, majestueuse silhouette de pierre. Fliss retint son souffle. Elle ne l'avait pas imaginé si imposant, si raffiné. Son architecture mélangeait habilement le style oriental traditionnel avec quelques éléments de la Renaissance.

La lumière aveuglante du soleil faisait miroiter les fenêtres ornées de fer forgé des deux tourelles qui se détachaient sur le ciel limpide.

Ce n'était pas une simple maison de famille, songea Fliss, en proie à une bouffée d'appréhension. C'était une véritable forteresse !

Ils longèrent encore des jardins impeccablement entretenus puis un lac d'ornement avant d'arriver au pied du château.

Un vieux majordome les accueillit dans le vaste hall d'entrée et, quelques minutes plus tard, une employée de maison — beaucoup plus souriante que Rosa — conduisit Fliss jusqu'à sa chambre. Vidal avait suggéré qu'elle aille déposer ses affaires pendant qu'il s'entretenait avec le responsable de l'exploitation familiale. « Puisqu'il est presque l'heure de déjeuner, nous irons visiter la maison de Felipe après le repas », avait-il ajouté avant de s'éloigner.

Au premier étage, Fliss suivit la jeune domestique le long d'un large couloir. Très haut, le plafond était décoré de moulures tarabiscotées tandis que les deux murs tapissés de papier peint pourpre étaient ornés d'immenses portraits encadrés de bois doré.

Elles avaient presque atteint le fond du couloir lorsque la domestique s'immobilisa devant une porte à double battant. Toujours souriante, elle l'ouvrit avant de s'effacer pour laisser entrer Fliss.

Etonnée par l'opulence raffinée des lieux, celle-ci fit quelques pas hésitants. Des angelots dorés ornaient les quatre piliers du lit à baldaquin, tendu de soieries bleu ciel, tandis qu'une fresque pastorale mettant en scène des nymphes et des bergers recouvrait entièrement le plafond. Un papier peint couleur crème, parsemé de chérubins dorés, tapissait les murs tandis que des tentures de soie habillaient les deux portes-fenêtres.

Féminin et délicat, le mobilier était de bois ivoire, souligné çà et là de détails rococo. Assorti au ciel de lit et aux rideaux, l'édredon était de soie bleu pâle, brodé d'angelots au fil d'or.

— La salle de bains et le dressing se trouvent ici et ici, expliqua la domestique en désignant tour à tour deux portes à double battant, de part et d'autre du lit.

Une fois seule, dans un élan de curiosité, Fliss poussa la porte de la salle de bains. De style contemporain, la pièce en marbre blanc était équipée d'une grande baignoire ronde et d'une douche à l'italienne. Le regard de Fliss glissa sur les épaisses serviettes de bain et les nombreux produits de toilette disposés autour de la vasque.

De retour dans la chambre, elle alla ouvrir l'une des portes-fenêtres donnant sur un balcon. Une exclamation de surprise s'échappa de ses lèvres lorsque, baissant les yeux, elle découvrit une grande piscine ovale, nichée dans un patio fleuri et verdoyant. Le bleu vif du ciel se reflétait dans les eaux calmes du bassin et, par-delà le mur en vieille pierre encerclant la cour intérieure, les vergers s'étendaient jusqu'au pied des collines.

Décidément, cette vallée était un endroit idyllique. Un frisson la parcourut. Un paradis où planait toutefois une menace… incarnée par Vidal. Comme Eve, se laisserait-elle tenter par le serpent ? Céderait-elle au charme ténébreux, aux caresses tentatrices de cet homme qu'elle méprisait pourtant plus que tout au monde ?

6.

Lorsqu'on frappa à sa porte, Fliss attrapa son chapeau et son sac à main puis alla ouvrir. Au prix d'un effort, elle parvint à rendre son sourire à l'employée de maison qui l'escorta jusqu'à une vaste salle à manger où la table avait été dressée pour trois convives.

Intriguée, Fliss n'eut pas le temps d'interroger la domestique : Vidal fit son apparition, accompagné d'un jeune homme brun qui gratifia Fliss d'un sourire appréciateur.

Vidal se chargea des présentations.

— Fliss, Ramón Carrera. Ramón est le gérant de l'exploitation.

Le sourire charmeur de Ramón s'accompagna d'un hochement de tête respectueux lorsque Vidal ajouta :

— Fliss est la fille de Felipe.

Puis, sans transition, il se dirigea vers le buffet.

— Venez, passons à table.

Une fois servis, ils s'installèrent tous trois autour de la table ronde. Pendant que les deux hommes discutaient affaires, Fliss goûta de bon appétit aux spécialités andalouses disposées dans son assiette. Une question la tourmentait toutefois : pourquoi Vidal avait-il jugé utile de souligner son lien de parenté avec Felipe ? Craignait-il que Ramón ne la prenne pour sa maîtresse ? A cette pensée, son cœur se serra douloureusement.

Dieu merci, la voix enjouée de Ramón la tira de ses sombres réflexions.

— Vous n'avez pas encore goûté notre vin. C'est un merlot que nous venons tout juste d'introduire ici.

Se forçant à sourire, Fliss porta le verre à ses lèvres et huma le bouquet capiteux du vin avant d'en prendre une gorgée. Une vague de chaleur se répandit aussitôt en elle tandis que les saveurs fruitées du breuvage explosaient dans son palais.

— Il est excellent, déclara-t-elle à l'adresse de Ramón.

— C'est à Vidal qu'il faut le dire, fit Ramón en souriant. C'est lui qui a eu l'idée d'importer de nouveaux cépages en provenance du Chili. Il était curieux de voir si nous pouvions obtenir d'aussi bons résultats que là-bas.

— Le résultat est très encourageant, intervint Vidal. Nous avons la chance de posséder un terroir exceptionnel. On dirait que les fragrances de nos vergers se sont mélangées au vin.

— C'est tout à fait ça, approuva Fliss en reprenant une gorgée.

— Vidal voulait produire un merlot qui lui rappelle les sensations d'une balade à cheval dans les vergers par une douce matinée de printemps, renchérit Ramón avec enthousiasme. Un vin spécialement dédié aux amoureux, plein de promesses et de joie de vivre. Notre production a reçu un excellent accueil sur le marché. Nous aurions dû lui donner le nom de la ravissante fille de Felipe, qu'en penses-tu, Vidal ? conclut Ramón en enveloppant Fliss d'un regard admiratif.

Feignant d'ignorer la question de son collaborateur, Vidal se leva brusquement.

— Il est temps de nous mettre en route, déclara-t-il d'un ton abrupt. Ramón, je compte sur toi pour me tenir au courant dès ce soir de ce qui aura été décidé concernant ce problème d'irrigation. S'il faut faire appel à un spécialiste, dis-lui de passer demain. Je tiens à être présent lors de sa visite.

— Je m'en occupe, ne t'inquiète pas, assura Ramón en se levant à son tour.

Dans un geste courtois, il tira la chaise de Fliss pour l'aider à se lever, puis il prit congé.

Une fois seuls, Fliss et Vidal sortirent dans la lumière éclatante de ce début d'après-midi.

— La maison se trouve à deux kilomètres du *castillo*, annonça Vidal d'un ton neutre. Voulez-vous y aller à pied ou préférez-vous prendre la voiture ?

— Allons-y à pied.

Elle se raidit lorsque Vidal la saisit par le coude pour la guider vers un sentier qui courait entre les citronniers. Il la relâcha aussitôt, et ils marchèrent côte à côte dans un silence tendu.

Au bout de quelques centaines de mètres, Vidal prit la parole.

— Il n'est pas dans votre intérêt de flirter avec Ramón, déclara-t-il sans ambages. Je préfère vous prévenir.

— Je n'ai pas flirté avec lui ! protesta Fliss, indignée.

— Ne faites pas l'innocente, je vous en prie ! Ramón vous a clairement fait comprendre que vous lui plaisiez, et vous n'avez rien fait pour tempérer ses ardeurs. C'est vraiment dans votre nature, n'est-ce pas, ce besoin de séduire tous les hommes qui croisent votre chemin ?

Blessée néanmoins, Fliss fit un effort pour ravaler sa colère. A quoi bon tenter de se défendre ? Vidal refuserait d'entendre la vérité. Il préférait penser le pire à son sujet, et aucune de ses explications n'y changerait rien. Dans ce cas, autant aller dans son sens.

— Vous ne m'empêcherez pas de prendre un amant si tel est mon souhait, Vidal, lança-t-elle par esprit de provocation.

Sans ralentir le pas, les yeux rivés devant lui, Vidal répondit d'une voix étrangement posée.

— Ramón est marié et père de deux enfants. Son couple traverse une période difficile, depuis quelque temps. Il faut dire que Ramón traîne derrière lui une réputation de séducteur, et sa femme supporte de plus en plus mal son attitude. Personnellement, je n'ai aucune envie de les voir se déchirer et je ferai tout ce qui est en mon pouvoir pour qu'ils trouvent un nouvel équilibre. J'espère avoir été suffisamment clair, Fliss.

En parlant, Vidal s'était engagé sur un chemin encore plus étroit et cahoteux au bout duquel, par-dessus les agrumes chargés de fruits, Fliss aperçut soudain les tuiles rouges d'une maison.

Le sermon de Vidal avait fait naître en elle un mélange de colère et de peine. Malgré cela, elle parvint à garder le silence, préférant se concentrer sur la maison, qui n'était plus très loin à présent.

Le cœur lourd, elle suivit Vidal dans un tunnel végétal. Au-dessus de leurs têtes, les branches formaient un entrelacs de bois et de feuillage que transperçaient çà et là les rayons du soleil. Quelques minutes plus tard, la maison apparut enfin et Fliss retint son souffle, la gorge serrée par l'émotion.

Avec ses murs blanchis à la chaux, la bâtisse s'élevait sur deux étages. De ravissants balcons en fer forgé couraient le long de la façade tandis que des brassées de géraniums roses et rouges illuminaient joliment les murs blancs.

— Elle est magnifique, murmura Fliss.

— A l'origine, la maison fut construite pour abriter la maîtresse d'un de nos ancêtres, une Anglaise capturée lors d'un combat entre le navire de ce dernier et un vaisseau de la couronne britannique, à l'époque où les deux pays étaient en guerre.

Les yeux de Fliss s'arrondirent de surprise.

— Vous voulez dire que c'était… une prison ?

— A vous de juger. Personnellement, je dirais qu'ils étaient tous deux prisonniers de l'amour qu'ils se vouaient l'un à l'autre. Mon ancêtre avait choisi de protéger sa maîtresse en la logeant ici, loin du jugement de la bonne société espagnole. Quant à elle, elle entretenait leur amour en respectant les devoirs conjugaux de son amant. Je crois que ses sentiments étaient si forts qu'elle s'était résignée à l'idée qu'ils ne vivraient jamais ensemble.

Lorsqu'ils pénétrèrent dans l'entrée carrelée de terre cuite, Fliss eut l'étrange impression que la maison baignée de silence attendait quelque chose… ou quelqu'un.

L'air y était doux et légèrement parfumé. L'odeur de l'eau de toilette de son père flottait-elle encore entre ces murs d'une blancheur immaculée ?

— Mon… mon père vivait-il seul ici ? demanda-t-elle d'une voix mal assurée.

— Ana, la femme de ménage, occupait une chambre à l'étage. Elle est retournée vivre chez sa fille, au village. Suivez-moi, je vais vous faire visiter. Et, lorsque vous aurez satisfait votre curiosité, nous rentrerons directement au *castillo*.

— Vous ne vouliez pas m'emmener ici, n'est-ce pas ? lança Fliss, irritée par son ton péremptoire et ses manières pressées.

— C'est exact, admit Vidal. Je vous l'ai déjà dit : je n'en vois pas l'utilité.

— Vous ne voyiez pas non plus d'utilité à ce que j'écrive à mon père. Tout aurait été tellement plus simple pour vous si je n'avais jamais existé, n'est-ce pas, Vidal ?

Sans lui laisser le temps de répondre, elle fit quelques pas dans l'entrée en se forçant à respirer calmement. Elle avait tant de fois imaginé ce moment… il était hors de question que Vidal gâche son plaisir !

— Quelle était la pièce préférée de mon père ? demanda-t-elle après avoir traversé un salon de belles dimensions, une salle à manger de style traditionnel, un bureau situé à l'arrière de la maison ainsi qu'une série de couloirs et de pièces vides.

L'espace d'un instant, elle crut que Vidal ne lui répondrait pas. Sa bouche prit un pli dur et il détourna les yeux, comme s'il avait hâte que cette visite prenne fin. Fliss retint son souffle.

Contre toute attente, il chercha de nouveau son regard.

— Celle-ci, répondit-il finalement en ouvrant la porte d'une petite bibliothèque. Felipe aimait beaucoup lire et écouter de la musique. Il…

Il s'interrompit et son regard se perdit dans le vague.

— Il aimait passer ses soirées ici, à écouter de la musique et relire ses livres préférés. Le soleil se couche de ce côté-ci de la maison, et la pièce est particulièrement agréable en fin de journée.

Le tableau que Vidal dépeignait était celui d'un homme tranquille et solitaire. Un homme qui songeait peut-être, le soir venu, à ce que sa vie aurait pu être s'il avait eu le courage de se libérer du carcan formé par sa famille et son éducation.

— Est-ce que… est-ce que vous passiez beaucoup de temps avec lui ? demanda encore Fliss, la gorge nouée par une émotion grandissante.

D'un geste presque instinctif, elle porta la main à son cou et caressa du bout des doigts le pendentif de sa mère, comme si ce contact allait soulager la douleur qui lui serrait à présent le cœur.

— Felipe était mon oncle. Il s'occupait des vergers du domaine familial. Nous passions pas mal de temps ensemble, en effet ; j'appréciais sa compagnie, répondit Vidal avant de tourner les talons.

Fliss laissa retomber sa main. Son regard glissa sur le

bureau en acajou. Un rai de lumière éclairait le dos d'un petit cadre en argent. Sur une impulsion, elle le prit et le retourna. Les battements de son cœur s'emballèrent en découvrant une photo de sa mère, tenant dans ses bras un bébé joufflu et souriant.

D'une main tremblante, elle reposa le cadre.

A cet instant, le portable de Vidal sonna et, tandis qu'il s'éloignait de quelques pas pour prendre l'appel, Fliss ne put s'empêcher d'étudier de nouveau la photo.

Sa mère avait l'air si jeune ! Et si fière de son bébé. Qu'avait pensé son père en voyant la photo pour la première fois ? Avait-il ressenti du regret, de la culpabilité, peut-être même un profond chagrin, un manque indicible ?

Cette photo qu'il avait posée sur son bureau, nul doute qu'il l'avait contemplée tous les jours.

Malgré ses efforts pour réprimer la tristesse qu'elle sentait monter en elle, Fliss ne pouvait s'empêcher de se poser les mêmes questions, encore et encore.

Son père avait-il espéré qu'ils feraient un jour connaissance ? Jamais il n'avait essayé d'entrer en contact avec elle…

La voix de Vidal mit un terme à ses pensées moroses.

— Nous devons retourner au *castillo*, déclara-t-il. Ramón a réussi à obtenir un rendez-vous avec le spécialiste en irrigation, qui m'attend là-bas. Nous reviendrons demain matin si vous souhaitez jeter un coup d'œil à l'étage.

Fliss acquiesça d'un signe de tête puis, n'y tenant plus, posa enfin la question qui la tourmentait.

— Mon père était-il au courant du décès de ma mère ?

Il y eut un bref silence.

— Oui. C'est moi qui lui ai annoncé la nouvelle.

— Et il… je veux dire, personne, à ce moment-là, n'a songé un seul instant que je pourrais avoir besoin de mon père, le seul parent qui me restait alors ? C'est vous qui avez veillé à nous maintenir éloignés, conclut-elle d'une voix tremblante.

L'expression sombre du visage de Vidal la troubla.

— La santé de votre père s'est beaucoup dégradée après le départ de votre mère. Son médecin lui a conseillé de mener une vie tranquille, sans stress émotionnel. C'est pour cette raison qu'il m'a semblé préférable de…

— Qu'il *vous* a semblé préférable ? Qui étiez-vous pour émettre des jugements aussi radicaux et prendre des décisions influant sur mon existence ?

— J'étais et je suis toujours le chef de cette famille, répondit Vidal, impassible. Il est de mon devoir d'agir au mieux de ses intérêts.

— Si je vous suis bien, il vous a semblé préférable, dans l'intérêt de votre famille, de m'empêcher de rencontrer mon père, c'est ça ?

— Ma famille est aussi la vôtre, Fliss. Je pense à tout le monde quand je dois prendre des décisions la concernant. A présent, j'aimerais rentrer au *castillo*.

— Oui, bien sûr, votre spécialiste vous attend… parce que les questions d'arrosage sont plus importantes à vos yeux que le mal que vous nous avez fait, à mes parents et, moi.

Elle s'interrompit pour laisser échapper un rire sans joie.

— J'aurais pourtant dû deviner que vous étiez trop arrogant, trop insensible aussi, pour songer un seul instant à faire amende honorable.

Sans attendre sa réponse, elle quitta la pièce.

Le cœur lourd, Fliss baissa les yeux sur son assiette. Ses doigts effleurèrent son cou, à présent étrangement nu.

Comme lorsqu'elle avait aperçu son reflet dans le miroir de la salle de bains, un moment plus tôt, le même mélange d'incrédulité et de tristesse la submergea : elle avait perdu la chaîne et le pendentif de sa mère, les seuls cadeaux qu'avait offerts son père à la femme de sa vie.

Malgré le chagrin qui lui serrait le cœur, Fliss avait continué à se préparer pour le dîner. Elle avait enfilé sa robe noire, s'était coiffée et maquillée. Et à présent elle faisait de gros efforts pour entretenir une conversation polie avec Bianca, la femme de Ramón.

Tous deux avaient été conviés à dîner. Sans doute Vidal avait-il voulu vérifier qu'elle allait tenir compte de la mise en garde qu'il lui avait adressée tout à l'heure au sujet de Ramón.

S'emparant de sa fourchette, Fliss reporta son attention sur Bianca, une jolie brune aux grands yeux verts.

Un vin blanc chilien avait accompagné le plat de poisson pêché au large de la côte andalouse. Pour le dessert, une spécialité à base d'amandes confectionnée avec les fruits récoltés sur le domaine, Vidal leur servit un vin plus sucré.

— Vous ne portez pas votre collier, fit-il observer en emplissant le verre de Fliss.

Décontenancée par cette soudaine marque d'attention, Fliss secoua la tête.

— Je… je l'ai perdu.

Etait-ce un effet de son imagination ou le regard de Vidal s'attarda-t-il réellement sur son cou ? Réprimant un frisson, Fliss se retourna vers Bianca pour lui parler de ses enfants. Pour la première fois de la soirée, un sourire sincère éclaira le visage de la jeune femme tandis qu'elle se lançait dans la description enthousiaste de ses deux garçons.

En l'écoutant, Fliss ne put s'empêcher de se demander quels sentiments on devait éprouver en devenant mère, cette joie intense mêlée de fierté qu'elle percevait dans les yeux brillants de Bianca. Celle-ci sortit de son portefeuille une photo de ses fils. Bruns aux yeux noirs, le teint mat, ils ressemblaient comme deux gouttes d'eau à leur père.

Le regard de Fliss se posa sur Vidal, en pleine conversation avec Ramón. Elle n'avait aucun mal à imaginer à quoi ressembleraient ses fils. Ne possédait-elle pas une photo de Vidal enfant ? Bien sûr, la mère de ses enfants apporterait ses propres gènes et elle serait sans nul doute…

Elle serait tout ce qu'elle n'était pas, elle, songea Fliss en portant son verre à ses lèvres d'une main tremblante.

Que lui importait donc de savoir quel genre de femme épouserait Vidal et à quoi ressembleraient ses enfants, si toutefois il devenait père un jour ? Et d'où venait cette douleur indéfinissable, faite de mélancolie et de regret, qui irradiait son cœur en ce moment même ?

7.

La soirée était terminée, Fliss avait regagné sa chambre. A la sortie de la douche, alors qu'elle enfilait l'épais peignoir blanc mis à sa disposition, la vue de sa gorge nue avait fait rejaillir le sentiment de tristesse et de culpabilité qu'elle avait réussi à tenir en échec pendant une courte parenthèse.

La chaîne et son pendentif en or avaient été le seul lien entre ses parents, ils étaient les seuls objets matériels, témoins de leur amour, qui les unissaient et les reliaient à elle tous les deux.

Et ce lien précieux venait d'être brisé.

Fliss fronça les sourcils. Il lui restait encore la maison de son père, bien que Vidal ait clairement formulé son désir de la lui racheter sans tarder.

Elle s'apprêtait à ôter son peignoir pour se mettre au lit lorsqu'un coup fut frappé à la porte. Après avoir rajusté le vêtement et renoué la ceinture, elle alla ouvrir. Sans doute était-ce une domestique venue lui transmettre un message concernant la journée du lendemain.

Elle se trompait. Vidal se tenait sur le pas de la porte et, avant qu'elle ait le temps de réagir, il entra dans la chambre et referma derrière lui.

— Puis-je savoir ce que vous venez faire ici ? demanda Fliss d'un ton sec.

— Je suis venu vous rapporter ceci, répondit Vidal en ouvrant sa main droite.

A la vue du pendentif accroché à sa fine chaîne en or, Fliss resta bouche bée. Elle cligna des yeux à plusieurs reprises pour s'assurer qu'elle ne rêvait pas.

— Mon pendentif, murmura-t-elle en secouant la tête, incrédule. Comment… Où l'avez-vous trouvé ?

Vidal haussa les épaules.

— Je me suis souvenu que vous l'aviez encore quand nous sommes allés visiter la maison de Felipe. J'y suis donc retourné après le départ de Bianca et Ramón. Je vous ai revue en train de jouer nerveusement avec la chaîne dans le bureau, et c'est par là que j'ai commencé mes recherches. J'ai eu de la chance : je l'ai trouvé presque tout de suite, par terre, au pied du bureau.

Comme un silence tendu s'installait, Vidal conclut d'un ton neutre.

— Je savais à quel point votre mère tenait à ce bijou, à quel point elle le chérissait.

C'était évidemment en souvenir de sa mère que Vidal s'était donné tout ce mal, songea Fliss, feignant d'ignorer le léger pincement qui lui serrait le cœur. L'espace d'un instant, pourtant, elle avait presque cru que c'était pour elle… Quelle idiote !

— Oui… elle ne l'a jamais quitté, dit-elle d'une voix sourde. Je suis heureuse que vous l'ayez retrouvé, vraiment.

Sur le point de tendre la main pour récupérer la chaîne, elle se ravisa. De quoi avait-elle peur, au juste ? De Vidal ? Ou de ses propres réactions ?

Vidal la contempla un moment sans mot dire. Il n'aurait pas dû venir. Il le savait bien pourtant… n'est-ce pas ?

Alors, pourquoi était-il là ?

Pour tester son sang-froid ? Pour se prouver qu'il était capable de maîtriser ses pulsions charnelles ? Pour endurer sans broncher le sentiment de frustration qu'il sentait grandir en lui, de minute en minute ?

Fliss ne portait rien sous son peignoir, c'était évident. Elle n'était pas du genre farouche ; il avait eu, hélas, l'occasion de s'en rendre compte quelques années plus tôt. Il lui suffirait de l'attirer dans ses bras, de capturer ses lèvres dans un baiser enflammé pour…

— Prenez-le, ordonna-t-il d'un ton dur pour couper court à ses dangereuses pensées.

Ils se dévisagèrent longuement dans le silence chargé d'électricité.

La respiration de Fliss s'accéléra tandis que mille frissons couraient sur sa peau.

Soudain, les grandes mains de Vidal agrippèrent ses épaules et elle se retrouva tout contre lui, le souffle court. Elle fut la première à baisser les yeux, en proie à une confusion indicible. Son regard se posa alors sur la bouche de Vidal. Ferme, infiniment sensuelle…

Un gémissement s'échappa de ses lèvres lorsque cette bouche s'approcha de la sienne avec une lenteur délibérée. Fliss eut juste le temps de croiser le regard de Vidal, obscurci par le désir. Elle tressaillit lorsque ses lèvres effleurèrent les siennes. Incapable de résister à l'appel de ses sens, elle s'arqua contre lui.

Vidal sembla hésiter un instant puis, étouffant un juron, il captura sa bouche dans un baiser dur, dénué de toute tendresse. Elle sentait presque son mépris sur ses lèvres, comme s'il voulait l'humilier, l'anéantir, alors qu'elle brûlait d'envie de lui montrer à quel point il s'était trompé sur son compte.

Oui, elle voulait le punir de l'avoir si mal jugée. L'heure était venue pour lui d'accepter ses erreurs.

En sacrifiant l'idée qu'elle se faisait de l'amour physique

— à ses yeux, seuls des sentiments profonds et partagés pouvaient conduire à des rapports charnels harmonieux, à la fois tendres et passionnés —, en sacrifiant cette idée donc, elle réduirait en miettes l'incroyable pouvoir qu'avait sur elle l'homme qui l'avait tant fait souffrir ; elle se libérerait du même coup de ses rêves absurdes et obsédants.

Et elle se vengerait…

Grisée par cette perspective, Fliss posa les mains sur le torse puissant de son compagnon et entreprit de déboutonner sa chemise sans trembler. La langue de Vidal s'enroulait autour de la sienne dans une caresse délicieusement érotique, éveillant en elle un désir d'une intensité inouïe. Un désir purement physique, mais aussi celui de se libérer, enfin, de l'emprise que Vidal exerçait sur elle depuis trop longtemps.

La chemise ouverte, il continuait à l'embrasser, encore et encore. Dans combien de temps reprendrait-il contact avec la réalité et la repousserait-il sans ménagement, une fois apaisé le feu de sa colère ? Si elle voulait aller jusqu'au bout de son plan, elle devait absolument trouver le moyen de nourrir cette colère, le moteur du désir de Vidal.

Avec des gestes langoureux, elle s'écarta légèrement pour dénouer la ceinture de son peignoir, qui glissa lentement jusqu'au sol. Les yeux toujours rivés à ceux de Vidal, elle s'approcha de nouveau de lui et, nouant les mains sur sa nuque, chercha ses lèvres.

Avec un gémissement sourd, Vidal attira la jeune femme par la taille pour reprendre sa bouche.

Il devait à tout prix se ressaisir, mettre un terme à cette folie. Combien de fois, rongé par la culpabilité et la honte, avait-il rêvé de ce moment où Fliss serait dans ses bras, frissonnante de plaisir, totalement abandonnée à ses caresses ?

Baissant les yeux sur son corps dénudé, il fut traversé d'un violent tremblement. Comme mues par une volonté propre, ses mains remontèrent vers la poitrine de Fliss. Ses seins étaient ronds et fermes, couronnés de tétons déjà durcis par le désir.

— Oh ! s'écria Fliss lorsque les mains de Vidal, chaudes et sensuelles, caressèrent sa poitrine.

Comme dans une réaction en chaîne, leurs bouches se cherchèrent avec un regain d'ardeur. En proie à un doux vertige, Fliss s'accrocha à Vidal tandis que leur baiser s'enflammait encore.

La raison de leur présence ici n'importait plus. Elle s'était évaporée comme la rosée du matin sous la caresse des premiers rayons de soleil, balayée par la force de leur désir.

Fliss gémit lorsque Vidal captura ses tétons entre le pouce et l'index pour leur infliger la plus exquise des tortures. Puis ses paumes se refermèrent sur les globes de ses seins, effleurant, palpant, titillant sans relâche tandis que ses lèvres avides dévoraient les siennes. Le corps de Fliss vibrait tout entier aux accords d'un désir primitif, parfaitement irrésistible.

Le contact du sexe érigé de Vidal, pressé contre sa peau nue, attisa encore son excitation. Elle brûlait de pouvoir le découvrir, le caresser, éprouver sa force virile.

Aussi n'opposa-t-elle aucune résistance lorsque Vidal la souleva dans ses bras pour l'emmener jusqu'au lit où il la déposa avec délicatesse. Son regard de braise glissa avec une lenteur avide le long de son corps.

Electrisée par le désir qu'elle lisait sur son visage, Fliss se mit à onduler langoureusement, impatiente de sentir ses mains et ses lèvres sur sa peau frissonnante.

Etouffant une plainte rauque, Vidal s'allongea auprès d'elle et leurs bouches fusionnèrent de nouveau dans un baiser fougueux.

Du bout des doigts, il caressa son ventre, titilla son nombril. Fliss retint son souffle lorsque, quelques instants plus tard, la main de Vidal se posa sur son sexe moite, déjà offert.

Elle tressaillit en sentant ses doigts s'immiscer en elle. Etait-il possible d'avoir à ce point envie d'un homme ?

Vidal sentit sa respiration s'accélérer lorsque, abandonnant les lèvres de Fliss, il déposa une pluie de baisers dans son cou puis mordilla délicatement son téton droit avant de l'aspirer goulûment. Une onde de satisfaction le traversa quand il la sentit trembler tout contre lui.

Libérant son téton, il releva légèrement la tête et croisa son regard étincelant. Elle le désirait. C'était tout ce qu'il avait envie de savoir pour le moment.

— Déshabillez-vous, murmura-t-elle d'une voix rauque. Je veux vous voir nu. J'ai besoin de sentir votre peau contre la mienne. Je veux que vous me fassiez l'amour, Vidal. J'ai envie de vous.

Fliss écouta ses propres paroles, provocantes et sans équivoque, résonner à ses oreilles choquées. Etait-ce vraiment elle qui parlait ainsi ?

De son côté, Vidal ne semblait ni étonné ni choqué ; sans la quitter des yeux, il entreprit de se débarrasser de ses vêtements avec des gestes fluides.

Fliss leva timidement la main pour suivre du bout des doigts la ligne de poils bruns qui descendait de son torse, courait sur son ventre plat et ferme, et disparaissait sous la ceinture de son pantalon. Mais Vidal la saisit par le poignet, coupant net son élan. Sans mot dire, Fliss s'agenouilla devant lui et suivit le même chemin, cette fois avec ses lèvres.

Vidal l'arrêta.

— Je ne peux pas vous laisser aller plus loin, expliqua-t-il d'une voix sourde. Pas maintenant, alors que je brûle d'envie de vous faire mienne.

— Oh oui, chuchota-t-elle. J'en ai envie aussi.

Lorsqu'il relâcha son étreinte et s'écarta d'elle, Fliss tendit la main vers lui dans un geste désespéré. Non, il ne pouvait pas s'en aller… pas maintenant !

L'instant d'après, sous ses yeux écarquillés de surprise, Vidal sortit son portefeuille de sa poche. Un préservatif, c'était donc pour ça qu'il avait interrompu leur étreinte…

Un mélange de soulagement et d'appréhension la submergea alors. Cette brève parenthèse pragmatique tranchait de manière brutale avec les images de passion et de tendresse partagées dont elle avait tant de fois rêvé. Sans doute le moment était-il venu d'arrêter cette mascarade. Mais comment lui avouer la vérité ?

Prenant une longue inspiration, elle commença d'une voix mal assurée :

— Vidal, je…

Je suis vierge, c'est la première fois pour moi. Hélas, elle n'eut pas le temps d'en dire davantage. Devant ses hésitations, Vidal déclara avec une désinvolture presque vexante :

— Si vous ne souhaitez pas que nous allions plus loin, Fliss, il faut me le dire tout de suite.

Fliss retint son souffle.

— Comment pourrais-je vous repousser maintenant, Vidal ? J'ai tellement envie de vous…

Vidal s'allongea auprès d'elle et captura ses lèvres pleines, tellement sensuelles. S'il ressentait à la fois de la colère et de la honte, ces deux sentiments n'étaient pas assez forts pour l'empêcher de faire l'amour à cette femme qu'il désirait depuis si longtemps.

Il la pénétra très lentement pour savourer chaque instant de ce moment si souvent fantasmé. Leurs corps s'épousaient parfaitement, comme dans ses rêves les plus enflammés.

Peu à peu, sa colère céda la place à un sentiment plus

doux, presque apaisant, une envie d'oublier le passé pour repartir sur de nouvelles bases.

Tous les deux.

Les événements qui s'étaient produits bien des années plus tôt étaient-ils si importants que ça ? N'était-il pas plus important que Fliss se trouve à présent dans ses bras, comme il l'avait tant de fois rêvé ? D'où venaient ces émotions qu'il sentait poindre alors qu'il s'enfonçait lentement en elle ?

Instinctivement, Fliss perçut un changement dans le comportement de Vidal. Mais, incapable de l'analyser, loin, si loin des considérations vengeresses qui l'avaient poussée dans les bras de Vidal, elle s'abandonna tout entière au flot de douceur et de tendresse qui semblait à présent animer son amant.

Elle gémit de plaisir tandis que Vidal glissait en elle, un peu plus profondément à chaque nouvel assaut. Ainsi, c'était ça… la première fois dans les bras d'un homme qu'on aime.

Vidal se raidit soudain en sentant une résistance dont il ne pouvait ignorer le sens. Des pensées confuses explosèrent dans son esprit. Il chercha le regard de Fliss. Les yeux mi-clos de la jeune femme brillaient dans la pénombre.

Prenant soudain conscience qu'il ne bougeait plus, Fliss secoua la tête d'un air affolé.

— Non…

Non, elle ne voulait pas qu'il s'arrête ! Prise de panique, elle s'accrocha à lui. Elle ne supporterait pas qu'il l'abandonne maintenant, alors que tout son être, corps et âme réunis, réclamait qu'il la fasse sienne. Elle ne pouvait pas nier plus longtemps les sentiments qu'elle lui portait. Au diable le ressentiment, la colère et l'amertume ! Elle aimait Vidal, et plus rien ne comptait en cet instant précis.

Vidal. Son prénom l'habitait tout entière. Son corps alangui par le désir, sa chair frémissante le prononçaient encore et encore dans une supplique silencieuse.

Vidal la sentit frissonner longuement entre ses bras. Un tourbillon de questions dansait dans son esprit confus, mais le moment n'était pas encore aux explications.

Leur désir était là, intense, presque palpable.

Et puis, il y avait aussi tous ces rêves brisés qu'on pouvait réparer, ces espoirs déçus, ces souffrances passées qu'il fallait remiser…

Dans un élan possessif, Vidal plongea en elle, et le soupir de volupté qu'elle émit en le regardant dans les yeux l'emplit d'une joie inexplicable.

Il retrouvait dans son regard la même candeur, le même désir innocent qui le troublait tant quand leur différence d'âge était encore un abîme infranchissable. A présent, c'était le regard d'une femme… le désir d'une femme. Seigneur, il avait tellement envie d'elle ! Il l'aimait depuis si longtemps. *Non!*

Mais il était trop tard pour nier ses sentiments. Son corps ne l'écoutait plus, emporté par une vague irrésistible.

Il s'enfonça en elle, doucement mais sûrement, déposant sur ses lèvres un baiser rassurant lorsqu'un petit gémissement de douleur mourut dans sa gorge.

Très vite, la douleur céda la place au plaisir et Fliss se sentit entièrement libre de s'abandonner aux sensations vertigineuses que Vidal éveillait en elle. C'était comme si elle n'avait vécu que dans l'attente de ce moment-là, songea-t-elle confusément tandis que le monde extérieur s'évanouissait dans un brouillard opaque. Accrochée aux épaules de Vidal, elle se laissa porter par les vagues de plaisir qui déferlaient en elle, toujours plus fortes, plus intenses, jusqu'au point culminant.

Au sommet de l'extase, elle cria le prénom de son amant tandis que des larmes de bonheur inondaient son visage. Vidal la rejoignit enfin et ils s'étreignirent un long moment, haletants, leurs corps moites parcourus de délicieux frissons.

8.

Les yeux rivés au plafond, Vidal tentait désespérément de mettre de l'ordre dans le chaos de ses pensées.

Quelle incroyable surprise lui avait réservée Fliss… Comment pouvait-on être aveugle à ce point ? Pourquoi n'avait-il rien pressenti ?

Jamais il ne se pardonnerait cette erreur et il savait que Fliss ne l'excuserait pas non plus.

— Ai-je raison de penser que… tu as voulu te venger en couchant avec moi ? demanda-t-il à brûle-pourpoint. Tu voulais me punir, c'est ça ? Me montrer à quel point je m'étais trompé à ton sujet ?

— Je n'ai pas passé les sept années écoulées à mettre au point ma vengeance, si c'est ce que tu veux savoir, répliqua Fliss.

Ils étaient allongés côte à côte dans les draps froissés, encore nus et frissonnants, et la froideur de leur dialogue contrastait violemment avec la passion qui les animait quelques minutes plus tôt.

— Cesse de jouer avec moi, Fliss, reprit Vidal d'une voix dénuée d'émotion. Tu m'as poussé à prendre ta virginité dans le seul but de m'humilier. Ce n'était pas un acte de désir, non. C'était un acte de vengeance.

Fliss se mordit la lèvre, submergée par une vague de tristesse infinie. Le détachement avec lequel il s'exprimait lui déchirait le cœur. Mais comme, hélas, rien ne semblait avoir changé dans les sentiments qu'il lui portait, elle ne lui montrerait pas à quel point ses paroles accusatrices la blessaient.

— Tu t'es forgé dès le départ une piètre opinion de moi, lui rappela-t-elle en s'efforçant de maîtriser le tremblement de sa voix. Tu n'as jamais cessé de me renvoyer à la figure mon soi-disant passé de dévoyée. Contrairement à ce que tu sembles insinuer, je n'ai pas programmé ce qui s'est passé ce soir, mais il se trouve tout de même que l'occasion s'est présentée de te faire prendre conscience de ton erreur… et je l'ai saisie. Tu ne m'as jamais appréciée, Vidal, poursuivit-elle comme il s'apprêtait à prendre la parole. Nous le savons bien tous les deux. Disons que je voulais juste rétablir la vérité.

Vidal arqua un sourcil narquois.

— Essaierais-tu de me faire croire que tu es restée vierge pendant tout ce temps juste parce que tu tenais à me mettre face à mes responsabilités ?

Cette fois, les intonations moqueuses de sa voix eurent raison de son sang-froid.

— Tu n'as donc aucune idée de ce que cela fait d'être jugée et condamnée sans autre forme de procès, d'être cataloguée à tort ? Ce ne sont pas simplement tes paroles, ni même ton opinion, mais… leur impact sur l'image que j'avais de moi-même. J'ai vécu une existence quasi monacale depuis cette fameuse soirée, il y a sept ans. Il fallait absolument que je tourne la page pour pouvoir avancer, c'est tout, conclut-elle d'une voix plus assurée.

Tournant la tête vers elle, Vidal plongea son regard pénétrant dans le sien.

— Tu ne peux tout de même pas nier que tu avais envie de moi, murmura-t-il d'un ton suave qui la fit tressaillir.

— J'avais envie que justice soit faite, rétorqua Fliss au prix d'un effort.

Une étincelle brilla dans les yeux noirs de son compagnon.

— Mes caresses, mes baisers t'excitaient, aie au moins l'honnêteté de l'admettre.

Fliss secoua la tête.

— Ce qui m'excitait, c'était l'idée de te voir enfin obligé d'admettre que tu t'étais trompé, rien d'autre, mentit-elle avec un aplomb qu'elle était loin d'éprouver. Tu es bien placé pour savoir que les émotions fortes comme la colère, l'amertume, la rancœur, peuvent galvaniser l'être humain. Regarde-toi, après tout : tu ne m'as jamais appréciée et pourtant tu… tu…

— Je t'ai fait l'amour ? Je t'ai couverte de caresses et de baisers… je t'ai fait mienne ?

Fliss secoua de nouveau la tête, gagnée par un sentiment de panique. Tout allait trop vite, tout à coup, elle ne se sentait plus la force de combattre.

— Je ne veux pas en parler. Je veux juste que tu t'en ailles.

C'était faux, archifaux. Elle désirait plus que tout au monde qu'il reste auprès d'elle. Qu'il la prenne dans ses bras et qu'il… quoi ? Qu'il l'aime ? Elle n'avait plus seize ans, bon sang !

Vidal ferma les yeux. Pourquoi la brusquait-il ainsi ? Qu'espérait-il ? L'entendre dire qu'elle l'aimait, de la même manière qu'il avait été obligé de reconnaître son erreur passée ? Etait-il vraiment ce genre d'homme ? Arrogant et orgueilleux au point de la forcer à l'aimer en retour ? Un goût amer emplit sa bouche tandis qu'un poids lui écrasait la poitrine. Ne lui avait-il pas fait assez de mal comme ça ?

Fliss entendit Vidal exhaler un soupir. Ce n'était certainement pas un soupir de regret. Impossible. Elle resta immobile, les yeux fixés au plafond, lorsqu'il s'écarta d'elle pour se lever.

Et elle ne le regarda pas non plus quand il s'habilla puis quitta la pièce.

L'euphorie qui l'habitait encore quelques minutes plus tôt s'était évaporée. Elle se sentait tout à coup épuisée, vide de toute émotion. Une douleur sourde, lancinante, lui tenaillait le cœur.

Ainsi, les instants magiques et voluptueux qu'ils venaient de vivre ensemble n'avaient rien changé. Vidal ne l'aimait pas. C'était ainsi.

Parcourue de violents tremblements, Fliss enfouit son visage dans ses mains et fondit en larmes.

De retour dans sa chambre, Vidal resta un long moment prostré au milieu de la pièce. Il aurait dû aller prendre une douche, mais l'odeur de Fliss s'accrochait à sa peau et comme c'était tout ce qui lui resterait d'elle, avec le souvenir à la fois doux et cruel de cette parenthèse hors du temps, il préférait conserver encore un peu son parfum sucré, pour mieux s'en imprégner. Comme un adolescent bouleversé par son premier et véritable amour.

Ou un homme conscient d'avoir rencontré la femme de sa vie.

A quoi bon se voiler la vérité plus longtemps ? Il n'avait jamais cessé d'aimer Fliss.

Il avait commis une terrible erreur en la jugeant sans réellement la connaître et il était trop tard pour réparer le mal causé par son aveuglement. Il allait devoir vivre avec ce poids sur la conscience pour le restant de ses jours. Un fardeau à ajouter à celui qu'il portait depuis sept ans, sept longues années au cours desquelles il avait aimé Fliss secrètement, passionnément, au point de ne laisser aucune femme entrer dans sa vie.

Voilà, c'était fait. Il l'admettait enfin. Il était tombé

sous le charme de l'adolescente qu'elle était alors et il l'aimait toujours.

Il n'avait jamais cessé de l'aimer… et continuerait à l'aimer jusqu'à la fin de ses jours.

9.

— Je te laisse terminer la visite de la maison pendant que je m'entretiens avec notre spécialiste en irrigation. Je ne devrais pas en avoir pour très longtemps. Je viendrai te chercher dès que j'en aurai terminé et nous rentrerons directement à Grenade.

Fliss hocha la tête. Elle avait à peine dormi, et son corps, comme totalement déconnecté de la douloureuse réalité, avait réagi avec force dès l'instant où elle avait pris place dans la voiture, à côté de Vidal. Malgré toutes les barrières dressées entre eux, elle mourait d'envie de se rapprocher de lui, de l'embrasser, de lui tenir la main.

Etait-ce toujours ainsi après l'amour ? Eprouvait-on toujours le besoin de se blottir contre l'autre, de le caresser et d'être caressé en retour, de sentir ses bras nous enlacer et de savoir qu'il partage nos pensées et nos sentiments ?

— Je n'ai pas retrouvé le collier de ma mère, ce matin, déclara-t-elle d'un ton précipité, pressée de couper court à ses pensées perturbantes.

— C'est moi qui l'ai. Le fermoir est abîmé, je le ferai réparer à Grenade.

— Oh, merci.

— Avant de te laisser poursuivre la visite de la maison de ton père, j'aimerais te dire quelque chose.

Fliss se raidit instinctivement pour mieux se préparer

à ce qui allait suivre. Aussi tomba-t-elle des nues en entendant les premières paroles de Vidal.

— Je te dois des excuses… et des explications. Je suis conscient qu'aucun geste, aucun mot ne pourra réparer le mal que je t'ai fait en te jugeant sans savoir. Les accusations que j'ai lancées lors de cette fameuse soirée, il y a sept ans, n'étaient que le fruit de ma… ma fierté masculine. Ton attitude n'avait rien à voir là-dedans. Tu ne cessais de me regarder avec cette espèce de désir innocent et…

— N'en dis pas plus, Vidal, je connais parfaitement tes motivations, le coupa Fliss, les joues empourprées de honte et de colère. Tu m'avais prise en grippe avant même de me rencontrer.

— C'est faux.

— Non, c'est la vérité. C'est toi qui as voulu m'empêcher d'écrire à mon père, l'aurais-tu oublié ?

— C'était…

— … le reflet des sentiments que tu me portais. Je n'étais pas assez bien, à tes yeux, pour que tu m'autorises à entrer en contact avec mon père. Tout comme ma mère n'était pas assez bien pour l'épouser. Ma seule consolation, c'est de savoir que mon père a conçu des regrets au sujet des relations que nous n'avons jamais pu avoir. Que cela te plaise ou pas, conclut-elle d'une voix étonnamment ferme.

Vidal dut faire un effort pour ne pas répliquer. Dans l'intérêt de Fliss, il était plus sage de la laisser croire à cette version des faits. Felipe n'était plus de ce monde, à quoi bon remuer le couteau dans la plaie ?

Et il ne lui confesserait pas non plus son amour. Il n'avait pas le droit de se servir de sa candeur pour tenter de la persuader que le désir se muait parfois en un sentiment plus fort, plus profond. Pour le bonheur de

Fliss, la seule femme qu'il ait jamais vraiment aimée, il n'hésiterait pas à sacrifier le sien.

La maison vide, brièvement dérangée par l'arrivée de Fliss, recouvra vite son calme et ses bruits familiers. Elle pensa alors à son ancienne maison en Angleterre, pleine de soupirs et de craquements, et se souvint du jour où elle en avait fait le tour une dernière fois, comme pour lui faire ses adieux avant de s'en séparer.

Submergée par une vague de tristesse qu'elle ne chercha pas à refouler, elle pensa à sa mère et à son père en passant de pièce en pièce.

Elle les imagina déambulant main dans la main dans les jardins tropicaux de l'Alhambra, échangeant des mots tendres et des promesses d'amour, échafaudant mille et un projets. Comme l'avenir avait dû leur sembler insouciant et doux, alors !

Son père et sa mère, deux êtres profondément gentils et bons… pas assez courageux, hélas, pour se battre contre ceux qui les avaient séparés.

Deux amoureux meurtris à vie.

A cette pensée, son cœur se serra douloureusement en même temps qu'une certitude s'imposait à elle.

Elle aimait Vidal, et la colère qu'elle nourrissait contre lui pour tout ce qu'il lui avait fait se mélangeait à une grande souffrance parce que ses sentiments à son égard n'étaient pas réciproques. Aussi déroutant que cela puisse paraître, c'était ainsi…

Elle l'aimait.

Plus tard ce même jour, alors qu'ils quittaient le *castillo* pour rentrer à Grenade, Fliss ferma les yeux et respira à pleins poumons le parfum des agrumes embaumant l'air chaud.

Cette odeur lui rappellerait à jamais la Vallée de Lecrín, et les mains chaudes et fermes de vidal sur sa peau, ses baisers enfiévrés, l'intime fusion de leurs deux corps unis par le même désir.

Un souvenir qu'elle chérirait toute sa vie.

Exquis et doux-amer.

10.

La maison de Grenade bourdonnait d'activité depuis que Vidal avait annoncé son départ pour le Chili, où il devait régler quelques affaires.

— Je sais que c'est ridicule mais je ne peux pas m'empêcher de me faire du souci chaque fois que Vidal s'envole pour l'Amérique du Sud, confia la duchesse alors qu'elle prenait le café avec Fliss dans le patio ombragé, deux jours après leur retour du *castillo*. Je suppose que vous-même n'allez pas tarder à prendre l'avion pour l'Angleterre, ajouta-t-elle en gratifiant la jeune femme d'un sourire chaleureux. Je compte sur vous pour nous donner des nouvelles, Fliss. Après tout, vous faites partie de la famille.

Fliss s'apprêtait à la rassurer lorsque Vidal sortit de la maison pour se diriger vers elle. Après avoir déposé un bref baiser sur la joue de sa mère, il se tourna vers Fliss. Son regard ne trahissait aucune émotion.

— J'ai pris rendez-vous avec maître Gonzales demain matin pour que nous puissions commencer à rédiger le contrat de vente de la maison.

— Je n'ai plus l'intention de vendre.

Les mots sortirent de sa bouche sans même qu'elle ait conscience de les prononcer. Sous le choc, elle attendit la réaction de Vidal dans un silence assourdissant.

Dans le même temps, elle eut l'impression très

étrange, surnaturelle presque, de ressentir physiquement la présence de son père et de sa mère près d'elle ; elle percevait leur approbation et leur joie indicible. Ainsi, c'était ce qu'ils désiraient… qu'elle garde la maison.

La voix glaciale de Vidal interrompit brutalement sa rêverie.

— La maison de Felipe appartient au domaine ducal. Lorsqu'elle lui fut cédée…

— Mon père m'a légué cette maison parce qu'il désirait qu'elle m'appartienne, coupa Fliss. S'il avait souhaité qu'elle retourne au domaine, il aurait pris les dispositions nécessaires. Cette maison est à moi, et j'ai l'intention de la garder.

— Juste pour me contrarier, c'est ça ?

Fliss secoua la tête.

— Non ! Je veux la garder pour moi et pour… pour mes futurs enfants. J'aimerais qu'ils connaissent et entretiennent leur héritage espagnol.

Une lueur dangereusement menaçante brilla dans le regard noir de Vidal.

— Parce que tu comptes venir en Espagne avec tes enfants ? Et avec l'homme qui te les aura donnés, j'imagine… ? demanda-t-il d'un ton mi-rageur, mi-incrédule.

Fliss réprima à grand-peine un rire nerveux. S'il avait su ! S'il avait su que c'était avec lui et aucun autre qu'elle rêvait de fonder une famille… Mais elle ne reviendrait pas sur sa décision.

— Oui, bien sûr ! martela-t-elle, en proie à des émotions confuses. Tu as peut-être réussi à me tenir éloignée de mon père, mais tu n'as pas pu l'empêcher de me laisser sa maison, et ça, tu as du mal à le supporter, n'est-ce pas ? Eh bien, tu vas devoir t'y faire, Vidal, car je n'ai pas l'intention de changer d'avis !

Incapable de supporter plus longtemps le regard réprobateur de l'homme qu'elle aimait et le silence éberlué de la duchesse, Fliss se leva et courut jusqu'à la maison.

A peine avait-elle refermé la porte de sa chambre qu'un coup timide résonna sur le battant.

— Puis-je entrer ?

Presque soulagée d'entendre la voix de la duchesse, Fliss tourna la poignée d'une main tremblante. La mère de Vidal se tenait sur le seuil. L'inquiétude et la contrariété se lisaient sur son visage aux traits délicats. Fliss s'effaça pour la laisser entrer.

— Fliss, il faut absolument que je vous parle, commença-t-elle lorsqu'elles furent toutes deux assises devant la cheminée. Une mère supporte mal qu'on traite son enfant comme vous l'avez fait, vous savez. Vous apprendrez ça un jour, vous verrez. Je suis venue vous parler parce que je vous apprécie et que je veux votre bien. L'amertume et le ressentiment sont des émotions destructrices. Elles vous rongent jusqu'à vous laisser vide, triste... et seul. Je m'en voudrais terriblement de ne pas intervenir avant qu'il soit trop tard. Surtout qu'en l'occurrence vous n'avez aucune raison de vous laisser tourmenter par ces sentiments destructeurs.

— Je suis désolée de vous avoir blessée, murmura Fliss d'un ton sincère. Ce n'était pas mon intention. Mais l'attitude de Vidal, tous ses efforts pour m'empêcher d'entrer en contact avec mon père...

— Non, vous vous trompez, l'interrompit la duchesse d'une voix à la fois douce et ferme. Vidal n'y est pour rien, bien au contraire. Vous lui devez beaucoup, en fait. Grâce à lui, vous... oh !

La duchesse plaqua une main sur sa bouche d'un air coupable.

— Je suis venue dans le seul but de prendre la défense de mon fils, reprit-elle en rougissant légèrement. Je désirais vous mettre en garde contre cette rancœur qui vous tenaille. Je ne voulais surtout pas… j'ai perdu le contrôle de mes émotions, excusez-moi. Oubliez ce que je vous ai dit, d'accord ?

Fliss fronça les sourcils.

— Pourquoi dites-vous ça ? demanda-t-elle d'un ton pressant. Et en quoi serais-je redevable à Vidal, au juste ? J'avoue que je ne comprends pas… Répondez-moi, je vous en prie.

Mais déjà la duchesse s'était levée, visiblement mal à l'aise.

— Je ne peux pas vous en dire plus, je suis sincèrement désolée. J'en ai déjà trop dit. Excusez-moi, Fliss, murmura-t-elle en se dirigeant vers la porte. Excusez-moi…

Fliss contempla la porte close d'un air interdit.

Que signifiaient les paroles de la duchesse ? Pourquoi avait-elle refusé d'en dire davantage ?

Elle avait perçu dans la voix de la mère de Vidal une espèce de certitude, d'assurance inébranlable. La duchesse semblait sûre de ce qu'elle avançait.

Puis elle s'était tue, la laissant en proie à une curiosité dévorante.

Une seule personne pourrait répondre à ses interrogations et balayer l'ombre du doute qu'elle sentait poindre en elle.

Vidal. Lui seul saurait lui fournir les pièces manquantes du puzzle, même si jusqu'à présent tout paraissait clair dans l'esprit de Fliss : tout semblait accuser celui qui avait, selon son propre aveu, intercepté la lettre qu'elle avait adressée à son père.

Et s'il lui avait menti, s'il avait maquillé la vérité ?

Elle secoua la tête. Pour quelle raison aurait-il agi ainsi ? Pour la protéger, peut-être ? Mais la protéger de qui, de quoi ?

En proie à une grande confusion, elle se mit à arpenter la pièce d'un pas fébrile. Elle ne supporterait pas de rester ainsi dans le doute et l'ignorance. Elle devait aller lui parler, elle n'avait pas le choix.

C'était le seul moyen de connaître la vérité. Le seul moyen de recouvrer un semblant de sérénité.

11.

Forte de sa décision, Fliss s'empressa de partir à la recherche de Vidal, de peur de changer d'avis si elle s'accordait le temps de la réflexion.

Les genoux tremblants, l'estomac noué, elle monta au deuxième étage où se trouvaient les appartements privés du maître de maison.

Elle longea un long couloir jusqu'à une porte légèrement entrouverte. Le cœur battant, elle frappa timidement, espérant presque ne trouver personne.

Mais la voix profonde de Vidal résonna à ses oreilles.

— Entrez ! ordonna-t-il en espagnol.

Comme dans un brouillard, Fliss poussa le battant d'une main hésitante.

Décorée dans des tons gris et taupe, la pièce contrastait avec le reste de la maison par son style résolument contemporain. Derrière elle, la porte se referma avec un léger cliquetis.

Vidal se tenait dans l'embrasure d'une autre porte, celle d'une salle de bains adjacente, à en juger par sa tenue — une simple serviette nouée autour des hanches — et ses cheveux humides.

La stupéfaction se lisait sur son beau visage mat. Sans lui laisser le temps de parler, Fliss fit quelques pas dans sa direction.

— Il faut que nous parlions, déclara-t-elle d'un trait. J'ai besoin de savoir la vérité.

Vidal arqua un sourcil interrogateur.

— A quel sujet ?

Fliss prit une grande inspiration.

— Est-ce vraiment toi qui m'as empêchée d'entrer en contact avec mon père ?

Un silence chargé d'électricité s'abattit sur la pièce. Finalement, Vidal répondit par une autre question.

— Pourquoi me demandes-tu ça ?

Fliss n'hésita qu'un court instant.

— Ta mère a fait une réflexion, par mégarde, qui m'a donné à penser que je m'étais peut-être trompée... moi aussi, ajouta-t-elle à mi-voix.

Vidal l'enveloppa d'un regard pénétrant avant de déclarer :

— La décision a été prise dans ton intérêt, c'est tout ce qui compte, Fliss.

Elle secoua la tête.

— Qui a pris cette décision ? J'ai le droit de savoir, Vidal ! J'ai le droit de savoir qui l'a prise et pourquoi !

Comme il restait de marbre, elle reprit avec véhémence :

— Dis-le-moi, bon sang ! Etait-ce ta grand-mère ? Mon père ? C'est forcément l'un ou l'autre, il n'y avait qu'eux ! Et ma mère, bien sûr, mais...

A ces mots, Vidal se raidit et un muscle tressauta nerveusement dans sa mâchoire. Fliss écarquilla les yeux, sous le choc. Lorsqu'elle prit finalement la parole, sa voix n'était plus qu'un murmure rauque, à peine audible.

— Ma mère ? C'était ma mère ? Dis-moi la vérité, Vidal. Je veux savoir la vérité.

— Elle pensait agir pour ton bien, voilà la vérité, répondit Vidal d'un ton neutre.

Fliss secoua la tête, incrédule.

— Mais… c'est pourtant toi qui as rapporté la lettre que j'avais écrite à mon père. Tu…

Prise de vertige, elle se laissa tomber dans le fauteuil le plus proche.

— Je ne comprends pas, admit-elle dans un murmure désespéré.

Il y eut encore un silence, puis Vidal exhala un long soupir.

— Laisse-moi t'expliquer, d'accord ? dit-il d'un ton radouci en venant s'asseoir en face d'elle.

Malgré le chaos qui régnait dans son esprit, Fliss ne put s'empêcher d'admirer son torse nu et musclé, ses longues jambes cuivrées, tandis qu'il prenait place dans le fauteuil.

— Après le décès de mon père, ma grand-mère a pris le contrôle des affaires et de la fortune familiales. Sa décision de séparer tes parents et son refus catégorique, par la suite, d'apporter un soutien financier à ta mère et de reconnaître officiellement ton existence ont anéanti la santé psychologique de ton père. Crois-moi, il a rêvé toute sa vie des jours heureux qu'il aurait coulés auprès de vous s'il avait eu le courage de tenir tête à ma grand-mère. En même temps, il se sentait redevable car elle l'avait recueilli et élevé comme son propre fils. Toujours est-il qu'il ne s'est jamais remis de cette épreuve.

Le cœur de Fliss se serra douloureusement. Empreinte de tristesse et de regret, la voix de Vidal trahissait toute l'affection et le respect qu'il avait portés à Felipe.

— Quant à moi, je ne me suis jamais pardonné la gaffe que j'ai commise en racontant à ma grand-mère notre promenade à trois à l'Alhambra. Car tout est parti de là.

Touchée par la sincérité de son aveu et la gravité de son regard, Fliss secoua la tête.

— Tu n'étais qu'un enfant, Vidal. De toute manière,

ma mère m'a dit que ta grand-mère avait déjà quelques soupçons sur la nature de leur relation.

— C'est vrai. Ta mère me l'a dit aussi lorsque je lui ai rendu visite la première fois… après le décès de ma grand-mère. Sa gentillesse a réussi à apaiser le sentiment de culpabilité qui me tenaillait encore.

Fliss fronça les sourcils.

— Quand tu lui as rendu visite la première fois ? A quel moment était-ce exactement ?

Au silence embarrassé qui accueillit sa question, elle comprit que Vidal s'était aventuré sur un terrain glissant.

— Je suis allé voir ta mère peu de temps après le décès de ma grand-mère. En tant que chef de famille, il était de mon devoir de… de m'assurer que… vous alliez bien toutes les deux. A l'époque, j'ai pensé qu'elle aimerait avoir des nouvelles de Felipe. Et je tenais à lui dire que vous seriez bien accueillies si elle décidait de venir avec toi en Espagne. Je croyais qu'elle aurait envie de te présenter à ton père, conclut Vidal en choisissant soigneusement ses mots.

Fliss le considéra avec attention, en proie à une nervosité grandissante.

— Dois-je comprendre que ma mère n'a pas souhaité m'amener en Espagne ? Que c'est elle qui n'a pas voulu que je fasse la connaissance de mon père ?

Vidal éluda habilement ses questions.

— Elle pensait agir pour ton bien. Je l'avais mise au courant de l'état dépressif de Felipe, et elle redoutait qu'une rencontre avec lui ne te déstabilise profondément.

— Il y a autre chose, n'est-ce pas ? Je veux toute la vérité, Vidal.

Pendant quelques instants, Fliss crut qu'il allait se dérober. La nuque courbée, il fixait un point invisible sur le plancher.

— J'ai le droit de savoir !

Finalement, Vidal exhala un soupir résigné.

— Très bien, puisque telle est ta décision. Mais n'oublie surtout pas que ta mère n'a jamais songé à autre chose qu'à te protéger.

— Rien de ce que tu me diras à son sujet n'altérera les sentiments que je lui porte, assura Fliss.

Lorsque Vidal releva la tête et rencontra son regard, elle retint son souffle.

— Ta mère m'a dit clairement qu'elle ne souhaitait établir aucun contact avec les membres de ta famille espagnole, expliqua Vidal. Devant son insistance, je lui ai promis de respecter sa décision. Elle préférait préserver l'image idéalisée que tu avais de ton père. Par la suite, elle craignait que tu ne sacrifies ta jeunesse et ta liberté pour aller vivre auprès de ton père et t'occuper de lui. Je lui avais donné ma parole, tu comprends, alors quand ta lettre est arrivée…

— Tu l'as interceptée… Je comprends, à présent. Mais pourquoi ne l'as-tu pas simplement détruite ? Pourquoi as-tu jugé utile de me rapporter la lettre dans laquelle j'avais placé tant d'espoirs ? demanda-t-elle d'une voix brisée.

Le visage de Vidal s'assombrit.

— J'avais besoin de discuter de la situation avec ta mère, répondit Vidal en esquissant un geste désinvolte.

Il lui cachait encore quelque chose, Fliss le devina sur-le-champ.

— Il n'y avait pas que ça, n'est-ce pas ? Tu avais une autre bonne raison de te déplacer.

Une fois encore, Vidal détourna les yeux avant de prendre la parole.

— Comme je te l'ai déjà dit, en tant que chef de famille, je me sentais en partie responsable de votre situation. Ta mère avait traversé une période difficile ;

il y avait eu la séparation forcée, puis des difficultés financières tout à fait inacceptables avant que…

— Avant qu'elle hérite de tout cet argent, compléta Fliss tandis que les dernières pièces du puzzle s'emboîtaient dans son esprit. Une somme considérable léguée par une tante éloignée dont elle ne m'avait jamais parlé et que je n'avais jamais vue. Une somme tombée du ciel que maman qualifiait souvent de véritable bénédiction…

Elle marqua une pause avant de demander d'une voix atone :

— Cette vieille tante fortunée n'a jamais existé, n'est-ce pas ? Il n'y a jamais eu de tante, ni de testament, ni d'héritage. C'était toi. Tu as tout payé… l'école, l'université…

— Fliss…

Soudain très pâle, elle le dévisagea en secouant la tête.

— C'est ça, n'est-ce pas ? C'est toi qui nous as acheté la maison, toi qui alimentais le compte de maman et qui réglais mes frais de scolarité.

— J'essayais juste de réparer les torts causés par ma grand-mère, expliqua Vidal en haussant les épaules. Ta mère était très réticente, au début, mais quand je lui ai dit que c'était une question d'honneur et de loyauté, elle a cessé de protester.

— Seigneur… je me suis montrée tellement injuste avec toi, murmura Fliss d'une voix étranglée. Je t'ai jugé et condamné sans savoir…

— Non, Fliss, tu as simplement mal interprété les faits. C'est moi qui t'ai jugée et condamnée sans savoir et, crois-moi, je ne me le pardonnerai jamais.

En proie à une vive émotion, Fliss se leva et se mit à arpenter la pièce d'un pas fébrile.

— Je te donne la maison de mon père, Vidal, déclara-t-elle à brûle-pourpoint. Je n'accepterai aucune somme d'argent en contrepartie. Après tout, ce n'est qu'un juste retour des choses. Et je vais m'en aller, ne t'inquiète pas. Tu n'auras pas à supporter ma présence plus longtemps. Je t'aime trop pour rester ici une minute de plus.

En un éclair, Vidal fut à ses côtés.

— C… comment ? balbutia-t-il d'un air hébété en la saisissant par les épaules. Peux-tu répéter ce que tu viens de dire ?

Horrifiée par son propre aveu, Fliss secoua la tête.

— Je n'ai rien dit du tout.

Attrapant son menton entre le pouce et l'index pour l'obliger à le regarder, Vidal la dévisagea avec attention.

— C'est faux, Fliss. Tu as dit que tu m'aimais.

Un soupir désespéré s'échappa des lèvres de la jeune femme tandis que des larmes embuaient son regard.

— Bon, d'accord, c'est vrai. Tu as bien entendu : je t'aime, Vidal. Les enfants dont je parlais tout à l'heure, ceux qui, dans mes rêves les plus fous, connaîtront leurs racines espagnoles, je rêvais de les faire avec toi. Et, je t'en prie, épargne-moi tes sarcasmes. C'est toi qui m'as obligée à te confier ce que tu n'as pas du tout envie d'enten…

La dernière syllabe mourut dans un baiser empreint d'une tendresse infinie.

— Je t'aime, Fliss, murmura Vidal tout contre ses lèvres. Je suis tombé amoureux de toi à mon corps défendant. Tu n'avais que seize ans, à l'époque, et je n'avais pas le droit d'éprouver des sentiments aussi forts pour toi. Je me suis donc résigné à patienter, ajouta-t-il en esquissant un sourire empreint de nostalgie. J'avais hâte de pouvoir te faire la cour selon les règles de l'art, le moment venu.

— Oh, Vidal…, souffla Fliss en se blottissant contre lui.

— C'est parce que j'étais follement amoureux de toi que je n'ai pas supporté de te voir avec un autre, lors de cette soirée désastreuse. Aveuglé par la jalousie, je n'ai pas pris le temps d'écouter tes explications. Je suis conscient de t'avoir blessée, Fliss. Je sais aussi que je ne mérite pas ton amour.

Partagée entre l'allégresse et l'incrédulité, elle laissa échapper un petit rire.

— Tu es l'homme de ma vie, Vidal, que cela te plaise ou pas. Je t'aime et je t'aimerai jusqu'à la fin de mes jours.

— Es-tu vraiment sûre de toi ? murmura Vidal avec une humilité qu'elle ne lui connaissait pas.

— Sûre et certaine, mon amour.

— Je suis ton premier amant.

— Et le seul que je désire.

— Oh, Fliss…

Il captura ses lèvres dans un long baiser puis, d'un mouvement fluide, la souleva dans ses bras pour la déposer sur le lit. Lorsqu'ils furent allongés côte à côte, tendrement enlacés, Vidal plongea son regard brillant dans celui de sa bien-aimée.

— Je t'aime, Fliss, dit-il d'un ton solennel. Plus que tout au monde. C'est ici que notre histoire commence enfin. Veux-tu devenir ma femme ?

Le visage rayonnant de bonheur, Fliss posa les mains sur ses épaules musclées.

— Rien ne saurait me faire plus plaisir.

Ils s'embrassèrent encore, comme pour sceller leur promesse d'amour éternel. Puis Fliss s'écarta légèrement. Un sourire espiègle flottait sur ses lèvres.

— En attendant de fixer la date de notre mariage, fais-moi l'amour, Vidal. J'ai besoin de sentir tes mains et ta bouche sur ma peau, besoin de te sentir en moi…

— Tu veux dire… comme ça, murmura Vidal en commençant à la déshabiller avec des gestes caressants.

— Exactement, soupira Fliss. Comme ça…

Penché au-dessus d'elle, Vidal laissa courir ses doigts

brûlants sur ses hanches, son ventre et sa poitrine palpitante. Inclinant légèrement la tête, il happa un téton qu'il titilla jusqu'à ce que Fliss laisse échapper un long gémissement de plaisir. Ses dents mordillèrent délicatement, sa langue s'enroula langoureusement autour du bourgeon de chair dans des petits bruits de succion euphorisants.

Dans le même temps, sa main libre courait le long de son corps. Il glissa un genou entre ses jambes pour se frayer un chemin intime et sensuel entre ses cuisses.

Le désir qui explosa en elle fut comme un torrent de lave brûlant, dévastateur. D'abord jubilatoire, le contact de son sexe dur pressé contre son ventre se transforma vite en une exquise torture.

Rejetant la tête en arrière, elle écarta les jambes et les noua autour de ses reins, pressée de le sentir en elle, d'éprouver encore les glissements délicieux de leurs chairs en fusion.

Aussi ne put-elle s'empêcher de protester lorsque Vidal s'écarta brusquement. Prise d'une panique irraisonnée, elle s'accrocha à lui, mais il secoua la tête.

— Pas tout de suite, chuchota-t-il d'une voix enrouée. Je veux d'abord te caresser partout, te goûter, découvrir chaque parcelle de ton corps…

Tout en murmurant ces paroles à la manière d'un refrain entêtant, il déposa sur son corps un sillon de baisers aussi légers que des battements d'ailes de papillon. Ses lèvres couraient le long de ses jambes, effleurant ses chevilles, ses mollets, le creux de ses genoux… et pendant ce temps ses doigts habiles se glissaient dans la moiteur de son sexe frémissant. Dissimulé en son cœur, le bouton de chair ultrasensible sembla se liquéfier sous ses caresses expertes. Fliss tressaillit de plaisir tandis que sa main se refermait convulsivement autour du poignet de Vidal. Elle avait tellement envie de le sentir en elle…

Mais Vidal avait d'autres projets : sa bouche gourmande se posa soudain contre son sexe et, l'instant d'après, sa langue plongea dans sa féminité, titillant d'abord délicatement puis plus vigoureusement son clitoris électrisé. Les doigts enfouis dans les cheveux épais de son amant, Fliss s'arc-bouta, submergée par des sensations d'une rare intensité. Elle n'aurait jamais cru qu'un tel plaisir — foudroyant, incontrôlable… divin — puisse exister. Oubliant toute retenue, elle cria son prénom, encore et encore.

Plus rien ne comptait à part les sensations vertigineuses qui embrouillaient son esprit et embrasaient son corps.

Plus rien ne comptait à part Vidal et l'amour qu'elle lui portait. Un amour né bien des années plus tôt et qui n'avait cessé de grandir au fil du temps, malgré les obstacles et les malentendus.

— Viens… je t'en prie, Vidal… Viens ! implora-t-elle en se redressant légèrement, encore alanguie par l'orgasme qui l'avait plongée dans un abîme de volupté — une expérience unique, incroyable.

Leurs regards se soudèrent. Celui de Vidal, noir, pénétrant, amoureux et brillant de désir. Et celui de Fliss, brillant d'émotion et de bonheur, empli d'une tendresse et d'une confiance infinies.

Un léger sourire aux lèvres, Vidal se redressa et, prenant appui sur ses coudes, captura sa bouche dans un baiser avide. Fliss gémit encore.

Un long frisson la parcourut lorsqu'il glissa en elle dans un élan souple. Le cœur battant à coups redoublés, le souffle court, elle cria encore, prête à accueillir une nouvelle déferlante de ce plaisir intense, vertigineux qu'elle avait découvert dans les bras de Vidal.

Vidal, son premier amant. L'homme de sa vie…

Un nouvel assaut — plus profond, plus déterminé — lui arracha une longue plainte rauque.

— Je t'aime, murmura-t-elle contre les lèvres de Vidal, entre deux baisers enfiévrés. Il n'y a pas de mot assez fort pour décrire ce que je ressens pour toi…

— Je t'aime aussi, Fliss. Je t'aime comme je n'ai encore jamais aimé personne…

Vidal allait et venait en elle, imprimant à leur étreinte un rythme à la fois langoureux et passionné. Eperdue d'amour et de plaisir, Fliss planta ses ongles dans le dos de son amant.

Les vagues montèrent en elle, d'abord douces comme de légères caresses, puis de plus en plus fortes, de plus en plus violentes.

Haletante, Fliss ondula sous les assauts répétés de Vidal. Tout son corps vibrait, et son cerveau, embrumé de volupté, avait renoncé à formuler la moindre pensée cohérente.

Dire que le matin même, elle s'était levée le cœur lourd, persuadée que Vidal la détestait… abattue à l'idée de devoir passer le restant de ses jours loin de lui.

N'était-ce pas un miracle qu'une vie puisse ainsi basculer dans le bonheur absolu ?

Le miracle de l'amour, sans doute…

Les vagues de plaisir enflèrent, encore et encore, jusqu'à exploser dans un tourbillon de sensations étourdissantes, absolument délicieuses.

L'instant d'après, Vidal la rejoignit au sommet de l'extase et, parcourus de spasmes violents, leurs corps connurent une osmose parfaite, une harmonie extraordinaire. Un instant de grâce absolu.

Ils restèrent un long moment immobiles, étroitement enlacés. Puis leurs deux voix encore légèrement essoufflées résonnèrent à l'unisson dans le silence de la nuit.

— Je t'aime…

Épilogue

— Alors, tu es heureuse ?

Levant la main, Fliss effleura du bout des doigts le visage de Vidal. L'alliance en or qu'il avait glissée à son annulaire gauche moins de vingt-quatre heures plus tôt étincela sous le soleil éclatant d'Andalousie.

Ses yeux embués de larmes et le sourire radieux qui éclairait son visage auraient certainement suffi à rassurer Vidal, mais elle répondit tout de même d'une voix étranglée par l'émotion :

— Heureuse comme jamais je n'aurais cru l'être un jour.

— Plus heureuse encore que dans tes rêves d'adolescente ? demanda Vidal d'un ton taquin.

Fliss laissa échapper un rire cristallin.

— Je n'aurais jamais osé imaginer que je deviendrais un jour ta femme, Vidal, même dans mes rêves les plus fous de jeune fille romantique.

Dans quelques heures, ils s'envoleraient à bord d'un jet privé à destination d'une île tropicale où ils passeraient une lune de miel idyllique.

Mais, pour l'heure, les deux jeunes mariés avaient décidé de faire ensemble un pèlerinage cher à leur cœur : main dans la main, ils retraçaient les pas esquissés bien des années plus tôt par les parents de Fliss, escortés à l'époque par Vidal, garçonnet enjoué et insouciant, le temps d'une magnifique promenade pleine d'émotions partagées.

Partis de l'Alhambra, Fliss et Vidal déambulèrent jusqu'au Generalife, le célèbre palais d'été niché dans un jardin aquatique de toute beauté, où un long canal traçait un sillon argenté parmi une multitude de fontaines entourées de massifs fleuris impeccablement entretenus.

Le soleil accrochait des diamants étincelants aux jets d'eau ruisselant des fontaines, et, lorsque Vidal s'arrêta près d'un parapet en pierre, Fliss leva vers lui un regard éperdu d'amour.

— C'est à cet endroit précis que j'ai vu ton père prendre la main de ta mère, déclara-t-il d'une voix empreinte de solennité.

A son tour, il lui prit la main.

La gorge nouée par l'émotion, Fliss baissa les yeux sur l'eau miroitante et crut presque voir se dessiner les silhouettes fantomatiques du jeune couple amoureux.

— Grâce à leur expérience, tellement triste mais aussi tellement belle, notre amour sera encore plus profond, plus invincible, promit-il avec ferveur. N'est-ce pas ce qu'ils auraient souhaité, tous les deux, nous voir heureux ensemble ?

Fliss hocha la tête.

— Si, bien sûr…

Ils échangèrent un sourire complice, débordant de tendresse. Le moment était venu d'accomplir un autre geste, tout aussi lourd de signification pour eux.

Comme Vidal avait obtenu une autorisation exceptionnelle avant d'entreprendre leur promenade, Fliss ouvrit lentement sa main gauche.

Une pluie de pétales de roses blanches prélevés sur son bouquet de mariée se répandit délicatement à la surface de l'eau, telles des coquilles de nacre décorant joliment le bassin.

— Libérons-nous du passé et tournons-nous vers l'avenir, murmura Fliss en plongeant son regard dans celui de son époux.

Il l'attira dans ses bras.

— *Notre* avenir, répondit-il d'une voix émue. Toute une vie passée auprès de toi… mon rêve le plus cher, enfin devenu réalité.

Retrouvez en avril 2018,
dans votre collection

Azur

L'enfant d'Alekos Demetrious, de Kate Hewitt - N°3938

ENFANT SECRET

Veuve et ruinée. Alors que son époux vient de mourir, Iolanthe est désespérée : non seulement elle hérite d'une entreprise en faillite, mais elle va devoir s'occuper seule de Niko, son fils de neuf ans. Niko qui, bien qu'il l'ignore, est le fruit de la seule et unique nuit qu'elle ait passée entre les bras d'Alekos Demetrious, l'ennemi juré de sa famille. Un secret que Iolanthe a toujours tu, et qu'elle brûle aujourd'hui de révéler. Alekos ne mérite-t-il pas de savoir qu'il a un héritier ? Il sera furieux en apprenant cette nouvelle, Iolanthe s'y prépare. Mais peu importe : pour elle – mais surtout pour le bien de son enfant –, l'heure de vérité a enfin sonné.

Le plus troublant des chantages, de Tara Pammi - N°3939

Elle n'aurait jamais dû embrasser Gabriel Marquez sur ce balcon, la princesse Eleni Drakos ne le sait que trop bien. Mais, à l'abri des regards, elle s'est autorisée – une seule et unique fois – à céder à la passion que Gabriel, cet homme charismatique et séduisant, lui inspire depuis des semaines. Seulement voilà : ce baiser n'était qu'un piège. Gabriel ne vient-il pas de lui imposer un odieux marché, en l'obligeant à s'occuper d'Angelina, la petite orpheline dont il a découvert il y a peu qu'il était le père, sous peine de révéler publiquement leur relation ? Bien que troublée, Eleni finit par accepter. Tout en se demandant si elle parviendra à jouer le rôle de mère et de maîtresse sans se prendre au jeu des sentiments…

Toi dont je ne sais rien, de Maisey Yates - N°3940

Le jour où on lui apprend que Leon Carides, son époux, a été victime d'un accident de voiture et se trouve à l'hôpital, Rose sent son cœur se briser. Certes, depuis deux ans, elle souffre aux côtés de Leon, qui l'a épousée par simple intérêt, sans jamais lui prêter attention. Mais, pour autant, l'idée de le perdre fait naître en elle une tristesse qu'elle n'aurait jamais soupçonnée… Aussi est-elle à la fois soulagée et surprise de découvrir, en arrivant à son chevet, que Leon est amnésique. C'est alors qu'une idée folle lui traverse l'esprit : ne tient-elle pas là l'occasion inespérée d'enfin donner une chance à leur couple ?

Mariée à son ennemi, de Louise Fuller - N°3941

INDOMPTABLES MILLIONNAIRES

Prise au piège… Alors qu'elle s'est introduite de nuit dans le bureau de Rollo Fleming, son patron, Daisy ne peut retenir un cri au moment où, subitement, les lumières s'allument… et qu'elle se retrouve face au puissant homme d'affaires. Que fait-il ici ? Elle avait pourtant vérifié qu'il était en déplacement ce soir-là. Sous le regard glacial de Rollo, Daisy cherche ses mots : elle doit le convaincre qu'elle n'est pas une voleuse, le supplier de ne pas la licencier sur-le-champ. Cependant, quand il l'interrompt, le cœur de Daisy manque s'arrêter. Car jamais elle ne se serait attendue à la proposition qu'il lui fait : elle restera son employée, à la seule et unique condition qu'elle accepte de l'épouser…

Irrépressible tentation, de Cathy Williams - N°3942

Règle numéro un : ne penser qu'au plaisir. Règle numéro deux : me faire confiance… Lorsque Leo Morgan-White lui murmure ces mots à l'oreille, Samantha sent un long frisson la parcourir. Car l'homme dans les bras duquel elle est sur le point de succomber n'a rien d'un ange. Pourquoi a-t-elle accepté de jouer le rôle de sa fiancée, durant ce voyage en Australie qui doit permettre à Leo d'obtenir la garde de sa nièce ? Pourquoi, surtout, se trouve-t-elle à présent dans son lit, alors que Leo lui a bien fait comprendre qu'ils n'avaient aucun avenir en commun ?

Le retour imprévu, de Catherine George - N°3943

Dix ans. Voilà dix ans que Rose tente de faire sortir James Sinclair de sa vie, de sa tête et surtout de son cœur : en épousant celui qui était alors la star de l'université, elle pensait être la plus heureuse des femmes. Mais cela, c'était avant que James ne la trahisse. Et ne lui brise le cœur à jamais. Alors, aujourd'hui qu'il se présente à sa porte – répondant par une visite à l'improviste à la lettre qu'elle lui a envoyée lui annonçant sa décision de divorcer –, elle sent une rage sourde la gagner. Comment cet homme qu'elle aimait plus que tout a-t-il pu la faire souffrir autant ? Pourtant, lorsqu'il lui sourit, toutes ses certitudes vacillent. Car la beauté et le charisme ravageur de James sont intacts, et provoquent en Rose un bouleversement toujours aussi vif…

D'odieuses fiançailles, d'Andie Brock - N°3944

SECRETS D'ORIENT

Hors de question qu'elle épouse un parfait inconnu ! Tandis qu'elle court à travers les rues de Paris, Annalisa sait qu'elle a fait le bon choix en fuyant la soirée donnée en l'honneur de ses fiançailles avec le prince Rashid Zahani, roi du Nabatean. Et tant pis si cet acte de rébellion déçoit son père, instigateur de ces noces : elle doit penser à elle avant tout ! Mais soudain, un homme la rattrape et l'enserre dans ses bras, la maintenant prisonnière. Elle retournera à la soirée et se mariera comme prévu, lui ordonne-t-il à l'oreille de sa voix grave et troublante. Aussitôt, Annalisa sent la panique la gagner. Car elle l'a désormais compris : plus jamais, à partir de maintenant, elle ne sera libre d'agir comme elle le veut…

Un scandaleux arrangement, de Jennifer Hayward - N°3945

SÉRIE : ORGUEIL & DESTINÉE - 3E VOLET

À l'instant où Kostas Laskos, prince de Carnelia, lui révèle qu'il souhaite l'épouser afin d'assurer la paix entre leurs deux royaumes, Stella se fige. Comment cet homme, qui l'a repoussée quand elle s'est offerte à lui, peut-il lui proposer une telle alliance ? Pense-t-il réellement qu'il peut toujours la manipuler à sa guise ? Croit-il surtout qu'elle peut, par pure raison politique, tirer un trait sur la mort de son frère, dont Kostas est responsable ? Hors de question ! Pourtant, sans qu'elle comprenne bien pourquoi, les mots haineux qu'elle rêve de lui cracher au visage se bloquent dans sa gorge. Car, malgré ces nombreux griefs, elle est toujours extrêmement troublée chaque fois qu'elle voit Kostas...

Piégée dans le désert, de Lynne Graham - N°3946

SÉRIE : ROYALES DESTINÉES - 1ER VOLET

Les yeux fixés sur l'enveloppe qu'elle s'apprête à décacheter, Poly ne peu s'empêcher de trembler, elle va découvrir l'identité de son père. Guidée par le mystérieux trésor qu'elle vient de trouver – une bague appartenant à un homme mais aussi un nom –, la voilà bientôt au cœur d'un royaume digne des *Mille et Une Nuits*. Cependant Poly déchante lorsqu'elle rencontre Rashad, le roi de Dahria. Comment cet homme magnétique peut-il exercer un tel pouvoir sur elle ? Elle doi pourtant se ressaisir, et vite. Hors de question de rendre à Rashad la bague de son père, qu'il décrète être sienne. Et peu lui importe la légende selon laquelle la femme qui la rapporterait à Dahria aurait pour devoir d'en épouser le roi...

Cette impossible attirance, de Jane Porter - N°3947

Un marteau qui résonne dans une salle aux enchères, comme en écho aux bat tements de son cœur. Voilà comment, en quelques secondes et pour quelque milliers de dollars, Logan a acheté une nuit avec Rowan Argyros, l'homme le plus beau qu'elle ait jamais vu. Après s'être abandonnés à la passion, Rowan découvrant son identité, l'a quittée en une terrible dispute. Hélas, trois ans plu tard, de retour dans sa vie, il lui fait toujours autant d'effet. Pourtant, Rowan ne lu accordera jamais son pardon : elle lui a caché avoir eu un enfant de lui, mais sur tout, elle restera à jamais à ses yeux, Logan Copeland, l'héritière du scandale...

L'héritier de Haverton Manor, de Melanie Milburne - N°3948

Pour échapper au désir brûlant qu'éveillait en elle Eduardo Silveri, l'homm en qui son père voyait le fils qu'il n'avait jamais eu, Bella n'a plus mis un pie dans la vaste demeure familiale de Haverton Manor depuis des années. Mais aujourd'hui, elle n'a pas d'autre choix que d'affronter Eduardo : depuis la mo de son père, il est son tuteur légal, et lui seul peut lui donner l'autorisation do elle a besoin pour se marier. Hélas, dès qu'elle revoit Eduardo, Bella compren que la partie est loin d'être gagnée. Non seulement il n'est pas du tout dispos à lui donner l'accord dont elle a besoin, mais encore le désir qu'elle éprouv pour lui est toujours aussi fort. Un désir auquel il lui est plus que jamais interd de céder...

Composé et édité par HarperCollins France.

Achevé d'imprimer en février 2018.

CPi
BLACK PRINT

Barcelone

Dépôt légal : mars 2018.

Pour limiter l'empreinte environnementale de ses livres, HarperCollins France s'engage à n'utiliser que du papier fabriqué à partir de bois provenant de forêts gérées durablement et de manière responsable.

Imprimé en Espagne.